RICHARD W.

DU MÊME AUTEUR

CHEZ SABINE WESPIESER ÉDITEUR

ANTOINE ET ISABELLE
2010 ; Points, 2011

PYROMANES
2006

MILLE REGRETS
2004

BAPTISTE
2002 ; Points, 2010

CHEZ ACTES SUD

JEAN-BAPTISTE LULLY
Actes Sud/Classica, 2008

UN CURIEUX À L'OPÉRA
2006

VIE ET MORT D'UN CRABE
1998 ; Librio, 2001

UN RUBAN NOIR
1995 ; Babel, 1997 ; J'ai Lu, 2000

VINCENT BOREL

RICHARD W.

roman

SABINE WESPIESER ÉDITEUR
13, RUE SÉGUIER, PARIS VI
2013

L'auteur remercie l'Institut français et la mission Stendhal
pour l'aide apportée à la genèse de ce roman.

Pour Sabine W., à nos vingt ans.

La liberté des autres étend la mienne à l'infini.

Mikhaïl Bakounine

Tristan

UNE LOGE, SOMBRE. Un nez, aquilin, dont la peau luit, un peu grasse. La salle du *Hoftheater* de Munich est si chaude, en cette soirée du 10 juin 1865. D'ailleurs plus bas, au parterre, on transpire dans les habits d'apparat. Cet appendice est discret, mais autoritaire. Comme le bec de l'aigle, il renifle son maître assis dans la baignoire voisine, celle des souverains de Bavière, où un roi aux yeux de faon fixe l'immense lustre, ne prêtant attention à quiconque.

Richard le sent, et pourtant il n'ose tourner la tête en sa direction. Tant de regards, de jumelles et de monocles sont dirigés vers leurs loges, celle, opulente, de Louis II, seul, sans cour, ni gardes ni ministres ; celle de Wagner qui, anxieux, se sait sous haute surveillance. Car tout Munich s'intéresse à la passade de son roi de vingt ans pour ce compositeur de cinquante-deux ans, criblé de dettes, harassé par les déconvenues, les fuites et les rebuffades. Louis Ier, le grand-père du roi, avait déjà imposé à la Bavière l'actrice Lola Montès. Cette sorte de caprice serait-elle donc héréditaire chez les Wittelsbach ? Murmures dans la salle.

– Qu'est-ce donc que ce Wagner, indésirable en Saxe, raillé à Paris et poursuivi par Vienne ?

– Une nouvelle sangsue !

– Un parvenu ?

– Oh non, c'est pire encore ! Ma chère, vous ne sauriez imaginer la dépravation de cet homme-là.

Si le maître musicien se hasardait à pencher la tête, il apercevrait l'oreille délicate et blanche de Louis II, ses boucles noires, son œil grand ouvert d'enfant en attente de cadeau, *Tristan et Isolde*, ce don, sublime entre tous, que va lui faire le Bien-Aimé, ainsi que Louis nomme éperdument Wagner, lettre après lettre. Un cadeau qui a déjà coûté au Trésor bavarois cinquante mille guldens. Richard, tétanisé, ne bouge pas, mais son odorat lui suffit pour savoir. Tout ce printemps, il a nourri Louis de discours sur l'Art, de poèmes et d'harmonies troubles distillées avec parcimonie au piano.

Le roi, avant de louer, à ses frais, une demeure cossue sur la Briennerstrasse de Munich, l'a d'abord installé dans la villa Pellet, sur les rives du lac de Starnberg, proche de son château. Il tient à sa disposition, lorsqu'il le désire, le plus souvent la nuit, les yeux bleus de Richard, parfois si ardents qu'ils paraissent le regard d'un archange réfugié dans la carcasse d'un pauvre homme. Louis attend la première de *Tristan* avec une fièvre dont les molécules stridulantes portent leur piquant jusqu'au nez du compositeur.

Wagner connaît bien cette odeur maintes fois respirée dans le salon du château de Berg tandis qu'il égrenait les monologues d'Isolde et que, dehors, la brume nocturne montait des eaux du lac. Le roi n'exsude point d'aigreur. Ce n'est pas un étudiant en goguette au plaisir suant le lard et le chou. Sa peau laiteuse enserre un corps délicat, habitué aux vins doux et aux sucreries. Elle transmue à sa façon la bière d'Einbeck. Richard la prise particulièrement, elle est son hommage personnel à Martin Luther, qui en a jadis célébré les vertus. Sa vigoureuse amertume est la quintessence, selon Wagner, de l'âme allemande. Il projette d'ailleurs, sur le sujet, une comédie intitulée *Les Noces de Luther*. Pour faire honneur à son bien-aimé saxon, Louis le catholique consent à partager ce breuvage de psautier et d'encaustique. Après quelques chopes, le roi fleure comme un bouquet de lys qu'on aurait oublié sous le plafond d'une auberge. Un parfum prude et juvénile, celui d'un corps qui n'a pas encore connu l'amour charnel.

– Louis sent la vierge virile, soupire Richard en humant la royale présence, et il a bu.

Depuis sa loge, Louis II ne daigne pas tourner le visage vers son favori. L'homme Wagner n'a aucune importance. Richard est laid avec son front trop haut surplombant un menton en galoche. Sa maigreur fripée est encombrée d'un ventre à flatulences. Difficile de ne pas l'entendre gargouiller, certains soirs.

« Pourtant quel génie se cache sous cette méchante apparence ! » songe-t-il.

Mais peu lui chaut : ce soir, seul est important ce qui va advenir, *Tristan et Isolde*.

– Ce pour quoi l'on paye, grogne-t-on non loin.

Louis n'écoute pas. D'ailleurs, il ne saurait entendre un tel argument : un monarque ne compte pas l'argent, il le dépense. C'est là son droit le plus divin, comme l'est sa volonté d'être seul, dans sa loge, en costume de ville sans médailles ni épaulettes, sans gardes, ni ministres, ni proches. Seul au milieu de tous. Le duc Max, les princes Léopold, Albert et Luitpold ont été relégués dans les loges adjacentes. Albatros dans un ciel d'opéra, le roi fixe le buisson de cristal brûlant à plein gaz. Son esprit erre au-delà de la scène. Le frémissement de ses bottines traduit l'impatience.

– Ah, pourquoi ces lumières ne baissent-elles pas ? Vite ! Plus vite !

Qu'elle a été longue à venir, cette nuit de juin. Atteindre cette loge lui fut interminable. Il a fallu subir les « Gloire à notre roi » de ses bons Bavarois qui l'acclamaient derrière le rempart des gardes ; saluer les dos courbés cascadant sur l'escalier d'honneur ; fendre la rumeur rieuse des femmes et la rocaille des langues qui baissait d'un ton sur son passage ; subir la fanfare des cuivres hurlant son entrée dans la salle.

– Pourquoi faut-il tout cela ? Ces vanités du jour, cette agression de l'existence, cet inutile fatras ?

Rien ne devrait exister fors lui et l'œuvre. Le reste n'est qu'un rêve imposé.

La fosse d'orchestre est pleine, cent musiciens au bas mot. Enfin naît l'obscurité. Mais le silence n'est pas total. Wagner, irrité, perçoit encore la toux des instrumentistes se dégageant la gorge, leurs lèvres qui claquent une ultime fois sur l'anche du hautbois et l'embouchure du cor. Richard est tendu. Il a pourtant demandé à Hans von Bülow, son disciple et chef d'orchestre, que l'accord des musiciens s'effectue en coulisses. Il veut que sa musique naisse du rien primitif et non de ce sempiternel chaos d'avant la première note. Pas ce soir, pas pour son *Tristan.* Tout doit être neuf, inouï.

– Une sublime page va s'écrire. Elle va changer le monde. C'est la musique des temps nouveaux. Ma musique. Enfin !

Dans l'excitation et la crainte, les mots lui viennent, encore et encore. Des théories de verbes et d'adjectifs qui alimenteront plus tard ses carnets. Il a déjà tant écrit sur l'art et le théâtre. Et qui cela intéressait-il ? Une poignée d'amis tout au plus. Jusqu'à ce que Louis... Mais au-dessus et au-dessous, il y a encore ce public qui chuchote, qui renifle et qui toussote. Il n'est pas loin de donner raison au roi, lequel considère le peuple comme un cancer héréditaire que les esprits supérieurs ont pourtant l'obligation de souffrir.

Subitement une première note éclot des violoncelles. Une deuxième gonfle, une troisième retombe, étranglée par une conjuration de hautbois, de clarinettes, de bassons. Dans sa loge, le roi frémit. Le cor anglais geint une mélancolique agonie. Cette incertitude sonore reste suspendue, puis s'éteint. Silence.

Le même accord de douleur reprend, mais un demiton plus haut. Nouvelle détresse des violoncelles, autre conspiration des vents. Et encore cette plainte. Louis humecte ses lèvres carminées. Est-ce un baiser ou une blessure qu'il ressent ? De la douleur ou du désir ? Rouvrir, refermer : l'accord des quatre notes se répète et s'égrène, cette fois coloré de plus d'instruments. L'étreinte sonore est pareille à une fièvre. Elle le gagne. Ses narines palpitent. Il a ôté ses gants. Ses mains d'albâtre pétrissent l'émeraude sertissant le pommeau de sa canne.

L'accord primitif s'éclaircit. Des paysages surgissent en fond de tête. Sur la terre hivernale caressée d'un pâle soleil, un vent puissamment gris commence à brasser les musiciens. Une perle de sueur brille à la tempe royale. Le regard de Louis a cessé de fixer le lustre, il est suspendu aux gestes de von Bülow, faiblement éclairé à son pupitre, veilleur dans l'aube orchestrale.

La proue d'un navire invisible fend la brume des sons. Sur les cordes tendues comme un voile diaphane se profile un visage d'une beauté inouïe. Qui est ce fantôme qui se laisse espérer et sans cesse se dérobe ? Wagner, les mâchoires serrées, incline enfin la tête vers la loge royale. Louis a la bouche ouverte, sa langue s'égare au coin de ses lèvres, témoin d'un plaisir enfoui et qui soudain se trahirait. Le brame de l'orchestre emplit à présent toute la salle. Le ressac des notes submerge le parterre, il éclabousse les cavernes des loges, il écume vers le paradis. Des émotions inouïes saisissent le public. Certains cèdent à l'appel, d'autres se raidissent. Des gorges déglutissent, des sourcils se renfrognent, des jambes se croisent et se décroisent. Des humeurs contrastées se réveillent en chacun. Gêne en gésine ou plaisir violent, nul ne saurait définir ce qu'il ressent.

Le prélude de *Tristan* suscite un flot de sensations confuses. C'est une main qui fouaille et force. Gantée de nuit, sans apprêts et sans arrêts, elle explore, elle pénètre là où il est interdit d'aller, délaçant l'intime, retroussant le poil, mettant la peau à nu pour y poser la morsure de sa consolation. Le flot musical bouscule scandaleusement l'émotion. Il serait indécent de laisser cette inondation se poursuivre, pourtant la sensation d'inconfort est si délicieuse qu'on ne voudrait pas qu'elle cesse. Querelleuse caresse, la tempête orchestrale va crescendo. Sa musique vénéneuse ronge la volonté, la paralyse. Pénétration, retrait, insatisfaction, nécessité ; cette abomination a la séduction des roses, elle est à la fois douleur de l'épine et miracle de l'éclosion ; elle tient de l'extase et de la profanation. Son poison porte les nerfs à l'incandescence sans jamais vouloir en ôter ses doigts de miel et de fiel. Exister n'a-t-il donc toujours été qu'une plaie voluptueuse ?

*

La carte de visite était posée sur un plateau, à l'entrée de la pension. Un beau garamond imprimé sur du bristol luxueux. Y figuraient un nom et un titre : *Franz Seraph von Pfistermeister, secrétaire aulique de S. M. le roi de Bavière.* Le printemps précédent, en mai 1864, à Stuttgart, cet officiel avait bien failli ne jamais trouver Wagner. Ou plutôt le trouver à la morgue, lui, le compositeur au mitan de sa vie, tant il était alors traversé d'idées abominables.

« Je suis en bout de course. Je ne puis aller plus loin. Je dois disparaître du monde, m'annihiler ! » télégraphiait Richard à son vieux compagnon Wendelin Weissheimer.

Demain, on allait découvrir sa dépouille tronçonnée par les roues du train sous lequel il se serait jeté. Ou gonflée par l'eau d'un canal où il se serait volontairement noyé, à la manière du pauvre Schumann. Il aurait aussi pu ingurgiter du laudanum. Sa femme Minna en abusait. Mais elle était loin de Stuttgart et c'était tant mieux. Ils ne savaient plus que s'aimer dans la distance, évitant ces orages d'un piètre quotidien où leur mariage avait sombré. Il y avait encore l'éther : respirer le flacon jusqu'à perdre conscience après s'être ouvert les veines dans un bain tiède. Un nouveau Sénèque ! Il en avait l'âge, cinquante ans passés, date de péremption pour un philosophe frustré, un artiste incompris, à la fin d'une existence tissée d'insatisfactions, épuisé d'envies sans cesse avortées. *Media vita in morte sumus,* au milieu de la vie nous sommes dans la mort, chante le vieil antiphonaire latin. Il ne se sentait même plus la force d'en faire une paraphrase musicale à la façon de l'ami Liszt, si prodigue en pages compulsives. Mais non ! Cette fin toxicomane aurait été pitoyable. La lente agonie d'une vieille fille geignarde. Ce n'était pas assez radical. Richard aurait préféré tirer le rideau comme on déchire une page. D'un coup.

Depuis des semaines le suicide était devenu tentant, presque une esthétique. Un splendide acte de volonté, la preuve ultime du pouvoir de l'esprit affrontant la vie. L'acquiescement aux vérités de Schopenhauer, le philosophe de Francfort qu'il n'avait jamais rencontré, mais sans doute un peu trop lu. Décider de refuser la vie puisque c'est elle qui vous refuse. Et ainsi s'en venger. Dieu l'interdit ? Qu'importe : Dieu même lui devenait douteux. À d'autres, la peur des fantômes métaphysiques. Mais se réduire à néant puisqu'on existe trop, cela oui. Vivre n'est pas douleur ; non, vivre tient tout simplement trop de place. Alors pourquoi ne pas céder la sienne, de place ? Plus tôt que prévu ! Oui, pourquoi pas...

Dans Stuttgart traversée par les charrois de la foire et les cris des paysans qui avaient envahi la cité dès 4 heures du matin, il avait vécu la nuit du 2 au 3 mai comme une enfilade de pièces sombres. Insomnie : quel lieu tragique tandis que sur le monde endormi pèse la nuit ! Alors se lèvent en soi des tempêtes d'une terrible obscurité. Chaque pensée ne rencontre que des chambres d'écho où s'amplifient les terreurs et les doutes. Là-bas, au bout de la route, il y avait sans doute des mondes plus sereins. *Ô mort, vieux capitaine, il est temps ! Levons l'ancre ! Ce pays nous ennuie, ô Mort ! Appareillons...* Charles Baudelaire, ce poète parisien qui avait été l'un des premiers à lui déclarer sa flamme dans des textes pétris d'admiration, comme il connaissait bien le cœur d'un artiste !

Richard était exténué. À bout de ressources financières, il était désormais près de lâcher définitivement prise. À Vienne, qu'il avait dû quitter précipitamment, son goût du luxe avait jeté à ses trousses une meute de créanciers.

Trop de soie. Mais était-ce sa faute à lui s'il ne pouvait porter que des sous-vêtements de soie ? Tout autre tissu lui provoquait un érésipèle dont les cures thermales venaient difficilement à bout. Il avait essayé l'hydrothérapie, il s'astreignait à des bains glacés accompagnés de régimes terribles qui l'avaient fait dangereusement maigrir. Il buvait de l'eau soufrée, il avait supprimé le thé, le café, le vin, la viande et les laitages. Sans autre résultat qu'intensifier sa cyclothymie, sa constipation chronique et ses dermites.

– Mon cher, vous êtes bien trop nerveux, rien de plus grave que cela.

Tel était le diagnostic des médecins. Nerveux, et comment ne pas l'être ? Il avait démarché tout ce que la Confédération germanique comptait de mécènes pour abriter son œuvre et incidemment sa personne. Trente-huit roitelets avaient tissé tout autour de lui une toile d'indifférence. Wagner, pourtant, ne manquait pas d'amis. Sa musique avait quelques soutiens. Franz Liszt avait sondé le roi de Prusse, les ducs de Cobourg, de Bade, de Gotha ; les théâtres de Berlin, de Karlsruhe, de Mannheim. Certains l'avaient jouée. Mais quel principicule aurait risqué sa fortune et sa réputation pour monter *Tristan,* son nouvel opéra, l'œuvre d'un compositeur qui plus est proscrit, fiché comme un dangereux agitateur aux mœurs suspectes ?

Paris venait de le renvoyer d'un coup de pied au derrière après son *Tannhaüser.* Cela lui avait été un choc terrible. Il s'était un moment cru, enfin, tiré de ses embarras financiers. Tout était clair, *Rienzi*, l'opéra qui lui avait conquis Dresde, triompherait au Théâtre italien, qu'il se voyait déjà transformer en Théâtre allemand. Il comptait sur les cent mille Allemands résidant à Paris pour assurer sa notoriété. Ses droits d'auteur iraient croissant. Il allait pouvoir vivre sur un grand train sans avoir à courir après l'argent. Et ce *Tristan* qu'il avait dans ses cartons, cette œuvre inouïe et douloureuse achevée depuis des années, mais qui ne trouvait pas preneur, elle allait pouvoir être montée ; à Paris ou ailleurs, Karlsruhe ou Strasbourg, des villes acquises à sa musique, mais qui n'attendaient que l'adoubement d'un grand succès parisien pour accueillir ses opéras futurs comme ils le méritaient. Le couronnement était à portée de main. Mais il n'en avait rien été...

Tannhäuser, la déception de trop. Il ne désirait que Paris où l'on était reconnu. Là résidaient l'argent et le public. Paris était le phare de la culture, le marchepied de la gloire et de la réussite. Certes, la ville d'Auber, de Scribe et de Berlioz l'avait à plusieurs reprises refusé, mais, en 1861, Napoléon III lui-même l'y avait convié. Et non dans un théâtre de second rang, mais à l'Académie de musique, la version impériale de celle qu'avait fondée Lully moins de deux siècles auparavant ! Quelle consécration !

Les amis viennois de l'empereur, les Metternich, avaient soufflé à Napoléon III tout le bien qu'il fallait penser de *Tannhäuser*, une œuvre jugée d'avant-garde par ceux qui avaient assisté à ses rares représentations. Le directeur de l'opéra avait invité officiellement Richard à la reprendre à Paris. Wagner en avait revu l'orchestration et certaines pages pour la rendre encore plus brillante. Mais il avait péché par orgueil en dédaignant les conseils avisés. Car Paris était d'abord d'une ville à tiroirs et à coteries, une cité de ronds-de-cuir où la médiocrité affichait sa prépondérance. Les pousses du génie flétrissaient dans les mansardes ; les artistes officiels paradaient, la rosette de leur Légion d'honneur à la boutonnière. Les académiciens étaient des poussifs ventripotents ; le talent ne mangeait que tous les trois jours, comme lui, jadis, avec Minna. Cette fois, pourtant, il avait été sûr de tous les subjuguer. Hélas, l'Académie impériale était d'abord un bordel pour aristocrates où les membres du Jockey Club mataient les jambes de leurs maîtresses par les oculus de la salle de répétition. Ces beautés mercenaires possédaient la clé du grand opéra français. Aucun musicien ne pouvait tenir l'affiche sans un grand ballet qui devait obligatoirement être dansé à 10 heures du soir. L'heure coïncidait avec les exigences dînatoires du Jockey Club, lorsque ces messieurs, au sortir de table, venaient savourer les entrechats de leurs protégées.

– Mais, monsieur Wagner, mon ballet ! Le ballet ! Vous ne pouvez pas le placer après votre ouverture, c'est bien trop tôt dans la soirée ! Que vont dire ces messieurs ? Nous risquons un four ! s'était insurgé Pasdeloup.

Richard n'en eut cure ; son œuvre d'abord, et ses exigences esthétiques ; au diable les bandaisons aristocratiques, elles attendraient. La première de *Tannhäuser* fut sanglante. Alertée que Wagner avait refusé de jouer le ballet à l'heure convenue, l'escouade du Jockey Club, armée de sifflets, de cotillons et de cors de postillon, déclencha le charivari, couvrant la musique. Dès qu'une partie du public obtenait l'apaisement, les quolibets fusaient, soutenus par les crécelles. Cette clique du faubourg Saint-Germain, acoquinée à la noblesse industrielle du Second Empire, sut mettre les rieurs de son côté. Les danseuses refluèrent tandis que Pasdeloup s'évanouissait en coulisses. *Tannhäuser* tomba, et avec lui tous les espoirs de Richard. La presse internationale en fit ses choux gras. Les princes d'Europe et les théâtres d'Allemagne apprirent qu'on avait rejeté l'œuvre à grand renfort de cotillons et de langues de belle-mère. Paris avait déchiqueté Wagner en riant. Ils lui fermèrent leurs portes.

Il était mort pour la musique de son temps, écrasé par une cabale de fils de banquiers juifs et d'aristocrates libidineux menée par le médiocre Meyerbeer ! Il s'était mis à les haïr. Il ne voulait plus rien avoir à faire avec ce monde moderne, lui qui espérait que son succès relevât uniquement de son art ; qu'il ne fût pas l'un de ces triomphes éblouissants que la presse relate et enterre aussitôt, le fruit de la spéculation de plumitifs méprisables et sans cœur ; ce ramassis de gens lâches, sans énergie et sans talent ; cette clique de suivistes pusillanimes.

– Un honnête homme n'écrit jamais dans un journal, il l'amène au petit coin et s'essuie avec !

L'amertume empoisonnait la bouche de Richard. Il avait bien trop le cœur sur la langue alors qu'il aurait été plus sage de garder ses rancœurs pour lui. Mais tous ses efforts pour se mettre à l'unisson de son temps n'avaient fait que rendre sa vie de plus en plus pénible et son corps ulcéré de la peau aux intestins.

Certes, il arrivait qu'on donnât encore Wagner, comme parfois son *Hollandais volant*, non sans un certain succès, mais avec des interprètes douteux et des chefs pitoyables. Les quelques critiques qu'il recevait montraient à quel point on dénaturait son œuvre. Si Weimar avait bien applaudi *Lohengrin*, il avait dû attendre onze ans pour l'entendre acclamé, enfin, à Vienne. Composer, et ne pouvoir juger ce que l'on a créé, peut-on imaginer pire opprobre ?

Il venait de connaître quatorze années de bannissement et ce n'était que récemment qu'il avait pu revoir Leipzig, sa ville de naissance, et Dresde. Mais sans joie. L'Allemand qui s'était battu pour la liberté en 1849 y avait été condamné par contumace. Depuis, il n'aurait pas risqué un pied dans le grand-duché de Saxe : il en allait de son amour-propre et de sa vie.

Cet incompris était tenaillé par un orgueil sans frein. Richard qui, dans la nuit de Stuttgart, bouleversait ses draps avec des scénarios de suicide plein la tête, alors qu'il aurait dû plutôt se lever, allumer la lampe à pétrole et écrire, tant son esprit débordait de poèmes et de notes, refusait de rentrer dans le rang où Minna, son épouse, voulait sans cesse le ramener. Elle l'imaginait toujours au temps de sa première gloire, quand son opéra *Rienzi* avait mis Dresde à leurs pieds. Un succès aussitôt suivi de sa nomination comme maître de la Chapelle royale de Frédéric-Auguste II.

– Moi Richard Wagner, maître de chapelle ! Quelle comédie !

Il donnait de grands coups de talons dans l'édredon.

En ce temps-là, il portait une perruque poudrée et il obéissait au prince, recevant de temps à autre ses salutations à la promenade pour avoir dirigé la veille un opéra de Gluck, *Armide* ou *Iphigénie*, arrangé aux petits oignons pour les oreilles paresseuses de l'Altesse. Soumission, vassalité, et surtout indifférence. La musique comme une tapisserie de salon, ou un topiaire dans un parc bien agencé. Ces princes-là se voyaient toujours en Louis XIV dans leurs Versailles de province. Risible ! Démodé ! Impossible ! De rage, il en cassait parfois la vaisselle du ménage.

« Et pourtant, mon ami, il faut manger, se vêtir, exister », lui écrivait Minna, insistante, espérant son retour depuis Dresde qu'elle n'avait pas eu à quitter.

– Raisonnable femme, petite bourgeoise, actrice de peu d'envergure ! maugréait-il.

L'avait-elle jamais compris, lui, Richard Wagner ? Il avait déjà tant de mal à tenir en place dans les salons où le flamboyant Liszt agitait ses immenses mains et paradait, transformant sa notoriété en or. Lui, assurément, il savait s'y prendre. L'histoire de la musique avait connu le musicien-valet, tel Haydn, ou bien Mozart au temps du méchant Colloredo, l'archevêque de Salzbourg. Franz Liszt avait réinventé le singe savant. Son aisance matérielle était à l'aune de cette infamie. Un musicien de cirque, un bonimenteur d'arpèges, un bellâtre pour aristocrates évaporées. Mais qu'était la musique du Hongrois comparée à la sienne ? D'ailleurs, qu'était-ce que la musique ?

« La partie d'un projet plus vaste. L'art doit être total, immense ! Même l'opéra n'est rien. Un genre du passé, une sottise tout juste bonne à faire bâiller dans les loges, à occuper le prince et à flatter le bourgeois. Les temps nouveaux nécessitent plus puissant, plus grand, plus ambitieux ! »

Couché sur le dos, Richard observait les taches d'humidité dessinant au plafond des ellipses que son esprit fiévreux transformait aussitôt en amphithéâtres. Alors il se mettait à rêver d'Épidaure et d'Athènes, de conques de pierre ouvertes sur le ciel immense où l'imaginaire des peuples antiques convoquait la cité et ses dieux. Wagner estimait avoir la grandeur de Sophocle et le souffle de Shakespeare. Il avait écrit *Leubald et Adélaïde*, sa première tragédie, à quinze ans. Sa sœur Rosalie, actrice autrement douée que Minna, avait été déconcertée, mais elle ne l'avait pas trouvée si mauvaise. Lui n'avait jamais douté de son génie. Il serait Beethoven et Shakespeare en un seul homme, c'était son seul désir, aussi loin qu'il se souvienne. Il possédait derrière son haut front de quoi chanter le monde d'une manière inouïe. Il rêvait de théâtres utopiques et monstrueux, des Taormine et des Colisée qu'on n'avait encore jamais connus. Des édifices où il n'y aurait plus ni loges, ni parterre, ni paradis. Finis les cours et leurs miroirs, oubliées les mondanités et les courbettes. Au diable, l'Ancien Régime ! Comme il avait aimé voir brûler l'opéra de Dresde en 1849 ! Quelle exaltation de voir crouler ce vieux monde de dieux en carton où gigotent les princes qui s'imaginent en être le reflet. La Révolution, voilà ce qu'il fallait apporter dans l'art !

Inventer un théâtre où tous pourront voir et entendre à égalité. On y mangera, comme chez les Grecs anciens, du pain, du miel, des olives et de la viande sèche. On y boira le lait et le vin. On partagera, on communiera dans l'art. L'artiste ne sera plus subordonné au pouvoir, aux puissances. Son talent lui apportera de l'argent : alors il deviendra son seul maître. Lui, Richard Wagner, était né pour chanter le peuple, ses mythes, ses légendes, son histoire. Pour faire surgir en chacun, par la grâce de son art, les images mythologiques inscrites au tréfonds de l'humanité depuis la nuit des temps. Sa création poussait en lui comme un arbre tenace. Tout un monde se bousculait dans sa tête, bouffées brusques et éruptives, exaltantes et épuisantes. Car s'il ne travaillait pas à son œuvre, elle l'étouffait. La pauvre Minna en avait tant de fois subi les conséquences ! Les sagas nordiques, les légendes du Graal, la vie de Bouddha s'impatientaient en lui. Il avait dans ses cartons, outre *Luther*, un *Frédéric II* et même un *Jésus de Nazareth* socialiste. Celui du Sermon sur la montagne, avec une Marie-Madeleine sans larmes ni contrition.

Tout le contraire du carton-pâte de ces Juifs de Mendelssohn et de Meyerbeer qui faisaient obstruction à ses œuvres. Certes, ils lui avaient distribué des sourires, de l'empressement et des caresses, feignant de lire ses œuvres, puis les refusant après les avoir décortiquées avec bien trop d'attention. Comme cela s'entendait...

– Engeance de Jacob ! Internationale de l'art mondain ! Vous êtes à l'origine de cette conspiration du mépris qu'observe toute l'Europe à mon encontre !

Il en était si persuadé qu'il multipliait les articles sur les Juifs et la musique. Parce que lui ne réussissait jamais aussi bien qu'eux.

Désormais, c'était trop tard, il était trop vieux, trop usé. Pourquoi donc noircir tant de pages ? Pourquoi vivre encore ? Pour redevenir un compositeur à la solde ? Un bouffon ? Un courtisan ? À quoi bon rêver d'avenir ?

« Non, Minna, non ! Plutôt faire de ma mort une œuvre d'art », lui avait-il écrit la veille, sans pour autant avoir expédié la lettre.

Il ne réclamait pas grand-chose : un patron qui accompagne ses projets, un théâtre pour les produire. Et de l'or ! Il en voulait sous toutes les formes utilisables, guldens, couronnes, napoléons, florins ; des monceaux d'or pour vivre enfin dans le luxe. Le monde lui devait bien ça : il se savait être ce génie qui allait changer pour toujours l'esprit des hommes.

En tournant la tête, Richard aperçut la carte de visite de Pfistermeister. Il la saisit et la déchira, soudain envahi d'une peur panique. Tant de sbires couraient à ses trousses à travers l'Europe, une alliance de créanciers et d'espions à la solde des services secrets. Il soupçonnait la terre entière. Tel regard acéré jeté depuis une calèche, tel passant qui paraissait le suivre à la tombée du jour, telle ombre se rencognant dans l'escalier. Ce douanier qui avait épluché son passeport ne s'était-il pas ensuite précipité pour câbler sa situation à une obscure et malfaisante entité ? Pouvait-il avoir confiance dans le contrôleur du train ? Dans le libraire, le brasseur, ou même le concierge de sa pension ?

Au matin, il s'était levé sans avoir trouvé le repos. Anxieux, il décida de se rendre auprès de Karl Eckert, le maître de chapelle du théâtre royal de Stuttgart, qui avait promis de s'entremettre pour lui auprès de la cour de Würtemberg. Son *Tristan,* achevé depuis cinq ans, allait peut-être enfin trouver preneur ?

– Cette fois, si cela ne donne rien, j'en finirai avec le monde...

Après le rendez-vous, où son interlocuteur se montra affable, mais avec dans l'œil un je-ne-sais-quoi d'hésitant qui avait un peu plus augmenté ses soupçons – car Eckert était un compositeur, et peut-on seulement faire confiance à un concurrent ? –, il s'en était retourné, maussade, à la pension.

Le concierge lui avait aussitôt sauté sur le poil. Richard savait ne plus avoir de quoi régler une nuitée supplémentaire. Il allait devoir à nouveau biaiser...

– Herr Wagner, l'envoyé de la cour de Bavière est là. Son Excellence vous attend au salon.

Richard, mécontent de tant d'insistance, n'avait d'autre choix que de le rencontrer.

Franz Seraph von Pfistermeister était si chauve qu'il donnait l'impression d'une boule de billard. Son visage et son crâne évoquaient une matière lisse où pouvaient se refléter toutes les expressions possibles. L'homme possédait l'une de ces parfaites têtes de cour où les désirs du prince s'impriment sans que leur possesseur ait jamais besoin d'y exprimer les siens propres. Pfistermeister était une sphère de politesse, un concentré d'indéchiffrable.

L'affabilité avait envahi sa physionomie en voyant Wagner. Le secrétaire aulique avoua l'avoir vainement recherché à Vienne et à Mariafeld. Il était sur ses traces depuis bientôt trois semaines et il débordait de joie d'avoir enfin trouvé celui que son maître, le roi Louis II de Bavière, tenait en si haute estime.

La main gantée du secrétaire lui présenta un mot du souverain, accompagné de son portrait miniature et d'une bague où scintillait un rubis de bonne taille. Cet astre rouge et la teneur du message dissipèrent immédiatement les humeurs suicidaires de Richard.

> *De même que cette pierre flamboie, de même suis-je enflammé du désir de connaître l'auteur de* Lohengrin.

Louis garantissait en outre de tout mettre en œuvre pour le prémunir contre les coups du sort. Il l'invitait à suivre son émissaire, qui avait comme mission de le mener immédiatement à Munich auprès de lui.

Pfistermeister n'avait aucun doute sur la suite que Richard donnerait à ce généreux message.

– Herr Wagner, onze heures viennent de sonner. Un train, cet après-midi même à cinq heures, vous conviendrait-il ?

Richard prit ses quelques affaires et suivit Pfistermeister, qui avait réglé la note en laissant un généreux pourboire. À la gare, le journal du soir lui apprit la mort de Meyerbeer, le trop célébré compositeur d'opéra et le médiocre auteur du *Prophète*, survenue la veille à Paris. Wagner éclata d'un rire tonitruant. Enfin ! Le règne des hommes de valeur semblait devoir s'annoncer. Le lendemain, 4 mai 1864, il était reçu en audience privée à la *Residenz*.

*

L'orchestre du *Hoftheater* s'apaise. Le rideau de scène s'ouvre. On voit le pont d'un bateau et la mer d'Irlande, grise et bleue. La voix d'un marin invisible tombe des cintres. Une femme prostrée lève son chef cerclé de longues nattes. C'est Isolde. Elle rugit :

« Qui se permet de me narguer ? »

Dans le train, Pfistermeister avait continué d'être très officiel. Il exposa à Wagner la situation du royaume de Bavière, échu entre les mains de Louis II, fils de Maximilien II, « rappelé à Dieu le 10 mars passé ». Le jeune souverain, né le jour de la Saint-Louis, tenait à garder solidement son royaume dans le giron du catholicisme. Ses sujets en étaient fort contents et ils adulaient leur nouveau monarque.

– Le royaume de Bavière a bien plus en commun avec son cousin d'Autriche qu'avec la Prusse luthérienne de Bismarck, ne trouvez-vous pas ?

Wagner, prudent, acquiesçait. Il laissait le secrétaire aulique développer.

– C'est là mon avis, que partage le président du conseil ministériel, Herr von der Pfordten.

À l'énoncé de ce nom, Wagner se raidit. Cela n'échappa point à Pfistermeister.

– Un homme éminent. Vous avez dû connaître le baron à Dresde. N'a-t-il pas été...

– ... ministre des Cultes et de la Culture de Sa Majesté Frédéric-Auguste. C'est exact.

Richard n'en dit pas plus et la conversation continua sur un terrain neutre : les embellissements de la ville de Munich, les projets esthétiques du souverain ; la vie, simple, mais confortable, que l'on menait à sa cour.

– Mais nous n'arrivons pas à la cheville des splendeurs du Paris impérial, glissa le secrétaire aulique, en espérant une réaction à ce qu'il n'ignorait pas être pour Wagner un cuisant souvenir.

Là encore Richard ne releva pas. Ils devisèrent encore un peu. Puis le balancement du train à la tombée du jour induisit une secourable somnolence. Par la vitre, Wagner contempla les monts sous le ciel vieux rose. Il surprit le reflet de Pfistermeister. L'homme l'observait, mais abaissa aussitôt ses paupières. Richard s'abandonna à ses pensées, un mélange de méchants souvenirs, de rage et d'espérance.

Il méprisait les souverains. Capricieux, inconstants, ces créatures ne tenaient jamais leurs promesses. Le faible Napoléon III n'avait su brider l'aristocratie de bambocheurs qui avait tué *Tannhaüser*. Augusta de Prusse lui avait promis monts et merveilles avant de lui tourner le dos à Baden-Baden. L'empereur du Brésil dom Pedro II lui avait commandé un opéra italien, puis s'était évanoui dans ses jungles lointaines. Cependant, Richard redoutait encore plus leurs ministres. Ce Ludwig von der Pfordten n'était vraiment pas de ses amis. À Dresde, il avait fait obstruction aux réformes sociales que Wagner souhaitait apporter dans la gestion de l'Opéra royal. Pas d'augmentation de cachets ou de concerts au bénéfice des artistes, hors de question de voir se créer une caisse d'assistance mutuelle pour la maladie et la vieillesse des musiciens.

Si le destin venait de mettre sur sa route un mécène potentiel, il avait aussitôt tempéré ce semblant de bonne fortune en plaçant un ennemi à ses côtés. Ces puissants ! Il ne pouvait pourtant se passer d'eux s'il voulait que son œuvre résonnât un jour. Richard Wagner allait-il devoir à nouveau prêter allégeance ? Vers quel jeune être capricieux ce train qui, la veille, aurait pu devenir l'instrument de son suicide le conduisait-il ?

Louis II le reçut dans un salon rococo de la *Residenz*, tout lambrissé d'écaille et d'ambre. Le jeune homme était impressionnant. Immensément fin et d'une élégance sobre, chemise blanche, lavallière prune, redingote noire, il dépassait Wagner d'au moins deux têtes. Richard esquissa une révérence, interrompue par le roi, qui se précipita à sa rencontre dès que l'huissier eut fermé les portes. Richard leva la tête. Les yeux de Louis étaient emplis d'une admiration sans bornes. Il tendit ses mains au compositeur, qui ne les lâcha point. Le roi plongea dans le regard marin de Wagner, s'y noyant un long moment. Puis il baissa la tête.

Il guida Richard vers un canapé. Il se déclara son obligé, déposant toute son autorité au pied de l'être sublime qui l'avait conquis, à l'âge de quinze ans, avec son *Lohengrin*.

Il avait grandi, lui confia-t-il, dans un château merveilleux aux marches du Tyrol. La demeure dominait un lac, le refuge de grands oiseaux blancs et noirs, et on la nommait *Hohenschwangau*, le « haut pays des cygnes ». Par les baies exposées au nord, on pouvait voir les collines de la grasse Bavière boursoufler l'horizon. Mais, au sud, c'était tout autre chose. Le Tyrol dressait ses pics chaperonnés de neige huit mois durant. Leur théâtre formidable se nimbait d'or pulvérulent les longs soirs d'été. Entre plaines et sommets, ses aïeux Wittelsbach avaient édifié une folie néogothique dont les fresques contaient les aventures du chevalier Lohengrin. L'enfant-roi s'y était enivré de légendes. Il s'imaginait habiter Montsalvat, le burg du Saint-Graal. Sa fantaisie attelait la nacelle du chevalier de lumière aux vrais cygnes du lac. Contemplant les fresques chaque jour, il avait frémi à l'appel de trompette du tournoi, il avait chéri la douce duchesse de Brabant, il avait connu l'épreuve de Dieu. Il était sorti victorieux du combat contre les forces néfastes.

Le soir, il suppliait sa princesse imaginaire de ne jamais lui poser la question interdite : quel était son nom ?

Elle ne devait pas l'interroger à ce sujet pour ne point rompre le charme. Au matin, lorsque Lohengrin quittait sa couche, son réveil était humide. Il se consolait de l'exil de l'ineffable chevalier en dévorant tous les romans médiévaux que contenait la bibliothèque royale. Avec son maître d'armes, il avait combattu des géants dans les sapinières du jardin enchanté. La fabuleuse retraite des elfes, les cônes enneigés du Tyrol, veillaient sur lui. Puis, un jour, un messager vint l'informer qu'un musicien inconnu avait enfanté *Lohengrin*. Ainsi, quelque part sur la terre allemande, un homme s'était levé et avait choisi de prendre à bras-le-corps ces histoires fabuleuses pour les fondre dans le vrai monde. Ce n'était plus l'écho de ses rêves, mais leur concrétisation.

– L'œuvre d'art est un acte de vie... L'homme ne peut vouloir que l'universel, le vrai, l'absolu, sa propre absorption, non dans l'amour de tel ou tel objet, mais dans l'amour en général. Ainsi l'égoïste devient communiste, l'Un devient Tout. L'homme devient Dieu et l'artifice l'Art...

Wagner connaissait parfaitement les mots que le roi lui récitait avec fièvre tout en lui serrant les poignets. C'était son essai, *L'Œuvre d'art de l'avenir*.

Louis s'exaltait davantage :

– Dans le royaume de l'harmonie, il n'y a ni commencement ni fin. L'ardeur intime de l'âme n'est qu'aspiration, élan, langueur, expiration, c'est-à-dire mort. Mais mort sans mort, à cause d'un éternel retour sur soi-même. Il n'est qu'un seul moyen d'en sortir : la rédemption dans l'œuvre d'art de l'avenir. La salvation de l'homme utilitaire par l'Artiste !

Louis lui conta ses transes. Il évoqua cette soirée de 1861 au Hoftheater ; le monde infini qu'avait dévoilé le prélude de *Lohengrin* ; sa progressive ascension vers la lumière du Graal ultime. Il avait bu à la sainte coupe non pas le fiel et la détresse, mais un plaisir absolu. Il en coulait une telle pureté qu'il en sortait régénéré à chaque écoute, oublieux de son corps terrestre.

Wagner ignorait toutefois qu'à l'issue de cette représentation qui l'avait tant bouleversé le jeune prince eût connu les premières atteintes de l'épilepsie.

Depuis lors, il ne cessait de jouer le prélude dont il avait la réduction au piano. Elle lui était bien plus précieuse que les très anciennes miniatures de la pinacothèque de Munich. Richard lui ferait-il l'insigne honneur de lui dédicacer la page de titre de son exemplaire de *Lohengrin* ?

– Votre musique est au-dessus des hommes, mais elle sera leur bienfaitrice. Vous êtes mon frère, mon élu, celui que j'attends depuis toujours. Ah, Richard ! Avec votre art, je ferai de mon royaume un lieu tel que ni Tintagel, le château du roi Arthur, ni la Jérusalem céleste ne pourront l'égaler en splendeur et en force ! Ah, mon ami ! Voulez-vous m'aider à régner ? Je serai à vous jusqu'à la fin des temps !

Et le roi s'agenouilla devant un Richard transi qui ne sut par quels mots répondre à l'allégeance de cet enfant, les yeux perdus dans ses propres pupilles, bleu et gris comme la mer de théâtre que déploie en cet instant le décor de *Tristan*.

*

Sur scène, la hiératique explication entre le chevalier Tristan et la princesse Isolde, jadis victime de sa violence, menace de s'achever dans le poison. Par amour pour sa maîtresse, la suivante Brangäne, ne voulant pas commettre l'irrémédiable, substitue un philtre d'amour au philtre de mort. Un accord surpuissant ébranle le public et réveille ceux que les longueurs de la partition ont endormis. Le couple des deux ennemis partage la coupe fatale. Les lumières de la scène baissent, la nuit gagne le pont du navire portant Isolde vers le roi Marke, son futur époux.

L'orchestre reprend les mêmes notes que lors du prélude. La conque théâtrale est à nouveau plongée dans cette ambiance mystérieuse et désirante. Vaincus par le philtre, Tristan et Isolde, qui tout à l'heure se détestaient, s'étreignent. Ou bien leur haine n'était-elle qu'un mensonge révélé par le suc de la plante vénéneuse et néanmoins amie ? La passion, toute grondante de contrebasses, enlève les amants dans sa cape nocturne. Le navire a atteint sa destination.

En coulisses, les féaux du roi Marke saluent l'arrivée d'Isolde. Le roi s'approche. Une rafale de trompettes cargue les voiles. La lumière du jour inonde le pont. L'écho des cuivres se perd dans la salle, le rideau de scène tombe, le lustre se rallume. Quelques applaudissements crépitent. Des sifflets et des cris de protestation fusent. L'ouverture des portes tire Louis II, immobile et blême, de ses songes.

Il y a réception dans la loge royale. Il faut aller saluer le souverain. Le secrétaire Pfistermeister et le président Pfordten entrent, puis Wagner accompagné de sa secrétaire personnelle, la baronne Cosima, l'épouse du chef d'orchestre Hans Guido von Bulöw. Elle tient de son père, Franz Liszt, sa haute taille, et de Marie d'Agoult, sa mère, un visage tout en longueur qu'étire encore un chignon. Son aspect évoque un coutelas qui aurait rencontré un cheval, la menace de l'un étonnamment lié à l'autorité de l'autre. Le roi ne prête qu'une attention distraite à cette femme dessinée pour la maîtrise.

Il salue avec la même indifférence son époux von Bülow, encore ébouriffé par l'intensité de sa direction.

– Observez-le... glisse Pfistermeister à l'oreille de l'ancien ministre de la Culture du duché de Saxe-Weimar... et vous comprendrez mieux le cocasse de la situation.

Maigre et maladif, les traits émaciés, le cheveu rejeté derrière les oreilles, Hans contraste fortement avec son épouse. La brosse d'une moustache trop fournie déborde sur sa bouche, petite, si petite qu'on se demande qui pourrait désirer des lèvres d'évidence peu destinées au plaisir.

Les valets servent le vin de Champagne. Il est bu sans plaisir : sur un signe du roi, les plateaux qui viennent de présenter les coupes invitent à les y reposer au plus vite.

– Mon cher Wagner, j'ai hâte d'entendre la suite ! C'est si merveilleux...

Von Bülow, dépité, s'exécute. L'entracte a été de bien courte durée pour l'orchestre, et encore plus pour les deux protagonistes confrontés à cette partition dérangeante, Ludwig et Malwina Schnorr von Carolsfeld, le ténor et la soprano, un couple à la ville comme à la scène.

Une partie du public n'a pas quitté la salle. Certains sont statufiés dans une rêverie trouble, d'autres écrivent fébrilement dans leur calepin. Au foyer, lieu des poses à tenir et des avis à imposer, on décrie l'œuvre.

– Vous ne trouvez pas l'orchestre un peu trop puissant ? s'aventure l'épouse d'un critique connu.

– Que de monologues interminables ! J'avoue ne pas pouvoir tout suivre clairement, renchérit le folliculaire, à forte voix pour la cantonade.

– Mais que disait donc Isolde ? Avoir connu Tristan qui auparavant se serait appelé Tantris ?

– Quel galimatias ! s'esclaffe un bourgmestre en culotte de peau. C'est plus que risible. Savez-vous que ce Wagner écrit les livrets et la musique ? Il ne laisse à personne d'autre la possibilité d'y mettre la main. Il produit tout lui-même.

– Il a tort. Cela empêche tout recul raisonné, j'en sais quelque chose, pontifie le critique. Une œuvre construite avec tant de fatuité ne peut être que confuse. En matière d'histoire d'amour, j'avoue préférer *Roméo et Juliette*. Bellini, Donizetti, l'opéra des Italiens, voilà du convenable. Cela plaît sans agresser, cela distrait sans abrutir. Tandis que là... je ne sais qu'en penser.

– Il se dit que Mme von Carolsfeld a repoussé plusieurs fois la première. Trop fatiguée par le rôle. Elle en aurait perdu la voix à maintes reprises, caquette l'épouse.

– Wagner demande aux interprètes des choses insensées. Cette pauvre soprano a chanté plus d'une heure sans presque jamais s'interrompre ! C'est proprement inhumain.

– Et ce n'est pas toujours beau… n'est-ce pas ? hasarde le bourgmestre.

– Ah, le beau, mon cher ! Si nous nous engageons là-dessus, cela durera bien plus longtemps que le premier acte.

– Le beau, ce soir, je pense que seul notre souverain en décide. Et nul autre !

– Gloire à notre roi !

Tous claquent des talons.

– Quant au sujet, il est d'un scabreux ! Cette Isolde promise au roi Marke et qui tombe dans les bras de l'émissaire…

– Le Moyen Âge permet toutes les licences.

– Ah, voici la clochette signalant la fin de l'entracte. Cela va recommencer.

– Bon courage, chers amis.

– Oui, oui, nous nous verrons plus tard. Au moins, avec Wagner, nous sommes assurés de ne pas manquer de sujets de conversation.

*

Dans le navire de l'opéra munichois, chacun reprend sa place. Le roi au centre, céleste et absent. Sa cour aux premiers rangs du balcon, ses conseillers et ses ministres aux baignoires du parterre. Wagner se tient en retrait dans sa loge. Il a reculé son siège de quelques centimètres, comme s'il voulait rentrer dans ce cocon de velours soyeux qui protège et masque, adoucit et sépare. Malgré l'enthousiasme du roi, il est de plus en plus anxieux à mesure qu'avance la soirée. Car ce qu'il a confié durant de longs mois au papier, puis construit au cours de dizaines de répétitions, épuisant les musiciens, leur criant que cette partition les portaient au bord de l'abîme, est effectivement un scandale, obscène et sublime. Un rut amoureux mis en musique, brodé de mots, certes, mais tendu par une force, la sexualité, qui ne trompe pas, de même que les humeurs du corps, cyprine, sperme ou pollution nocturne, trahissent sa venue.

Il est trop tard pour reculer, le duo d'amour va commencer. La musique, comme le désir, est un fleuve qu'aucun barrage ne contraint. Ainsi l'a-t-il conçue : sans interruption, en un seul mouvement, sans airs ni césures. Un flot, un océan qui doit tout submerger.

Seule Cosima a changé de place. L'épouse du chef d'orchestre est restée tout le premier acte en coulisses, un œil sur les chanteurs, l'autre sur son époux. Elle vient s'asseoir dans la loge du compositeur, à la demande de Hans von Bülow, que la présence de sa femme, entrevue de biais, côté jardin, rendait soucieux et triste, gênant sa concentration.

Elle s'est tapie dans l'ombre, invisible aux jumelles de théâtre. Le fauteuil du premier rang, à côté de Richard, devrait être occupé par une épouse. Il reste vide et cela se voit. Dans le grand visage du théâtre, c'est comme une dent absente qui défigurerait la perfection du sourire mondain. Mais un fantôme vient occuper ce siège si proche de Richard, une silhouette qui n'ose paraître en pleine lumière. Elle fait écho à ce que met en scène le deuxième acte.

Isolde a réclamé l'obscurité. Elle a signifié à Tristan de la retrouver dans le jardin à grands gestes de flambeau. Voici qu'elle l'abaisse et le piétine. Elle maudit le jour, le soleil, et tout ce qui pourrait éclairer le mensonge d'amour auquel cette épouse, à peine mariée, va s'adonner à corps perdu, de toute son âme et de tout son sexe, à la faveur de la nuit, la conciliante, l'insondable complice des cœurs. Reine adultère et femme heureuse : merveilleuse transgression.

Le dos de Richard fait écran au jour de la scène. Cosima pourrait tendre la main et caresser son épaule, sentir sa chaleur à travers le tissu. Elle pourrait baisser le bras, chercher et saisir ses doigts. Mais elle ne cédera pas à la tentation. Cosima connaît trop bien l'histoire de Tristan. Son statut de secrétaire lui a imposé d'assister aux répétitions au piano dans l'opulent salon de la Briennerstrasse. Elle a eu l'insigne honneur de reporter les corrections du maître, si scrupuleux dans son écriture, si avare de ratures, si exigeant quant à la qualité du papier et la netteté de l'encre. Fille de musicien, elle a dirigé l'armada de copistes qui a préparé les parties instrumentales. Elle sait le cor anglais et le violoncelle, les flûtes et les contrebasses. Tout son être s'est immergé dans cette mer de pages devenue vague de sons. Aurait-elle jamais imaginé, il y a huit ans de cela, participer à l'engendrement de cette... chose ?

*

Hans Guido von Bülow, pianiste talentueux, est un admirateur sans bornes de Wagner. Il comprend sa musique mieux que Richard lui-même, improvisant à partir de ses esquisses des accompagnements superbes. Cosima l'avait épousé sur les conseils de Franz Liszt. Il fallait un guide à sa grande fille tremblante, si souvent triste et obscurcie des mêmes soleils noirs que sa mère, la comtesse Marie.

Les Wagner étaient alors hébergés par un couple de riches marchands de Zurich, Otto et Mathilde Wesendonck. Richard avait trouvé chez eux le gîte, le couvert et une solide aide financière. Pour beaucoup d'agitateurs politiques, la Suisse offrait le meilleur des refuges. En cette année 1858, la France était impériale, Venise et Milan sous le joug de l'Autriche, et ces talons monarchiques étaient à tout moment susceptibles de réaliser qu'un insecte révolutionnaire rampait sur leur territoire. La Suisse rebelle, terre confédérée et presque républicaine depuis les temps médiévaux, représentait un asile.

L'Asile, c'était le nom choisi pour la maison à colombages que Wesendonck louait à Wagner, en bordure du vaste domaine, avec vue sur le lac et les Alpes. Richard avait débusqué, chez ce négociant en soie, un patron docile. Les couplets théoriques et la férocité gouailleuse de Wagner le distrayaient. Lors de fêtes privées, le compositeur dirigeait quelques mouvements de symphonies de Beethoven interprétées par le gratin des musiciens zurichois.

Les von Bülow, en lune de miel, étaient venus séjourner à L'Asile au printemps. Tout allait pour le mieux. Otto Wesendonck avait acheté pour six mille francs les droits de *L'Or du Rhin*. *La Walkyrie* attendait son orchestration définitive et *Siegfried* était en chantier. Le jeune héros, à peine son épée forgée, s'apprêtait à s'enfoncer dans la mystérieuse forêt germaine où un dragon veillait sur l'anneau qui donnait le pouvoir universel. C'est alors qu'avait surgi, chez Richard, l'envie de *Tristan*. Elle lui était venue en dévorant, comme Louis II, des romans médiévaux.

Tout un après-midi, dans l'opulent salon des Wesendonck et en leur présence, Richard lut et chanta, accompagné à vue par Hans, l'ébauche de ce qu'il était en train d'enfanter. Comme cela avait paru étrange et dérangeant à la jeune épouse ! Elle n'avait guère aimé cette ambiance lourde entrecoupée par les froissements de robe d'une Minna bizarrement nerveuse. La musique de Wagner atteignit Cosima en des lieux insoupçonnés, même si elle n'avait pas tout saisi à cette chanson de gestes. Quelque chose de vénéneux était en train de s'écrire entre leurs hôtes, pourtant rien ne transpirait, fors *Tristan*. On ne parle pas de ces choses-là, quand bien même on en souffre. À l'époque, Cosima avait d'autres soucis intimes.

l'adresse à Minna. Le plafond à fresques était de l'école de Tiepolo et les murs lépreux. Il posa des rideaux aux fenêtres pour couper l'humidité de la cité en proie aux brumes ; il enfouit son piano sous des tapis orientaux, il s'entoura de meubles de prix et de sofas profonds. Il se tissa un cocon de velours grenat, cette même couleur qui tapisse la loge munichoise. Il la caresse à présent de la joue, sa tête posée contre cette maternelle cellule d'opéra.

Autour du Palazzo Giustinian, l'eau clapotait comme la musique de *Tristan*. Les gondoliers étaient des voix lointaines et nues sous les fenêtres. Le soir, il allait s'étourdir de cognac au café Florian, où un orchestre de cuivres autrichiens trompettait son ouverture de *Rienzi*.

Ainsi il était connu ! Il se jouait un peu la comédie d'en douter.

Sa vie entrait dans son œuvre et il ne vivait plus que pour elle. Tout lui faisait bois dans le brasier créatif qui le consumait. Vue depuis Venise, Mathilde n'était rien d'autre qu'une muse. L'adultère ? Une simple trame dramatique. Otto ? Le roi Marke. Et Minna, sans doute Brangäne, cette servante craintive et somme toute complice. Ne la considérait-il pas comme l'épouse qui devait tenir son foyer ? Leur correspondance était à présent plus apaisée, voire tendre. Après tout, chacun avait joué sa partie dans les amours trioliques de Zurich.

Même la politique conspirait à la conception de son *Tristan*. Le grand-duché de Saxe avait envers lui de continuelles colères diplomatiques. On rappela à l'Autriche, maîtresse de Venise, qu'elle abritait un proscrit dans ses palais moisis. Richard commençait alors le troisième acte, où Tristan agonise en exil, une plaie suppurante ouverte à son flanc. De gros furoncles sur la jambe, mal opérés par un méchant chirurgien, lui inspiraient cette décrépitude héroïque.

Il fut convoqué par un militaire au titre assourdissant, le lieutenant feld-maréchal Johann Freiherr Kempen von Fichtenstamm, lequel, en accord avec le non moins ronflant ministre des Affaires étrangères de Vienne, le comte Karl von Buol-Schauenstein, intima au citoyen Richard Wagner de déguerpir.

En avril 1859, Richard laissa quelques brouillons, les meubles de valeur et les mètres de velours grenat qu'il avait promis de payer, en omettant scrupuleusement de le faire. L'argent lui servit à rapatrier sa convalescence, son *Tristan* en cours et son piano Érard. L'homme, l'œuvre et l'instrument se mirent à nouveau en chemin, avec le secret espoir de retrouver L'Asile suisse. Richard passa par Milan et Côme, puis choisit la route de Lugano, Bellinzona et le Gothard. Ce haut col se conduisit mal avec lui. En Italie, les arbres fruitiers fleurissaient. Mais le père Gothard avait revêtu un manteau de nuages grisâtres ouatinés de flocons de neige, laquelle ne cessait de tomber. Ce temps d'hiver le réduisit à emprunter une infâme voiture à fromages, un traîneau ouvert aux quatre vents, ce qui lui occasionna un sévère rhume de cerveau. Derrière lui, son Érard, animal de palissandre, de fonte et de cuivre, gémissait sous les assauts du froid et de la neige. Ce vaillant compagnon de l'encombrant compositeur était à l'image de Kurwenal, l'écuyer de Tristan. Les complaintes du cor anglais qui saisissent en cet instant le *Hoftheater* d'une indicible émotion naquirent sur ses cordes vigoureuses.

À Zurich, Wagner revit Otto. Celui-ci lui battait froid, mais il ne ferma pas sa porte. Mathilde l'avait remplacé par un autre compositeur, Johannes Brahms. Otto lui fournit de quoi louer à bas prix une suite d'hôtel à Lucerne. Avec le porte-plume en or que Mathilde lui avait offert, il y acheva *Tristan*. L'épouse du soyeux n'avait été qu'un encrier où tremper son inspiration. Seul lui importait désormais de trouver un théâtre pour créer ce singulier opéra où le mythe sublime le cocufiage.

*

La fin du deuxième acte laisse le *Hoftheater* abasourdi. La main de Cosima a fini par rejoindre celle de Richard. Ce contact est un feu plus bref que la foudre.

– Pas ici, pas maintenant ! dit-il sèchement.

Mais elle tient à ce qu'il sache, ou que du moins il ressente, combien ce duo d'amour l'a submergée.

Comme tant d'autres. Jamais on n'a entendu pareille tension. Jamais l'acte d'amour et son mouvement, sa puissance et sa crudité n'ont été ainsi incarnés. Caresses grandissantes, progression du désir, pénétration des voix l'une par l'autre et l'une dans l'autre. Apaisement du premier enlacement, avidité du second, nouvelle progression, érection de l'orchestre, fluidité des voix... et brusque interruption de cette extase par Melot, le félon conseiller du roi Marke.

Au foyer, les conversations changent de ton. Qui était resté à sa place, méditatif, se précipite pour partager ses impressions. Trop de bonheur déborde, il faut s'en ouvrir pour ne pas étouffer.

– C'est un orgasme que nous venons d'entendre ! s'emporte le folliculaire, à présent très échauffé.

Il note la rumeur grondant autour de lui, le changement d'humeur chez ceux qui, tout à l'heure, étaient les premiers à gausser et à vilipender. Les épouses sont émues et gloussent à mi-voix.

– C'est obscène !

– Non, ma chère. L'adjectif n'est pas juste. Justement, cela n'est pas obscène, car rien n'est montré. Wagner est remarquable. Il fait entendre et participer par la seule puissance de sa musique.

Un prêtre marmonne :

– Cela est le plaisir, c'est simplement... diabolique !

Il tourne le dos à qui voudrait l'aborder. L'homme de Dieu ne tient pas à recevoir de confidences en cet instant.

La jeune génération s'avère le plus affectée. On voit des visages rouges, on perçoit des exclamations. Il y a de ces poignées de main fortement empathiques que l'alcool a plus souvent coutume de provoquer. Ici, c'est le philtre de Tristan que l'on a bu. Chacun a le sentiment de l'inouï, et de participer à un événement historique.

– Cet homme est un sorcier ! Un génie !

Un Français, Édouard Schuré, se montre le plus exalté :

– C'est une merveille de psychologie musicale dans un chef-d'œuvre de passion ! Jamais aucun drame n'a donné une si puissante expression de l'amour, avec ses fièvres, avec ses hallucinations, avec ses frénésies !

Le folliculaire munichois lui tend un verre de vin blanc.

– Quand un Français s'enthousiasme, à la bonne heure, le voilà parti ! Jeune homme, je dois convenir avec vous qu'il se passe là quelque chose de singulier. Pourtant, Dieu sait si je n'ai guère d'estime pour Wagner, cet autocrate, ce capricieux ! Vous-mêmes, à Paris, ne l'avez-vous pas conspué ?

– Une frange du public seulement. Les ignorants et les mondains. L'empereur Napoléon III avait voulu que *Tannhäuser* soit joué à l'Académie impériale, où les exigences artistiques sont celles d'une cour. Les vrais amateurs n'y ont pas leur place.

– À ce propos, que pensez-vous de notre opéra de Munich ? C'est aussi un théâtre de cour...

– Puis-je parler en toute franchise ?

– Je vous en prie.

– Voyez-vous, je ne suis à Munich que depuis quelques mois, pour mes études. Et je me demande si vous autres Allemands vous laissez parfois émouvoir. J'ai l'impression qu'ici les gens cultivés se demandent d'abord si leur émotion est en accord avec leur philosophie. Que vous avez besoin de consulter Hegel et Kant pour vous assurer d'avoir le droit d'être émus. À moins que vous n'éprouviez le besoin d'écrire dix volumes pour vous prouver que vous pouvez bien l'être !

– Wagner est justement le premier à écrire des volumes de théories pour nous assurer du bien-fondé de son art ! répond, piqué, le critique. Mais, ce soir, je suis près de rendre les armes. C'est de l'inouï que nous goûtons là. Le diable d'homme ! Comme il sait accaparer nos esprits. Nous ne vivons rien d'autre qu'une prise d'otage de nos oreilles. C'est un hold-up de nos émotions !

*

Suicidaire un jour, autoritaire le lendemain. Après l'allégeance de Louis à Richard, Wagner avait déclaré à ses ministres : « Je veux ! »

Et il obtint. Une plus grande maison, avec le personnel nécessaire. Un équipage. Et que toutes ses dettes soient remboursées, puisque, dans sa lettre de Stuttgart, le roi le lui avait promis.

Von der Pfordten et von Pfistermeister, le cabinet « von Pf. », comme il se plut bientôt à le nommer, enregistrèrent les demandes d'un Wagner très sûr de lui. « Pfi » et « Pfo » obtempéraient en inclinant la tête, signifiant ainsi au scribe von Pfeuffer qu'il pouvait reporter, dans son cahier extrêmement bien tenu, les doléances numéraires du compositeur, chacune marquée d'une croix.

Richard n'était pas dupe de leur docilité. Louis l'exalté était encore bien jeune. Son tempérament le rendait aisément manipulable par un entourage sans scrupules.

Le clergé catholique était puissant à Munich. Avec l'aristocratie, il formait un bloc jaloux de ses prérogatives. Pour l'instant, les conseillers n'étaient pas mécontents de voir leur suzerain obnubilé par un artiste. Cette passion pour Wagner le tenait éloigné de leurs petites affaires. Et puis Richard ne valait pas encore trop cher. Il avait confié à Pfistermeister que « les cent représentations du *Prophète* de Meyerbeer, ce Juif, avaient coûté à Berlin sept cent cinquante mille marks ». Cette mention vipérine tombait bien : en bons Bavarois, ministres et secrétaires détestaient la tribu d'Israël. Il serait bien temps de s'alarmer quand Wagner aurait gaspillé autant. Les trois « von Pf. » réglèrent donc les fournitures de meubles et de vêtements, dont d'extravagantes robes de chambre en soie jaune safran. Les premières dépenses représentaient quatre mille guldens.

Ce n'était qu'un début. Arrivé en mai 1864, Richard obtint fin juin seize mille autres guldens, hors ses entreprises artistiques, qui coûtaient autant à la couronne. Il avait aussi laissé à Vienne de copieux arriérés. Il y avait loué un petit palais dans le très chic quartier de Penzing. Wagner avait trouvé le moyen d'emprunter de fortes sommes à tous les usuriers juifs de la capitale austro-hongroise en se prévalant du crédit d'une riche décatie, Mathilde Maier, qui cachait sa calvitie sous d'adroites perruques. Richard ne la courtisait pas plus que nécessaire.

Durant une nuit de Noël mémorable, il invita ses connaissances viennoises à une lecture des *Maîtres chanteurs*. Il leur apparut en costume de la Renaissance, avec plus de crevés à son pourpoint qu'Henri VIII et François Ier réunis. Wagner distribua à chacun de somptueux cadeaux. Le champagne coulait à flots lorsque, à minuit, parurent les usuriers. Richard railla ces Rois mages arrivés sans invitation, puis s'enfuit par la porte de service en laissant à ses invités le soin de régler les dettes les plus urgentes.

Mathilde Maier, quelque peu vexée, lui avait reproché sa conduite :

– Mon cher, n'êtes-vous pas las de trahir ainsi vos amis, leur argent, leurs femmes, bref notre affection ?

– Absolument pas. Sinon, à quoi cela servirait d'avoir des amis ?! rétorqua-t-il.

Mathilde Maier apprécia cette franchise peu commune ; c'était tellement « artiste ».

À chaque fois qu'il sortait du cabinet ministériel, Wagner jetait un œil malicieux aux trois Bavarois, la tête penchée sur le livre de comptes.

Pfeu annotait, Pfi commençait à rager. Pfo restait plus pondéré.

– Laissez, mon ami, disait-il. Ne vous emportez donc pas. Notons, déboursons. Et surtout ne nous en cachons pas.

– Je vous demande pardon ?

– Faisons savoir partout que Herr Wagner paye désormais rubis sur l'ongle. Vous allez être surpris de voir combien de prêteurs cachés vont se présenter. L'argent appelle l'argent, et c'est encore bien pire lorsqu'il fait défaut à une poche dont on l'a soutiré. Je surveille

Wagner depuis assez longtemps pour l'avoir cerné. Croyez-moi, cet homme-là en a vidé plus d'une. Il est arrogant et dépensier. Il est donc, sur le sujet du numéraire, d'une totale faiblesse. Un faux pas de sa part ne saurait tarder. Nous l'utiliserons quand cela s'avérera nécessaire.

*

Le rideau tombe après cinq heures de musique. Ludwig Schnorr von Carolsfeld a porté sur ses épaules tout le dernier acte, chantant depuis sa couche d'homme à l'agonie des pages d'une infinie tristesse. C'est le cri d'une âme exilée, déchirée, irrémédiablement perdue. Richard s'est rappelé Venise. Le chevalier a trahi son roi. Il s'est laissé blesser à mort. Purulent, avec un écuyer et un pâtre comme seuls compagnons sur sa terre de Bretagne, il a attendu, vainement, le retour d'Isolde.

Schnorr l'a bouleversé. Il s'est plus d'une fois retenu de fuir sa loge et de sortir au grand air tant il se sent oppressé par sa création, par l'intensité que seul cet interprète hors pair sait offrir. Il est intimidé, révulsé et très inquiet des réactions.

Isolde est enfin venue, mais trop tard, juste le temps de recueillir le dernier souffle de Tristan. Alors s'est élevée cette aria extraordinaire, la mort d'Isolde, une dissolution vocale dans le grand tout universel. L'accord de tristesse qui n'a jamais cessé d'attendre sa résolution depuis le prélude se referme enfin, bouclant le drame et clôturant le temps de la passion en une sublime évanescence. Apothéose, divin apaisement ; pour Richard, l'accomplissement de trois ans de composition et de si longues années d'attente avant d'avoir pu enfin présenter *Tristan* au monde, cette tragédie de l'amour transmuée en rêve d'artiste. Tel Prométhée, il est revenu vers les hommes afin de les illuminer de son art. Don musical, don de fugace éternité.

– Richard, Richard ! On vous réclame. Venez ! Descendez sur scène !

Cosima effleure légèrement son épaule. Elle ne sait que trop dans quelle transe les compositeurs se trouvent après une première création de leur œuvre.

– Non, je ne veux pas d'applaudissements. Faut-il encore les bruits du monde après cela ? Dites, peut-il seulement exister un après-*Tristan* ?

– Richard, ne faites donc pas l'enfant. Depuis quand attendez-vous cet instant-là ?

Il se sent terriblement petit entre Ludwig et Malwina, si jeunes, si exaltés encore par leurs prestations, suant sous leur maquillage, mais radieux, nimbés de sa musique et de son poème. Richard est fiévreux et pâle. Il tremble. Les applaudissements grondent. Le rideau de scène s'entrouvre. Le parterre est debout. Les gorges germaines lancent des bravos frénétiques dont elles n'ont guère l'habitude. Le petit homme en pantalon blanc s'incline d'un air sévère face au public. Il se tourne vers ses deux interprètes, les étreint chaleureusement l'un après l'autre. Puis il s'efface. Les violons tapent de l'archet sur les pupitres, les musiciens l'acclament, mais Richard a fui la scène comme si les planches étaient en flammes.

*

Louis a regagné son train privé, tout aussi réticent aux mondanités. Il n'a guère la force de s'y adonner après ce qu'il vient d'entendre. Ce sublime-là ne peut souffrir de bassesses terrestres. Louis n'a qu'une envie : se fondre dans la nuit de juin, féconde, profonde, sucrée de lilas et d'érables ; rejoindre la matrice cosmique où viennent de se dissoudre Tristan et Isolde.

Il ira dormir à Hohenschwangau. Le jeune roi conduit lui-même la locomotive. La tête dénudée, il respire à pleins poumons, ivre d'une joie incommensurable. Trois autres représentations de *Tristan* sont prévues. Il assistera à toutes, pour revivre cette extase, pour avoir le plaisir d'être celui qui l'offre au monde. L'élévation du genre humain vers les sommets de la culture et de l'art sera son fait. Il distribuera cette œuvre qui est un nouvel évangile, la coupe de la beauté bienfaitrice. Il en abreuvera ses sujets, ses pairs, toute l'Europe et, au-delà, la terre entière.

Quel merveilleux artiste que Richard ! Il est venu à lui avec un plan de travail bien arrêté. L'Ami lui a dévoilé son agenda pour les années qu'ils vont partager. Durant la saison d'hiver 1865 : *Les Maîtres chanteurs*. 1867 et 1868 verront les quatre opéras du cycle de *L'Anneau du Nibelung*. En 1869-1870, on donnera *Les Vainqueurs*, et pour 1871-1872, *Parsifal*. Louis et Richard ont passé un contrat que les von Pf. ont rédigé. Moyennant trente mille guldens, *L'Anneau* sera au roi. Il ignore que Wagner a déjà cédé une partie des droits à Otto Wesendonck et encore une autre à la maison d'édition Schott, pour dix mille guldens. Richard aime autant additionner qu'il sait soustraire.

Sous un flot d'escarbilles que les étoiles jalousent, le train royal hurle dans les monts de Bavière. Louis voudrait avoir l'orchestre à ses côtés pour répandre partout, à nouveau, la divine musique de *Tristan*. Il accélère. Le roi se sent tout-puissant aux commandes de l'animal mécanique. Il le lance à pleine vapeur, il le dompte. Bientôt ce seront les premières côtes vers Hohenschwangau. Dans son esprit, son château se confond avec Karéol, le manoir de Tristan. Et la mer devant laquelle Isolde s'est effondrée, « suprême bonheur », chantait-elle, cet océan des origines où les corps s'anéantissent dans le désir cosmique, c'est le lac de son enfance, le lac aux cygnes.

Aux premiers effluves humides, Louis ralentit. L'eau ! L'eau tout de suite ! Pour y dissoudre son ivresse, la dissoudre et la répandre. Désir : fleuve de l'infini, voie lactée. La bête de métal à peine arrêtée, la vapeur chuintant entre ses jantes d'acier, Louis saute dans la prairie de scabieuses, de valérianes, de renoncules. La nuit embaume d'espèces qui n'éclosent qu'au crépuscule. Leurs corolles piquètent d'un banc laiteux l'herbe grasse, offrant une tapisserie de mille fleurs aux pas de son rêve médiéval.

Un écuyer suit le roi, en bonne ombre asservie. Le jeune homme ramasse les vêtements de Louis qui a commencé de se dévêtir avec fébrilité. Redingote, chemise, pantalon et bientôt les bottes, lancées par-dessus l'épaule. Chaque mouvement l'expose davantage à la nuit complice. Le voici nu dans la moiteur enveloppante.

D'un pas sans hésitation, Louis pénètre le lac. Il lève les bras, comme un orant, avant d'y plonger. La fraîcheur de l'eau lui coupe la respiration. Choc intense et profond : c'est d'abord une massue, puis un couteau et enfin une caresse puissante qui lui pétrit la peau. La main liquide l'enserre, transformant ses sensations. Mais il est le roi, il ne se laissera pas dompter par l'eau. Une autre peau naît sous sa première enveloppe charnelle transie de froid. D'un coup d'épaules il fend l'onde, aiguisant son corps d'animal primitif, poisson leste et fluide.

Louis se laisse dériver par son élan. Esprit flottant, il ne sent plus, sous ses pieds et sur ses épaules, ni poids ni gravité. Sa verge, escargot apeuré, est rentrée dans la coquille de son scrotum. Il n'a plus de sexe, mais il en a la sensation décuplée. Elle est ample comme le frottement répété contre les draps, la délicieuse sensation du demi-sommeil entre les bras de Lohengrin. Ce plaisir, tout son être le ressent multiplié, à présent, au sein de l'onde. Les cygnes blancs et noirs plongeant leurs longs cols dans le lac de Hohenschwangau connaissent-ils cela ? Que leur port est beau, que leurs formes sont dociles.

– Viens ! ordonne-t-il à son écuyer.

Le jeune homme se déshabille, obéissant. Louis contemple ses membres blêmes et musculeux, se détachant sur l'eau noire. Et lui, comment est-il ? Aussi beau que cet animal de marbre ? Mais il n'ose sortir de l'eau, tout à sa vision et au tremblement insensé qui l'envahit. La tête lui tourne. Est-ce cela que vivent les elfes, la nuit de Sabbat, lorsqu'ils dansent avec les sorcières ? Il est l'esprit des eaux, le frère des cygnes. Absous de son corps terrestre, Louis ne fait plus qu'un avec la nuit aquatique, avec ce ciel de Bavière tout crépitant de luminaires et dont il connaît chaque nom, Orion, Centaure, Bételgeuse. Au loin, les pics du Tyrol ourlent leur dentelle d'ogives sur le drap étoilé. Louis plonge. Il tend la main à l'aveugle pour saisir une cheville, un genou, une cuisse. Le cygne noir et le cygne blanc s'estompent dans le liquide obscur.

Pfistermeister et Pfordten observent, depuis le train, le roi s'en revenir épuisé et rayonnant, suivi à distance respectable par son écuyer trempé.

– Rapporterons-nous tout cela à la reine mère ?

– Surtout pas ! Disons-lui plutôt qu'après ce *Tristan*, le roi hier adolescent nous paraît aujourd'hui mûr pour ses noces.

– Vous avez raison, il ne devient que trop urgent de le marier. Sans cela, Dieu sait jusqu'où pourrait nous mener l'emprise de ce fichu musicien ?

*

L'enfant de deux mois qui s'éveille dans les bras de sa nourrice alors que Richard, Hans et Cosima reviennent, exténués, du *Hoftheater* est le secret le mieux gardé de la vie munichoise. Isolde est la troisième enfant de la baronne Cosima von Bülow. Elle a vu le jour le 10 avril 1865, deux mois avant la première de *Tristan*.

Sa mère accorde une grande valeur aux chiffres et aux nombres. Comment ne point y être sensible lorsque l'on est née Cosima, un 25 décembre, sur le lac de Côme ? Le 10 signifie le symbole du couple, de l'œuf fécondé par l'homme, du Créateur et de sa création. Elle décline souvent cette mystique en son cœur. 5 + 5, Harmonie selon Pythagore ; 7 + 3, Dieu et la Trinité ; 6 + 4, la Matière en Perfection pour les Hermétistes. Que de signes favorables, et comme elle a besoin d'être rassurée !

Ce fut un 10 octobre, en 1853, que Cosima rencontra Richard pour la première fois, au cours d'un dîner organisé à Paris par son père. L'adolescente de seize ans n'avait eu que peu de considération pour ce jovial péroreur de quarante ans. Bien plus tard, lors de sa lune de miel à L'Asile zurichois, la rencontre avec la musique de Wagner fut un choc. L'émotion que lui procura l'esquisse de *Tristan*, déchiffrée par Hans, était indescriptible, une lumière d'aube, la vision d'un arrière-pays empli de promesses. Elle se rendit soudain compte à quel point elle était prisonnière de son corps et de sa vie.

Après cette audition, chaque fois que Hans jouait les nouveaux extraits de *Tristan*, la réalité s'évaporait. Richard ne manquait jamais de les lui faire parvenir puisqu'il en avait fait son chef attitré avec la bénédiction de Franz Liszt. Une compassion infinie restait seule maîtresse du terrain. Cette sensation n'avait pas de nom ; c'était une romance sans paroles qui grattait merveilleusement à la porte de son cœur.

Ses souvenirs d'affection et de tendresse étaient si lointains. Une grand-mère aimante, une mère indifférente, un père itinérant ; Cosima fillette fut ballottée de foyer en institution. Née illégitime, elle était tombée comme une tache sur la réputation de sa mère, Marie d'Agoult, qui avait fauté deux autres fois avec son virtuose hongrois, enfantant Blandine et Daniel. Sur ordre de leur génitrice, Cosima et Blandine furent arrachées à l'amour de la mère de Liszt pour être offertes à la garde de deux chaperons russes. Ces méchantes femmes les élevèrent dans la rigidité des bonnes manières, leur inculquant l'hypocrisie comme seule arme vraiment utile au sein des salons bourgeois, où des créatures de leur sorte ne pouvaient qu'éclore ou faner.

– Quel destin pour Cosima ? Eh bien un bon mariage ! Quoi d'autre ?! s'était exclamé Liszt en coupant la parole à sa fille lorsque Wagner l'avait interrogée, avec une politesse narquoise, sur ses aspirations.

Cependant, Richard avait adressé un regard de compassion à la taiseuse, avant de rejoindre les hauteurs où les deux aigles musiciens menaient une conversation qu'Hector Berlioz avait rejointe en fin de dîner.

Puis Cosima fut transplantée bien loin de Paris, à Berlin, dans le foyer des von Bülow, tout dévoué à la gloire de la musique paternelle. La baronne Franzisca, aristocrate progressiste, régnait sur son fils Hans Guido. Cosima reçut de lui un solide enseignement pianistique.

Elle se montra douée, obéissante, silencieuse. Elle finit par épouser son professeur sans montrer aucun signe de rébellion. Ne devait-il pas en être ainsi ?

La personne de Hans, si accablé de travail, si souvent triste et morne, touchait en elle une fibre facile à exploiter : la pitié. Ils eurent deux filles, Daniela puis Blandine. Chaque grossesse lui fut une épreuve. Dans une maison normalement constituée, l'attente d'un bébé apporte la joie. Mais Cosima osait à peine en informer Hans. Le jeune chef d'orchestre peinant à percer recevait chaque venue d'enfant comme un dérangement. Cela ne semblait jamais le concerner.

Il n'avait considéré son mariage que comme un hommage à l'amitié qui le liait à Liszt. En retour, il avait offert à la bâtarde du prodige et de l'aristocrate un nom brillant et honorable. Et le titre de baronne. Mais Franzisca s'inquiétait des dépenses qu'allait représenter l'éducation de ces enfants qui n'étaient même pas des garçons. Quant à Franz Liszt, il apprenait les grossesses de Cosima sans que cela paraisse l'émouvoir ; il lui était décidément bien plus facile de s'asseoir au piano que de s'asseoir à sa vie.

L'accouchement de sa deuxième fille, Blandine, fut épouvantable. Cosima faisait les cent pas dans le salon, s'asseyant lorsque les contractions devenaient trop violentes. Hans et sa mère étaient présents, avec les domestiques, et chacun la regardait d'un air atterré. Cosima finit par pousser un cri qui fut entendu par tout le voisinage. Quand la sage-femme se présenta, Blandine était déjà née. Tout juste avait-on porté la parturiente sur un lit parce qu'elle était tombée sur le tapis du salon, où elle se tortillait au milieu de ses eaux.

Comme sa vie d'alors était désolée, vide et noire. Seul Richard, de très loin, s'inquiétait pour elle, par post-scriptum. Mais Cosima n'en savait rien. Il écrivait à son père et à son époux, pas à elle. Ni l'un ni l'autre ne songeaient à lui dire que leur ami exilé avait toujours une pensée pour la « pauvre Cosi ». D'ailleurs à quel titre aurait-elle reçu une lettre personnelle de Wagner ?

Mme Cosima von Bülow devint insensiblement une femme à particule doublée d'une mère attentionnée, s'inquiétant heure après heure de l'état de son petit peuple, toujours se sacrifiant, mais sans jamais vouloir pousser la porte close au fond de son cœur. Sauf quand la musique de Richard murmurait ce mot mystérieux qu'elle connaissait sans en saisir le sens profond ; le mot que se chantent Tristan et Isolde ; celui qui ouvrirait enfin sa cage.

Isolde vagit dans sa chambre, et son cri d'animal émeut la mère et les deux hommes. Ils montent à l'étage, foulant avec précaution le lourd tapis scandé de baguettes de cuivre. La robe de Cosima, taillée par Chaillou-Gherzzi, à Milan, froufroute doucement. Hans et Richard murmurent. La nourrice leur présente le bébé. Wagner s'en empare. Un « Isolde » vibrant et doux sort de ses lèvres. Cosima vient à ses côtés et embrasse le poupon.

Hans est terrassé par un violent coup au plexus. Est-ce l'effort impitoyable de la direction d'orchestre ? La tension accumulée qui se relâche ? Ses nerfs trop tendus qui cèdent ? Ou ne serait-ce pas plutôt une aveuglante évidence qui lui coupe ainsi la respiration ? Cette entente, la connivence de Richard et de Cosima, leur criante harmonie ; l'enfant entre eux, comme un parfait trait d'union. Isolde et ce nez aquilin qu'elle montre déjà ; comment n'a-t-il pas vu ? Pourquoi l'avoir enfoui au fond de lui ?

C'était pourtant plus que flagrant, le 10 avril, lorsqu'il était entré avec Richard dans la chambre de Cosima. Elle était épuisée, mais rayonnante sous la madone florentine que le roi avait tiré de sa collection pour l'accrocher au-dessus du lit de la future mère afin, avait-il écrit, *de donner la bénédiction de l'art à la servante de l'œuvre.* N'était-ce pas Cosima qui repassait à l'encre les pages de la partition ? N'étaient-ce pas ses mains qui coloraient les notes grises tombées du crayon de Richard ? Cosima la copiste, Cosima la secrétaire particulière transfigurait l'écriture de Wagner en runes sacrées. Elle en pleurait souvent de bonheur, infusant tout son sel de mère, toute sa mer intérieure dans la passion de *Tristan et Isolde.* Elle ne faisait plus qu'un avec cette musique et donnait, jour après jour, naissance au génie de Richard.

Ce 10 avril, Wagner s'était penché tendrement vers Cosima. Elle lui avait tendu l'enfant après Hans. D'un air de propriétaire, Richard s'était saisi de la fillette et avait clamé à haute voix : « Bienvenue Isolde ». Hans avait blêmi, de crainte, et non de doute. Le destin de la princesse n'était guère enviable et donner à son troisième enfant ce prénom lui parut une proximité bien funeste. Fallait-il charger son bébé innocent de tout le poids de leur difficile entreprise ? N'était-ce pas trop chatouiller le sort que de mêler ainsi l'intime et le public ? Les faits semblèrent lui donner raison. Le 10 mai, jour de la première, Malwina s'était réveillée avec le larynx endolori. Isolde faisait mal ses nuits et la cantatrice perdait sa voix. Il fallut reporter la représentation d'un mois. Vengeance rétrospective !

Richard et Cosima béent d'admiration devant le bébé, s'amusant de ses doigts minuscules dont les ongles durs arrachent des fibres aux langes de flanelle. Hans les observe et compte à rebours. À mesure qu'il recule dans le temps, son affection s'éloigne du couple arborant cette bêtifiante expression des humains contemplant leur progéniture. Il fuit dans sa chambre et s'effondre sur le lit. La couche des von Bülow ! Il se relève aussitôt et ressort en titubant ; les sueurs froides l'envahissent, la nausée le menace. Hans Guido ne doit rien laisser paraître. Il entend sa propre mère le tancer : pas de crises, retiens tes larmes. Une sourde violence monte en lui, mais il refuse d'y céder. Pas devant le Maître ! Il prend un escalier de service et se jette dans la nuit silencieuse. Les maisons germaniques, qui n'ont jamais de volets, observent par leurs fenêtres obscures ce disciple abîmé d'abnégation fuir dans les rues.

*

– Défais ton chignon, demande Richard. J'aime les femmes sans entraves ; je ne puis supporter ces femelles allemandes aux cheveux ramassés comme un kougelhof.

Cosima, tu es si belle en sauvageonne, libre de tes mouvements. Sois toi-même, comme au premier jour !

Les deux autres filles de Mme von Bülow sont dans la chambre voisine de la nourrice, repartie coucher la petite.

– Notre cher Hans a disparu. Il est malheureux, Richard, tu le sais. Et j'en souffre.

– Qu'y pouvons-nous, ma bien-aimée ? Il semble qu'il ait compris toute la vérité, ce soir. C'est aussi bien ainsi. Lui as-tu dit quoi que ce soit ?

– Non.

– T'a-t-il jamais posé une question ? Car à moi, il n'oserait parler de cela...

– Richard, aurais-je dû lui raconter ?

– Peu importe. Isolde est là, à présent. Parmi nous. Et c'est mon premier enfant...

– Mais qui va la reconnaître ? Je suis toujours l'épouse de Hans...

– Eh bien moi, Richard Wagner, je veux la reconnaître. Elle est notre fille.

– C'est impossible. Elle est née à Munich, en terre bavaroise. Elle est légalement la sienne. Et je suis sa femme devant Dieu ! Si par malheur on venait à l'apprendre...

– Qui peut le savoir ? Cosima, notre vie est entre tes mains. Tu sais que je subviendrai à tout. Désormais, grâce au roi, je le peux. Tôt ou tard, il te faudra divorcer.

– Jamais Hans ne l'acceptera.

– Je le raisonnerai. C'est la seule solution, pour lui et pour nous. Mais sa douleur est juste et il me faut l'entendre. C'est moi qui suis responsable de la situation fausse et corrosive dans laquelle il se trouve.

– Non, mon aimé, c'est nous, nous deux ! Nous l'avons voulu ainsi. Sans toi, je serais une morte-vivante, sans but et sans âme. Le destin a été le plus fort, tu le sais...

*

Les von Bülow étaient arrivés en Bavière à la suite de Richard. Puisque le roi l'avait recueilli avec son œuvre, Wagner avait tenu à réunir autour de lui ceux qu'il estimait être les meilleurs pour servir son art de l'avenir. Et aussi afin de respirer un peu, car le roi adolescent, insatiable de lyrisme et de sublime, semblait ignorer qu'un génie ait besoin d'abandonner les hautes cimes pour embrayer parfois sur le réel.

Seul dans sa grande villa le jour, convoqué chaque nuit par un roi exalté, Richard s'ennuya vite à pierre fendre. Il appela l'un après l'autre ses quelques fidèles : Peter Cornelius, son copiste compositeur ; Heinrich Porges, un critique musical et le théoricien, déjà, de l'œuvre wagnérienne ; Ludwig Nohl, historien, et Friedrich Schmitt, un professeur de chant, ami des Schnorr von Carolsfeld. Enfin Hans arriva, suivi de Cosima et ses deux filles. Il était prévu que le couple, au service de l'œuvre, s'installât auprès du créateur.

Richard a noté l'événement dans son carnet d'*Annales*. Une mention elliptique, entre août et septembre 1864. *Starnberg – Poème au roi – Cosima traverse le lac.* Elle vint à sa rencontre sur un bateau à pont découvert. Soleil rayonnant, cumulus sur les pics lointains, peupliers et trembles aux feuilles retroussées par la brise d'été ; un vélum était dressé sur le bateau pour protéger les peaux de la lumière. Cosima avait choisi une robe d'un gris pâle passementée de bleu. Elle était presque seule à la proue. Pas d'enfants qui lui appartinssent autour d'elle, la nourrice s'en chargeait, juste quelques familles d'estivants regagnant les villas voisines. Richard ne voyait qu'elle, dressée à l'avant du bateau, une main sur la tête pour retenir son chapeau de paille qui menaçait de s'envoler. Si le vent le prenait, comme il volerait pour le rattraper ! S'il était tombé à l'eau, il aurait plongé pour le sauver ; il se serait même emparé du bateau pour qu'il accoste plus vite. Il se sentait l'âme d'un géant ; il aurait bouleversé le monde pour avoir cet être radieux auprès de lui ; Cosima le rendait immensément fort. Le bateau frôla enfin le ponton de bois. Elle lui tendit la main, il la reçut et la baisa. Les lèvres de Richard, sur sa peau, égrenaient des notes humides.

Leur passion avait procédé par étapes. Ils s'étaient peu revus depuis L'Asile de Zurich, de manière très formelle et sans que rien ne bouillonne entre eux, fors la musique. Jusqu'à cet après-midi de l'été 1863, dans la campagne près de Francfort où Richard, les Carolsfeld et les Bülow avaient déjeuné sur l'herbe.

Richard avait trouvé une brouette de jardinier. Il avait sommé Cosima d'y monter, lui présentant l'engin comme un carrosse. Il jouait le personnage d'un valet prussien bourru demandant à sa maîtresse de bien vouloir « s'établir dans son équipage ». Cosima avait ri comme jamais cela ne lui était arrivé. Sauf parfois avec sa sœur Blandine, mais le persiflage y était pour beaucoup. Ces studieuses élèves de l'hypocrisie se moquaient des autres avec une joie rarement innocente. Hans avait observé son épouse, surpris de lui entendre un tel son de voix. Cosima, rire de la sorte ? À gorge déployée, jusqu'à chavirer de la brouette et basculer dans un massif de pivoines où jupons, bottines et chapeau moussèrent en une écume de franges et de pétales.

Elle s'était relevée. Cosima avait le port et la taille d'une déesse ancienne, naïve et libre. Ses longs cheveux cascadaient sur ses épaules. Richard fut saisi. Elle en redemanda. Wagner la voitura jusqu'à l'hôtel, après avoir garni la brouette de pivoines rouges et de marguerites blanches. Elle tenta de justifier cet enfantillage auprès de son mari. Mais Hans se buta et ne descendit pas souper. Il se disait atteint d'une migraine épouvantable, le soleil sans doute, ou le pollen, cette matière fécondante des fleurs.

Les vacances de 1863 s'achevèrent. Les von Bülow quittèrent Francfort pour Berlin. L'œuvre de Richard l'y appela en novembre ; on allait peut-être jouer *Le Hollandais volant.* Richard retrouva Cosima. Ils décidèrent gravement « de n'être plus que l'un à l'autre », et ces mêmes mots leur vinrent au même instant.

Il admirait son calme, sa puissance douce, sa force consolante, mais ils savaient aussi leur attirance condamnée. Elle, mariée avec deux enfants ; lui, toujours lié à une épouse tenace ; entre eux des amis en commun et la distance géographique. Et puis, surtout, Richard ne pouvait qu'opposer ses incertitudes d'artiste maudit et ses tours de passe-passe financiers à la sécurité matérielle dont disposait Cosima. Dans le salon des von Bülow, cependant, ils s'étreignirent. Fort chastement pour la première fois. Vingt-quatre années les séparaient. Le ridicule de leur différence d'âge ! Que voulait-elle de lui ? Et lui d'elle ? Ils ne s'étaient pas posé la question du désir. C'était entre eux une question d'âmes, une accordance, une vibration partagée, un unisson.

Elle avait reçu la lumière de son amour comme une ressuscitée. L'arrière-pays dessiné par sa musique se découvrit enfin à elle. Le bonheur sur cette terre était donc possible ! Elle le demandait et il le lui donna. Leur baiser abattit toute barrière avec la force des gosiers d'opéra et d'un orchestre à son paroxysme.

Une fois encore, *Tristan* avait surgi dans la vie de Wagner. C'était la musique de son libre désir qui lui avait gagné Cosima. Dès lors, elle lui ouvrit son cœur. Elle lui confia ses grossesses solitaires et lui raconta des choses affreuses sur Hans. C'était un caractère irritable, maladif, qui, au début, lui avait inspiré de la pitié. Hans servait l'œuvre de Wagner avec une telle passion ! À Berlin, il avait dirigé la première exécution de *Tannhäuser*. L'œuvre avait été huée et Hans s'était évanoui. Cosima l'avait veillé toute la nuit pour qu'il sache qu'elle le remerciait de ses efforts pour l'art. Cette gratitude souffreteuse fut en partie la cause de leur union.

Il ne faut jamais aimer par pitié. Leur entente avait vite tourné court. Souvent, il levait la main sur elle. Cosima l'excusait, elle compatissait à sa complexion tourmentée. Ces confidences furent pour Richard un vertige supplémentaire. Quel trésor d'amour portait donc en elle cette femme ! Le souvenir de Minna la grincheuse, la jalouse, s'éloignait de lui. Mais il n'en voulait pas à son épouse distante. Eux aussi avaient été mal assortis, et bien trop jeunes pour s'en rendre compte lors de leur mariage.

Puis Richard repartit pour son errance et Cosima crut ne plus jamais le revoir. Cet éloignement leur fut atroce. Ils auraient préféré mourir ensemble plutôt que d'endurer le vide que chacun ressentait. Pourtant, ils continuèrent d'avancer sur la voie étroite dessinée par leur promesse berlinoise, s'écrivant une fidélité absolue et un amour éternel. Leurs mots n'étaient pas de vaines figures de rhétorique. Cosima avait choisi. Son destin de jeune fille bien mariée s'était accompli ; son devoir d'épouse féconde n'avait déçu personne ; à vingt-cinq ans passés, elle voulait à présent maîtriser sa vie, quoi qu'on en dise. Richard ne recula pas devant la dangerosité de la situation. Depuis longtemps, il avait tourné le dos à l'officiel d'une vie de couple, à ses formes et à ses diktats. Il était pour la liberté des êtres et des cœurs. Il transgressait allègrement, il l'écrivait et le mettait en musique.

Le couple le plus scandaleux sorti de son imagination, Sigmund et Sieglinde, était des jumeaux incestueux. L'amour du frère et de la sœur, consommé au sortir de l'hiver avec la bénédiction d'un printemps panthéiste jailli en tempête de pétales, fascinait les quelques lecteurs de sa *Walkyrie*, Otto Wesendonck et Louis II en tête. Un jeune professeur conquis par sa musique, Friedrich Nietzsche, aurait pu écrire que le cœur de Wagner le révolutionnaire battait définitivement au-delà du bien et du mal.

Les hommes et les femmes de son temps n'étaient qu'un nombre infime à se reconnaître dans ce qui n'avait plus rien à voir avec le libertinage concupiscent des Lumières ; ils affirmaient l'absolue volonté d'un choix personnel. Et tant pis pour la bienséance. En secret, Richard et Cosima firent croître leur amour, qui explosait les règles de la vie ordinaire. Mais ils se doutaient bien qu'il les conduirait, tôt ou tard, à rompre avec le monde où ils erraient.

Après sa traversée du lac, Cosima devint bien plus que la secrétaire personnelle de Wagner, comme il l'avait présentée au roi et au cabinet von Pf.

La villa Pellet abrita l'œuvre d'amour dont Isolde est le lieu.

*

Cet après-midi de la conception, Hans était à Munich, où il faisait répéter aux cordes de l'orchestre le prélude de *Tristan,* si ardu à mettre en place. Il s'échinait à enseigner à ces instrumentistes, qui abordaient peureusement Beethoven et préféraient jouer les sottises de Donizetti avec la légèreté d'un orphéon municipal, ce que devraient évoquer les vagues du désir wagnérien précédées par l'accord de douleur.

Sous la direction de von Bülow, Richard allait voir son œuvre magnifiée et nullement dénaturée. Il aurait pu diriger lui-même *Tristan*, mais l'idée qu'il se fait de sa musique n'est pas celle d'un autocrate. L'extraire des méandres de son imagination, l'incarner sur le papier, lui coûte suffisamment. Son œuvre est sa maîtresse et il se tanne bien assez pour rester fertile. Richard veut des disciples, non régner en tyran ; il a assez chèrement payé son exécration des despotes.

Le compositeur sait Hans magnifiquement doué. Lorsqu'il tend les bras en direction du chœur, de l'orchestre et des solistes, cet homme nerveux et taciturne est l'un des rares à savoir s'approprier la force des masses sonores afin de fondre toutes les personnalités éparses en un bloc polychrome. Wagner en a convaincu Louis II. La représentation de *Tristan* lui a donné raison. Il se fait fort d'obtenir pour son protégé un poste pérenne de directeur musical. Richard connaît trop ce qu'il en coûte au talent d'enchaîner les places précaires : cela ronge et détruit la fibre fragile des êtres d'exception.

Le fervent Louis a aussi acquiescé à ses projets de réformes musicales. Wagner veut un nouveau conservatoire pour Munich, sans autres règles que l'épanouissement personnel des artistes. Ils interpréteront ses œuvres et celles de ses disciples, ils formeront l'élite de demain. Friedrich Schmitt, le professeur de chant, les taillera sur mesure. Alors ils seront aptes à jouer dans son sanctuaire : le Théâtre des fêtes.

Las des opéras allemands et de leur médiocrité dédaigneuse, Richard ambitionne un théâtre où seront données comme il se doit son œuvre et celles de Beethoven, de Haydn et de Bach ; peut-être de Mozart et de Berlioz, exceptionnellement de Franz Liszt. À cette fin, deux projets monumentaux vont voir le jour. Le premier, l'idéal, pourrait se dresser sur une rive de l'Isar. Il comprendrait un pont, un arc de triomphe et une avenue précédant l'édifice. L'ensemble coûterait cinq millions de guldens. Le second, temporaire et bien plus plausible, serait abrité dans le grand palais de verre pour deux cent mille guldens seulement. Comme architecte, Richard recommande au roi Gottfried Semper, une connaissance de l'époque de Dresde, un artiste aux puissantes ambitions hellénistiques.

Avec plus ou moins de zéros dans leurs budgets, les aspirations de Wagner se concrétisent. Son théâtre du futur formera un amphithéâtre unique, immense, comme dans les bâtiments romains de Volubilis et d'Orange. Les murs seront rythmés par des colonnes ; il n'y aura plus de loges ou de baignoires ; chacun verra idéalement depuis sa place grâce à une imposante ouverture de scène, plus large que haute. D'importants dégagements seront essentiels aux changements de décor à vue. Une représentation d'opéra deviendra un fondu enchaîné, visuel et musical, où l'orchestre ne devra plus être visible, mais enfoui sous la scène.

Ludwig Nohl, spécialiste de l'Antiquité, estime que c'est en créant le vide sous la scène que la voix des acteurs, grecs et romains, ainsi amplifiée, devait porter intacte jusqu'aux ultimes gradins. Le son wagnérien s'inspirera de ce procédé, sans que ses artisans soient jamais aperçus du public. Priorité au théâtre et aux acteurs. Pour le jeu, le chant et l'interprétation, on ne peut évidemment pas faire l'économie du conservatoire dont il rêve. Richard y revient sans cesse. Dans les lettres qu'il adresse au roi, son conservatoire prend chaque semaine de nouveaux noms : École nationale allemande, École de l'art allemand, École allemande.

Mais les frais de Wagner, projets esthétiques compris, atteignent vite des hauteurs tyroliennes, concurrençant ceux de Meyerbeer à Berlin. Le cabinet royal songe à agir. L'imprévoyant Richard ne tarde à se jeter de lui-même dans les embarras. Pour plaire au roi, qui se plaint de ne pas le voir plus souvent, il s'est fait portraiturer par Friedrich Pest. Le tableau, achevé, est envoyé au souverain avec une facture de mille guldens. Offrir un cadeau et demander qu'on le paye, von der Pfordten tiendrait-il là son faux pas ?

Le roi boude quelques jours. Richard se précipite au palais.

– Majesté, pardon ! Dois-je partir ? Dois-je rester ? Ce que vous voulez, je le veux ! Si je pars, j'irai sur une terre étrangère et je ne retournerai plus en Allemagne. Je redeviendrai un voyageur errant sur les routes d'Europe. Je m'occuperai de mes œuvres et j'en séparerai ma personne. Décidez, Sire ! Un mot de vous et j'empoigne joyeusement mon destin !

– Restez, mon ami ! Restez ici près de nous ! Tout sera magnifique comme avant. Ah, Richard, je suis si occupé de vous.

Wagner a soudain un geste de répulsion. Sur le haut dossier gothique du royal siège, une araignée est en train de tisser sa toile.

Si le souverain absout l'impolitesse, son ministre ne désarme pas pour autant. Comme prévu, les créanciers de Wagner surgissent. L'homme de loi von Schauss vient présenter à la cour une promesse de dettes signée par Wagner en 1860, à Paris, chez Julie Salis-Schwabe. Cette mécène britannique l'avait alors aidé à éponger le déficit d'un concert. Les conseillers prennent acte, payent et mandatent Pfeuffer pour être remboursés des deux mille cinq cents guldens qu'ils viennent d'avancer. Richard entre dans une colère noire. Sans l'intervention de son valet Franz, il aurait giflé le scribe.

Wagner se souvient très bien de l'épisode, et surtout d'avoir insisté pour parapher ce papier dont son admiratrice ne voulait pas entendre parler. Elle considérait avoir fait un don à l'artiste. Désireux de ne pas passer pour un intéressé, Wagner avait tenu à laisser la reconnaissance de dettes au secrétaire de Lady Salis-Schwabe et ne s'en était plus soucié. Par quelle voie tortueuse cet écrit l'avait-il retrouvé à Munich ?

– Avec, en plus, des intérêts de quinze pour cent ? C'est un scandale ! Pour qui me prend-on !

Furieux, Wagner se rend au palais. Mais il ne va pas plus loin que l'antichambre ministérielle. Les huissiers l'arrêtent en brandissant un exemplaire de la *Allgemeine Zeitung*. Le quotidien vient de lancer une campagne de presse l'accusant de dilapider sans compter l'argent du roi en achat de tapis, de tentures, de vêtements. Richard fait aussitôt paraître un droit de réponse. Il argue que l'artiste touche une juste rétribution pour son travail ; un Wagner n'a de compte à rendre à personne quant à la manière dont il dépense ses revenus ; cela relève de sa seule intimité. Mais, autour de la Briennerstrasse, des forces malveillantes commencent à lâcher les dogues.

*

– Ma fille, cela ne se fait pas ! Adultère ? Peut-être même un enfant hors du mariage !

Au ton des lettres écrites par Hans, Liszt avait vite saisi ; Cosima reproduit la conduite de sa mère Marie d'Agoult. Il s'est précipité à Munich pour tancer son ingrate progéniture.

Mais la Cosima qui se dresse devant lui n'est plus la jeune femme inquiète et timide qui avait, pianissimo, dit « oui » à Hans au pied de l'autel. Sa maternité scandaleuse ne l'a pas affaiblie, elle l'a grandie. Le père s'attendait à de la soumission et sa fille lui tient tête debout, ses magnifiques cheveux dénoués sur ses épaules. Elle porte un déshabillé de soie grège. Ses lourds seins d'allaitante offrent à son long col l'assise qu'une terre féconde donne à un arbre au plein de sa force. Franz est assis, rabougri dans son fauteuil, avec le ridicule de ce collet de prêtre qu'il se plaît à arborer, lui, ce libertin éhonté, ce coureur de jupons qui a mis dans son lit le gotha des princesses européennes, puisqu'il n'aime rien tant que chasser la volaille de prix, dont Lola Montès, l'ancienne maîtresse de Louis Ier de Bavière. Et voici qu'il se lance dans des leçons de morale en usant d'arguments auxquels il ne croit pas vraiment.

– Cela ne se fait pas !

De telles paroles dégoûtent Cosima. Quel hypocrite ! Franz convoque les Évangiles avec le même mauvais goût que les contrefaçons empesées de ses messes. Richard a raison de railler, dans l'intimité, ses maniérismes « néo », qui sont à la musique ce que le plâtre est au marbre.

– Cosi ! Songe au moins à ta réputation ! Munich n'est ni Berlin ni Paris. Ces libertés sont de mise dans les métropoles, non dans une capitale de province. Vous allez tous les trois aux ennuis. Pense à ta fille, à l'opprobre qui l'attend !

– Père, ce sont donc là tous vos arguments ? Les piètres paroles d'un mondain qui a peur du qu'en-dira-t-on ? Le catholicisme vous est néfaste et vous prenez à Rome des manières d'animal domestique !

– Mais, Cosi, tu ne peux pas, tu ne dois pas... C'est mal.

– Le « mal », comme vous dites, il est déjà accompli. À ce propos, mon cher père, si vous désirez voir votre petite-fille, je vous invite à me suivre, lui répond-elle en tournant ses grands pieds.

Liszt refuse, de même qu'il décline l'invitation d'assister à la dernière représentation de *Tristan*, une œuvre qu'il trouvait hier sublime, mais juge à présent infréquentable.

*

Un coup de tonnerre ? La malédiction conséquente à l'impiété de *Tristan* ? Voire la force démoniaque de sa musique et les efforts inouïs que Wagner réclame de ses interprètes, ainsi que l'on plaît à le persifler ? Le 14 juillet au soir, Ludwig Schnorr von Carolsfeld, reparti pour Dresde après la dernière, est pris au genou droit d'un rhumatisme violent. Au troisième acte, il gisait en chemise d'agonisant sur sa couche bretonne. La scène était brûlante, et les coulisses, trop fraîches. Des vents coulis ont saisi le jeune ténor avec leurs doigts pleins de malignité.

Son genou enfle démesurément, sa jambe suit. La matinée le trouve boursouflé jusqu'à la taille. De terribles douleurs se déclarent dans les épaules. Sa nuque se raidit. Le 16 juillet, la fièvre gagne. Il délire, il se met à chanter le *Marienlied* de Liszt. Les passages du *Crépuscule des dieux,* dont il lisait les premières esquisses avec Richard, se mêlent aux monologues de *Tristan.* Le 19 juillet, Ludwig dicte ses dernières volontés à Malwina et réclame Wagner à son chevet. Un télégramme, envoyé par Malwina, atteint Richard en son jardin de Munich :

Le 21 juillet à 11 heures du matin, Tristan est mort.

Wagner part précipitamment avec Hans. Les obsèques doivent avoir lieu le dimanche matin à 9 heures. La capitale de la Saxe les accueille avec liesse, banderoles, couronnes et bouquets ; c'est la fête des Confréries de chanteurs ! La chaleur est accablante, la foule dense. Hans et Richard ont les plus grandes peines à rejoindre la maison des Schnorr. Ils arrivent trop tard pour poser un ultime baiser sur le front décoloré du ténor. Les médecins ont ordonné de hâter ses funérailles, car l'été suffocant a épouvantablement accéléré la décomposition du corps. Richard et Hans se recueillent sur le tumulus de terre fraîche et repartent pour Prague par le train de 15 heures.

Ils y sont à 20 heures et trouvent difficilement une chambre dans la ville qui a enfanté le Golem. Kippas, bonnets, schtreimels, voiles et spofiks grouillent dans la vieille cité kabbalistique. Les Juifs dévisagent Wagner comme on regarderait n'importe quel étranger en grand deuil, le brassard noir encore accroché à sa manche. Il fend avec malaise cette populace affairée ; il se perd entre les ruelles labyrinthiques et les maisons médiévales ; il aspire à retrouver le Munich coloré et aimable des Wittelsbach, sa maison calme, la lumière d'émeraude qui nimbe l'Isar d'une permanente pureté. Ici, la Moldau n'est qu'un fleuve boueux, grossi par de forts orages survenus dans les monts de Bohême. Son niveau a monté, les eaux usées refluent dans les ruelles décaties qui sentent le ventre malade et les rats morts. Sur le pont, étrange phénomène, des grappes d'araignées noires s'agglutinent en cocons répugnants. Les bêtes courent sur les parapets et tendent leurs fils d'un réverbère à l'autre.

Elles le répugnent depuis qu'il est tout enfant. Ces bêtes tissent les portes livides des royaumes sombres où se lamentent des nains aux traits émaciés. Leurs pupilles aveugles le fixent du fond de ses pires cauchemars. Richard voit la Briennerstrasse inondée d'araignées. Elles ont déposé leurs toiles au travers des rues. Il ne peut plus rien saisir sans avoir des bestioles grouillant sur ses mains. Elles débordent du piano Érard où est exposé le cadavre de Schnorr qui vomit scolopendres et tarentules. Soudain Hans surgit, un long voile hassidique entre les mains. Il l'accroche autour de son cou et serre. Richard se réveille en hurlant. Von Bülow est à son chevet ; il lui tamponne les tempes d'un linge humide ; il a les yeux rougis d'avoir pleuré toute la nuit. Les deux hommes chagrins se présentent dès l'aube à la gare de Prague pour attraper le premier train pour Munich.

Avec Schnorr a disparu le porte-bannière de son idéal vocal. Jamais il n'avait trouvé d'interprète de cette trempe, à ce point en adéquation avec ses sentiments, sauf Josef Tichatschek, le créateur, jadis, de *Rienzi* et de *Tannhaüser* à Dresde, lorsque tout était encore possible au jeune maître de chapelle. Le vétéran Tichatschek lui avait présenté Schnorr comme son successeur idéal. Ludwig portait le rôle de Tristan à de telles hauteurs que son incarnation, lors de la dernière, l'avait même épouvanté. Trop d'intensité, trop de vie ; le drame avait atteint l'au-delà de l'existence ; ils s'étaient tous perdus en ces contrées interdites d'où l'artiste peut ne pas revenir.

– Plus jamais de représentations, Hans ! Plus une seule, tu m'entends ! Il faut oublier *Tristan.* Cette partition est maudite. Elle ne doit plus être donnée, nulle part. Nous sommes condamnés aux gouffres béants parce que nous avons fait un saut trop prodigieux dans le futur. Nous voilà punis de notre orgueil comme le héros grec qui a volé le feu et raillé les dieux ! Quand retrouverons-nous un autre Schnorr pour nous rejoindre sur ces cimes solitaires où nous nous égarons ?

Mais Hans hausse les épaules. Il est hors de question de remiser une telle œuvre aux oubliettes. Il ira jusqu'au fond de la Chine, s'il le faut, pour en féconder la planète.

– Richard, le prix est désormais payé. Tu dois continuer. Pour nous, c'est à présent que tout commence.

*

Unique seigneur de ma vie ! Une prière !

Me l'accorder ferait de moi le plus heureux des hommes, me la refuser me précipiterait dans un abîme de misère. Je supplie l'Ami de venir ici, non loin de Hohenschwangau où je ressens les tortures infernales de l'abandon. Il serait aisé de trouver pour l'Aimé une demeure convenable. Je me porte garant de sa sécurité et de son repos. Les hommes et le monde croyaient avoir, dans leur malfaisance, gagné la partie ; ils méconnaissaient la puissance du divin, du fidèle et du pur amour. Ils croyaient pouvoir nous désunir. Ah, il me fallut blesser le cygne et mon âme en a ressenti une douleur amère. Le calme et la paix règnent sur ces hauteurs. Ô toi être sacré, ô toi somme de mon bonheur. L'Amie pourrait, elle aussi, venir dans le voisinage... Quel été ce serait ! Je ne suis pas infidèle à ma mission. Tout s'arrangera. Tout ! En amour éternel et ferveur,

Votre fidèle ami jusqu'à la mort.

Louis. Hohenschwangau, 28 juillet 1865.

La « demeure convenable », c'est le refuge du Hochkopf, au-dessus du Walchensee, à mille cinq cents mètres d'altitude, entre nuages et brames des cerfs. Les Wittelsbach disposent là d'un relais de chasse. Rien que de très humble : une maisonnette de plain-pied, deux appentis et une terrasse comme un nid de rapaces avec le cirque des Alpes pour théâtre.

Louis a su la détresse de son musicien, la faille qui le menace depuis la mort de Schnorr. Le lion rugissant, avec sa crinière rousse où pointe le blanc de l'âge, est à terre et ne peut même pas œuvrer. Une violente crise d'hémorroïdes, mal auquel il est de plus en plus sujet, lui interdit tout travail à la table. La station debout, immobile, devant son pupitre, est vite intolérable. Quant à se mettre au piano, la douleur est trop insupportable...

Richard n'hésite pas. Il fait préparer deux malles par Franz Mrazek, son domestique rencontré à Vienne et qui lui tient lieu de majordome, voire d'infirmier. Par-dessus osses chaussettes et les tricots de corps, Wagner une vieille épopée hindoue, le *Ramayana*, et *Les bles*, qu'il vient de recevoir de Paris. Dégourdir son is dans le souffle de Victor Hugo, quel baume pour t tandis qu'il continuera le chantier de son *Siegfried.*

is l'amie ne viendra pas. À l'invitation autoritaire anz Liszt, le couple von Bülow a quitté la villa en ion de Pest, où va être créée sa *Légende de sainte eth.* Le père compte bien retenir, voire rabibocher, les époux en péril.

Richard abandonne la Briennerstrasse triste et vide, la cuvette torride de Munich et ses cancans venimeux. Son braque l'accompagne, ils trotteront ensemble dans les montagnes. Louis II a ses dogues allemands, et Wagner, Pohl, un chien de chasse au poil taupe, le museau grisé et l'arrière-train un peu alourdi par les ans, avec un début de cataracte à l'œil gauche. Pohl succède à une tribu canine qui n'a jamais cessé de lui tenir compagnie. Il y a eu Fipps, le griffon offert par les Wesendonck ; l'épagneul Pepps, son ami à Dresde ; Robber, son terre-neuve, fidèle de Riga à Paris.

Il a toujours été suivi par ces animaux qui donnent leur amour sans rien réclamer d'autre que pitance et caresses. La main dans leur poil, à gratter leur gorge, à jouer et recevoir d'enthousiastes coups de langue. Être attendu, espéré, guetté par un chien : quelle joie, quel amour sans mots se lit dans son franc regard ! Seuls les phoques, ces chiens sans pattes qui gardent la côte, ou l'infini de la mer, selon comment l'on aborde cette redoutable frontière, possèdent dans l'expression une semblable humanité.

Pohl sort son museau à la fenêtre de l'attelage. Les champs succèdent aux faubourgs. L'outrecuidant vert de début août, si fécond au pied des Alpes humides, explose. L'immense poumon de feuilles et d'herbes adresse à la bête et à l'homme ses bouffées réconfortantes. Les vallées égrènent leurs lacs de saphir. Arrivé au Walchensee, Wagner fait arrêter l'attelage et pose pied à terre.

– Pars devant et retrouve-moi là-haut, dit-il à Franz. Je vais faire l'ascension avec Pohl.

Le chien joue déjà avec les papillons et furette au pied des framboisiers. Rien de meilleur que la marche pour tonifier les veines et muscler le séant, sans oublier les bains glacés que Richard anticipe de pratiquer dans le lac.

Ce lion mature est un impressionnant promeneur. Il a parcouru la Suisse en tous sens. Marcher, c'est respirer le monde et adapter sa pensée à l'aune de la nature. Le pas est la mesure de l'homme ; le souffle donne de l'amplitude à la pensée ; le cerveau court avec les orteils ; l'entendement se fait rythme et l'effort structure l'espace.

Pour son trente-neuvième anniversaire, Wagner s'était offert, seul, une excursion qui l'avait mené du lac des Quatre-Cantons aux îles Borromées. Il avait traversé les Alpes bernoises et les Alpes italiennes ; il avait couru les cols et les vallées, franchissant le Simplon, arpentant le Valais, contemplant le mont Blanc depuis Chamonix pour revenir par Martigny. Deux mois de marche et de découvertes où l'homme, cet insecte qui pense, s'était mesuré aux titans de l'Europe.

Au pied du Hochkopf, Richard retrouve ses réflexes anciens. La marche est d'abord souffrance, crampes et décrassage. Puis cela circule et coule de soi-même. Le poids du monde tombe rapidement de ses épaules, à mesure que sa carcasse se réadapte et que ses pieds reprennent leur adresse archaïque, évitant ici une racine, anticipant là un roc, sans cesse élevant son corps dans l'immensité où tout est désordre, réjouissance et spontanéité.

Ses voix intérieures se taisent. Les intrigues, les commentaires et les pressions se détachent comme se desquament les vieilles peaux. Richard n'est plus que muscles en action ; il étanche sa soif à une source ; il nourrit son énergie de framboises et de myrtilles ; il suce au cœur blanc des tiges le sucre subtil des herbes. Le musicien ouvre ses oreilles aux oiseaux. Il se laisse envahir par le grand vide empli de présences éphémères.

Au-dessus des sons animaux, Wagner perçoit le ronflement profond du vent.

– Tout est contenu dans ces mugissements, murmure-t-il, le bruit des bateaux en mer, les soulèvements populaires, le roulement des voitures, tout...

Sa pensée devient étale. Richard est à ce point empli d'air bienfaisant que son cerveau lui paraît être une éponge d'où les mots sont chassés comme des impuretés. Ne prédomine plus en lui que le sentir ; les coulées de verts extraordinaires ; la dentelle délicate des mélèzes ; les voûtes généreuses des hêtraies avec leur lumière tilleul ; les couverts inquiétants des épicéas et le tapis roux des milliards d'aiguilles tombées à terre. Les sommets zébrés de neige surgissent au-dessus des sapinières. La langue bleue d'un glacier suspendu entre deux pics de granit crache un torrent laiteux. Le flot cascade avec l'aigu de la flûte et le grondement des contrebasses. Visions, déflagrations et dissipations successives de l'entendement. En marchant, le temps se dissout dans l'espace.

Le coucher d'un astre triomphal accueille son arrivée au refuge. Les cumulonimbus lui ont préparé une cavalcade fuligineuse. Exténué, enivré d'oxygène, Richard dédaigne le siège que lui présente Franz. Il s'allonge sur une pente herbue chauffée par le soleil. Ses yeux plongent dans le chaudron de nuages d'où Apollon tire ses monstrueux traits d'or. Un aigle glatit dans l'azur. Pohl frotte son dos sur les herbes, puis il vient se blottir contre Richard en tendant son ventre au soleil. Il est ému par la confiance avec laquelle l'animal s'offre ainsi au ciel. Il se déchausse, quitte ses chaussettes humides et s'étire de tout son long sur le tapis tiède et parfumé, chacun de ses doigts et de ses orteils raccordés au clavier universel.

*

Mal lui en prend. Le lendemain le trouve saisi de névralgies lancinantes, avec la fièvre et un visage roussi par les coups du soleil.

Après l'ascension, il s'était endormi. Franz, occupé à mettre de l'ordre dans le refuge qui n'avait pas été ouvert depuis l'automne précédent, ne l'avait pas dérangé. Fatal oubli : lorsque Richard avait rouvert les yeux, l'océan de la nuit pesait sur le monde. Il s'était relevé, le dos humide. Une fraîcheur maligne tombait du ciel où brillait une étoile solitaire. Richard lui avait adressé un soupir.

– Cosima...

Corps souffrant jeté au cœur de la nature indifférente, Richard se sent pitoyable. Alors, comme souvent, il prend sa plume pour délester son âme. Cosi lui a offert un carnet brun où écrire son absence. Elle est son étoile du soir et la blanche page de son matin. La distance rend plus transparente leur situation. Richard est habité par la compassion tenace et infinie de la Bien-Aimée ; il songe à Hans, si tragiquement partagé entre la passion pour son œuvre et son épouse. Que surtout ses violences intimes ne le reprennent pas ! Mais Cosima n'est plus femme à se laisser frapper. La passion a redistribué les cartes. Elle infuse une force nouvelle à leurs personnalités, précipitant les rôles et les situations, de même que l'électricité lysant l'eau sépare l'oxygène et l'hydrogène.

Cosima doit divorcer, c'est une certitude. Mais les fillettes ? Blandine et Daniela n'ont jamais intéressé Hans. Richard a toujours rêvé d'enfants, bien qu'avec Minna ils n'aient jamais réussi à en procréer. À présent, il y a Isolde. Pourquoi ne pas les avoir toutes trois auprès du couple qu'il rêve de former ? Être tranquillement mari et femme aux yeux de tous ! Si elle pouvait dire ouvertement à Hans que, sans elle, le Maître est perdu. Ces va-et-vient perpétuels, ces retours, ces départs, cette obligation de laisser les autres et les conventions disposer de Cosima, tout cela lui est affreux. Ce monde finira par les détruire. La vie use, elle ronge, elle agresse. À Munich, on a plus d'une fois envoyé des cailloux contre leurs fenêtres en insultant la « femelle du *Kapellmeister* ». Leur secret ne l'est déjà plus.

Wagner ferme le carnet et prend une feuille libre. Il écrit au roi pour annoncer son arrivée au refuge. Avec lui, il emploie un tout autre vocabulaire. Exaltés et passionnels l'an dernier, ses mots sont à présent ceux d'un maître à son disciple ; le jeune roi en est tellement demandeur. Il tient à connaître quotidiennement l'avancée de son travail. Richard est monté au refuge avec le projet d'avancer *Siegfried*. Durant son ascension, il a entendu résonner la fin de l'acte II, les murmures de la forêt et l'oiseau dont le héros, qui ne connaît pas la peur, déchiffre le chant après avoir goûté le sang du dragon Fafner. Le créateur possède ce don d'osmose avec la nature qui lui offre son langage.

Le roi est un curieux alliage d'enfant capricieux réclamant où sont les cadeaux qu'on lui a promis, et d'Alcibiade fasciné par le démon créateur qu'il a installé là-haut sur les cimes, tout à la fois Socrate et Moïse, roi Arthur et Beethoven tonnant. Louis affectionne le dialogue qu'entretiennent leurs langues de papier. L'échange épistolaire permet de savourer la présence de l'autre dans le silence intérieur de la lecture. Il peut y revenir à volonté, convoquer l'absent par le geste magique du déploiement des feuillets où Richard se trouve enclos comme le génie d'Aladin.

Deux jours sont nécessaires à l'acheminement du courrier entre le refuge et le château. Ce temps long n'est pas un obstacle ; l'abstraction des mots dévoile la quintessence de leurs êtres. Tout le mois d'août, l'aigle du Hochkopf et le cygne royal produisent une abondance de symboles. Ainsi Fafner et Mime, le méchant dragon et le pernicieux nain, sont-ils les codes pour les deux von Pf., Richard et Louis n'ayant pas une absolue confiance dans les hommes transportant leurs missives.

Louis les savoure sur son bateau baptisé *Tristan* et Richard appelle désormais le roi Parsifal, du nom de son nouveau héros. *Siegfried* est sur le chantier, mais Wagner est aussi consumé du désir de *Parsifal*. Le personnage est né comme un frère jumeau de Tristan. Et, de nouveau, tout fait bois au poète anxieux. Les idées et les personnages accourent avec une frénésie qui le jette, exalté, sur les sentiers de montagne, pour l'abandonner ensuite sur sa couche, perclus d'angoisses et de maux semi-imaginaires. À la force de la création succède immanquablement un abattement accompagné de désirs morbides.

Un matin, il descend se baigner au lac. Richard partage avec le roi des Bavarois cette passion sanitaire pour les ondes purificatrices. Les eaux, transparentes comme le verre, couvrent un lit de sable blanc ; les cailloux luisent ;

les arbres tordus paraissent dédoublés dans l'avers et le revers lacustre ; rien ne vient perturber ce miroir d'eau où se mirent les montagnes.

« C'est le domaine de la fée Viviane, l'accès dévoilé au royaume de la Dame du lac », songe-t-il.

Richard se dénude et pénètre ces eaux arthuriennes. Il est vite tenaillé entre la souffrance et le plaisir. Soudain, parce qu'un nuage est passé devant le soleil, la lumière du lac sombre dans un gouffre d'ombres. Il prend peur devant ce grand vide où tout reflet s'est perdu. Une plaie obscure semble s'être ouverte dans la beauté universelle. Le mal et la mort sont là, suintant de noirceur. Cependant ce mal aussi est beauté, il est indispensable à l'harmonie des contraires. Le nageur inquiet voit le baptême et les saints, la faute et la rédemption, le dieu de douleur sur la Croix, ce mystère monstrueux ; ce dieu immergé dans les grands fonds de la pitié.

Un autre personnage surgit encore. Rencontré lors d'une lecture de la veille, le Jean Valjean des *Misérables* arpente les égouts de Paris au-dessous de toute chose humaine : bourgeois, prolétariat, noblesse, roture et autorité... Ce héros accomplit sa rédemption dans l'anus de Babylone.

Jusqu'où le génie doit-il plonger pour saisir le monde et l'éclairer à la lumière de sa beauté intérieure ? Wagner était hier un homme blessé, il est à présent fortifié sous le fouet vivifiant du bain. Il reprend pied sur le sable et boit un peu de l'eau du lac. Est-ce son effet tonique ? La paix dans laquelle il vit depuis des jours sans voir personne, à l'exception de Franz ? Ou bien la pensée de Cosima ?

Une compassion extrême l'envahit. Il rugit d'une joie immense. En se rhabillant sur la rive, il met le nez dans une toile d'araignée.

Pour la première fois, il n'en a pas peur. Il l'observe s'activer, besogneuse, exposée comme tout ce qui vit aux peines et aux misères. Peut-être pourrait-il encore prendre parti contre elle, la détruire et ainsi sauver la mouche qui s'approche dangereusement du piège de soie ? Mais qui est-il pour s'instaurer juge de l'araignée si magnifiquement industrieuse ?

Âmes translucides et âmes profondes ; passer par-delà le voile des apparences ; prendre pitié du karma de chaque être sur cette terre, du plus admirable au plus répugnant. Il se promet de ne plus écraser d'araignée, quand bien même elle le piquerait. Rédemption des êtres par la compassion infinie, au nom de Jésus, de Bouddha, de Hugo et de Chrétien de Troyes.

De retour du bain, tel le Roi pêcheur de la légende du Graal, Richard n'est plus torturé à la façon de ce souverain qui portait à son flanc une plaie suppurante et inguérissable. Wagner entrevoit ce royaume, malade, stérile, espérant le chevalier qui lui redonnera vigueur et fécondité ; il songe au Paris infect ; aux villes tentaculaires et infâmes de son siècle. Guérir les péchés du monde : l'art possède cette puissance. Il regrette un instant de ne pas avoir pris avec lui le *Roman du Graal.* Mais que lui chaut à présent ce texte dont il connaît depuis longtemps les mots ? Son corps vient d'en ressentir le sens. Seules comptent sa vision et son intuition. Créer est une desquamation des références, un délaissement de ce dont on s'est nourri. Engendrer est un renoncement salutaire.

En peu de temps, Richard tisse son poème. Le 25 août, jour anniversaire de Louis II, vingt-deux pages écrites très serrées parviennent au souverain. Le roi au cygne n'ignore pas que Lohengrin, son héros, est, selon la légende, le fils de Parsifal, le roi du Graal qui régnait au château de Montsalvat. En lisant cet inédit de Wagner, qui accomplit le plan esthétique établi lors de leurs premières entrevues, le roi chavire d'enthousiasme.

Le soir même, il se rend au monastère bénédictin d'Ettal. On raconte que l'ensemble a été construit par l'empereur Louis le Bavarois d'après les plans du temple du Graal. Toute la nuit, l'héritier Wittelsbach arpente la chapelle baroque où un moine organiste lui joue chorals et fugues de Bach jusqu'à tomber d'épuisement.

*

Dans leur correspondance, la politique commence à s'immiscer par bribes.

– Notre pauvre Allemagne, cette terre stérile et divisée, a trouvé, en la personne de mon Seigneur aimé, le roi nécessaire à son salut. Vous êtes Louis le germanique en qui j'espère. Et nous devons resplendir devant le peuple plus puissamment que ce Prussien de Frédéric II avec Voltaire.

– Ah mon Ami, qu'est-ce donc qui est allemand ? Me le dévoileras-tu ?

– C'est une question d'âme, mon Prince. L'âme germanique est méditative et naïve. Elle accomplit peu de gestes, elle n'a rien de la souplesse hongroise ou française. Comme Luther, elle possède quelque chose de lourd et dépourvu de recherche. Mais elle est habitée d'une foi merveilleuse, elle est imprégnée d'une exaltation rêveuse. C'est cela, l'Allemagne. Une vierge sage, au pouvoir infini, et qu'il faut réveiller.

– Avec mon sceptre j'accomplirai cette tâche ! Ensemble nous sortirons l'Allemagne prisonnière d'un long sommeil. Nous lui apporterons la joie éternelle. Mais que surtout l'Allemagne se fie à la puissance de ton génie, ô mon Aimé. Je suis heureux de te savoir dans la forêt de Siegfried, auprès des oiseaux qui prédisent aux héros leur chemin et leur sort. Ah, que tout cela est divin ! Mais je te conjure d'éviter tout contact avec ce monde extérieur et profane qui ne nous vaut rien. Ici, nous sommes éternels.

– Mon Parsifal, il faut au peuple un idéal, car la foi lui est un besoin. Tous sauront alors, le moment venu, de quel côté se tourner. Pour remplir sa mission historique, mon royal Ami n'a plus qu'à faire de son pays, de sa belle Bavière, le pays germanique le plus envié. L'Allemagne est comme Brünnhilde. Je chante l'éveil de cette fiancée. Et ce choral à la fois grave et solennel, familier et tendre, constituera l'expérience majeure de l'esprit germanique !

– Soyez à moi, Richard ! Devenez mon sujet. Vous rallierez en votre personne tout ce qui est allemand, ô mon Poète.

Mais, dans les bourgs et les plaines, le peuple se plaint de l'absence de son roi. La presse ne décolère par contre Wagner, accusé de ravir leur père légitime aux Munichois. Lorsque le pays apprend que ce musicien, saxon et luthérien, a eu l'outrecuidance d'accepter la nationalité bavaroise offerte par Louis II, *Les Dernières Nouvelles de Munich* s'insurge :

> *Toujours absente de sa capitale, Sa Majesté reçoit peu ou pas du tout ses ministres. On sait à présent que l'amitié du roi pour Wagner n'est plus une simple fantaisie de jeune homme et qu'elle a pris une ampleur telle que le musicien peut obtenir du Souverain tout ce qu'il désire, l'argent et le pouvoir. Et si respectueux que soit le pays de la volonté royale, il ne saurait s'y soumettre sans contrôle, étant donné les circonstances.*

Les circonstances, ce sont des rumeurs guerrières qui montent de toute part. La Prusse de Bismarck veut enserrer tous les principicules et les ducs allemands entre ses bras puissants. Même l'empire austro-hongrois tremble devant ce désir hégémonique qui menace son intégrité. Il faut aussi compter avec les intrigues de la famille Thurn und Taxis. Elle rêve d'un nouveau royaume, s'étendant des sources du Rhin jusqu'à son embouchure, et qui absorberait la Bavière. À toutes ces fébrilités, le roi oppose des fins de non-recevoir. « L'amant du clair de lune », gentiment gaussé par sa cousine l'impératrice Sissi, n'a que châteaux et théâtres en tête. La reine mère s'en inquiète et le cabinet ministériel, qui ouvre la correspondance du roi et du poète, s'agite.

– De quoi se mêle-t-il donc, ce vieux révolutionnaire ? s'insurge von Pfistermeister. S'imagine-t-il avoir son mot à dire dans la politique de notre royaume ?

Les von Pf. demandent l'intervention de l'ex-roi Louis Ier. On supplie le monarque déchu de secouer son petit-fils. Ayant perdu son trône pour l'amour d'une gourgandine, il ne peut qu'avoir de bons arguments pour ramener Louis II à la réalité.

Mais rien n'y fait. Le roi refuse de revenir de ses montagnes chéries, où les ombres de septembre se font plus longues. Loin de l'agitation des hommes, le rêve estival s'accroche au flanc des vallées, ponctué par les sonnailles des troupeaux. Le chant des bergers monte jusqu'aux solitudes du Hochkopf. Là-haut, la clarté de l'étoile du soir, plus intense, apporte la fraîcheur et les premières gelées, prémices de l'automne. Au cours de ses promenades, Richard admire l'ocre, le safran et le vermillon ponctuant les sentes. Les hêtres et les érables abandonnent leur velours vert pour se revêtir de soieries automnales. Le poète avance là-dedans comme en une chambre au trésor, foulant le cuivre et l'or qui tombent en pluie avec l'année déclinante.

Bientôt Cosima reviendra de Hongrie. Une belle raison pour redescendre vers les hommes. Richard quitte le domaine enchanté. Avant Munich, il se rend à Hohenschwangau, où Louis l'a invité. Son accueil est délirant. Des trompettistes enchaînent les marches de *Lohengrin* et de *Tannhaüser.* Les thèmes qui résonnent d'une tour sont repris en écho par une autre. Sur le donjon, les armoiries du ciel sont d'azur pur frappé de soleil d'or. L'oriflamme de la Bavière, blanche et bleue, claque au souffle tiède de l'été indien.

Lors de leur entrevue, Richard demande au roi de convertir ses dons si capricieux (un jour c'est une tabatière sertie de diamants, le lendemain une aumônière de soie tissée de fils d'or) en une pension régulière et définitive.

– Le contrat pour les œuvres prévues pourrait devenir une rente mensuelle, Votre Majesté. Voilà qui devrait satisfaire Fafner et Mime, auprès desquels il est si humiliant d'aller quémander de l'argent...

– Oui, mon Ami, je vous le promets. Mais je vous en prie, donnez-moi encore quelque chose de vous ! Votre vie, vos pensées, tout...

Puis Louis part à la chasse. Richard décline l'invitation de se joindre à la battue royale. Voir tuer des animaux lui fait décidemment trop horreur.

*

Il retrouve Munich, sa haine, et sa folie. Un soir de pleine lune, une dénommée Frau Dangl force sa porte. Échevelée, avec des airs de sorcière, elle se jette à ses pieds en criant :

– Herr Wagner, croyez-vous aux étoiles ?

Interloqué, le compositeur ne sait comment réagir. Faire jeter cette démente dehors ? Mais elle ne lui en laisse pas le temps.

– Je veux, j'implore votre bénédiction pour notre roi. S'il le faut, je m'ouvrirai les veines pour vous en convaincre ! Je vous aime, Herr Wagner, tout autant que j'aime mon roi. Ah, mon Dieu, protégez-le ! Et protégez notre Bavière des démons funestes ! Vous êtes mon seul recours. Je l'ai lu dans les astres, vous êtes son ange gardien, vous dis-je ! Pitié pour lui, pitié pour nous. Pitié pour la Bavière ! Aidez-nous, saint homme !

Frau Dangl achève sa prière hystérique en convulsions écumantes. Richard mande aussitôt des secours. Il reste terrifié par l'incident.

La presse attaque : on le surnomme à présent « Lolus Montès ». Les éditorialistes se liguent contre ses fidèles. Hans est en butte, à l'opéra, au *General Musik Direktor* Lachner. En juin, on lui avait laissé espérer le poste de directeur de la Musique pour dix ans. Mais Lachner a changé d'avis et s'apprête à choisir un autre postulant. Von Bülow tombe malade. Cosima devient infirmière tout en continuant à graver les runes de Wagner. Sous sa dictée, elle récrit d'anciennes notes et pensées du Maître. En octobre, un *Livre Wagner* est prêt pour le roi, ainsi qu'il l'a demandé. La rente du compositeur-poète est elle aussi disponible.

Le cabinet von Pf. réserve cependant une surprise à Lolus Montès, ou plutôt à la baronne qui vient toucher la somme en lieu et place de Richard, nauséeux. Mime et Fafner lui ont préparé quarante mille guldens. Mais les secrétaires s'excusent de ne pouvoir donner de billets de banque. Ils n'ont à leur disposition que de la menue monnaie, soit quarante mille pièces de un gulden serrées dans de volumineux sacs. Le cabriolet de Cosima ne peut suffire à tout transporter. Humiliée, elle doit en affréter un second pour acheminer la somme. Les laquais se précipitent à son aide, cette tâche étant indigne d'une femme. Ils sont vite assez nombreux pour former une longue chaîne de mains compatissantes jusqu'à l'attelage. Et en nombre suffisant pour répandre le cocasse de cette histoire à travers tout Munich.

La copiste de L'Or du Rhin *rentre chez elle sur un tas d'argent !* titre un journal satirique. Un autre périodique caricature Wagner en chien affublé d'un béret. La chienne Cosima lui renifle le derrière, tandis que le compositeur fait le beau devant les pièces de monnaie que lui tend le roi. L'explosif compositeur rétorque par un article où il dénonce les intrigues dont il est victime. Il attaque frontalement les conseillers du roi, raillant leur népotisme dans l'attribution des charges administratives. Le cabinet montre aussitôt au roi des lettres très compromettantes de Richard à Cosima. Les rumeurs d'adultère sont fondées. Si cela était publié, le scandale ne pourrait qu'éclabousser la couronne.

Le 6 décembre 1865, le Conseil des ministres somme publiquement Sa Majesté de choisir entre son peuple et l'amitié d'un homme « que tout ce qu'il y a de sain et de bon dans le royaume méprise ». Le roi est contraint de s'exécuter.

L'avocat Freitag, mandaté par les von Pf., se présente Briennerstrasse afin de saisir les biens de Wagner.

– Cela revient à la Bavière, assène-t-il en frappant chaque objet de sa canne.

Les fillettes pleurent. Cosima ne dit mot. Hans a la fièvre. Richard se mord les lèvres. Quant l'avocat désigne le piano Érard, il ne peut se retenir de le gifler.

*

Le traîneau fend la neige glacée en tintinnabulant. Le museau du vieux Pohl émerge des couvertures. Enfoui sous les pelisses, Wagner geint.

– Ces grelots me sont insupportables. Qu'on les fasse taire !

C'est impossible. Il faut pouvoir être repéré dans les virages et les pistes qui montent vers les cols. L'attelage a déjà failli verser plus d'une fois. Richard aurait pu prendre le train à Munich, mais le roi lui a déconseillé la gare. Une foule hostile l'y attend. On pourrait le lyncher, voire le mettre à mort.

Louis a été incapable de tenir tête à sa mère et à ses ministres. Wagner n'a pu que constater son impuissance et sa faiblesse.

– Qu'est-ce donc que ce roi d'opérette ? s'est écriée Cosima.

– Un mortel comme un autre, pourrait lui répondre le souverain qui, depuis qu'il a signé l'ordre d'expulsion, vit enfermé dans le noir en refusant toute nourriture, sauf la bière d'Einbeck. Ne pourrais-je régner sans avoir à agir ! Gouverner ? Non ! Éloignez de moi cette coupe ! Dormir, plutôt. Et rêver, peut-être !

L'Aimé ne pouvait cependant quitter le royaume dans de si dangereuses conditions. Le train royal l'attend à quelques vallées de Munich. À partir de là, le compositeur pourra quitter sain et sauf cette maudite Bavière.

Voici le val blême entre les sapins au garde-à-vous. On dirait une crèche. Les lumières de l'Avent brillent aux fenêtres des chalets ; les couronnes de houx et de buis décorent les portes. À l'intérieur, il fait chaud autour des poêles de faïence. Dans de plus humbles masures, la chaleur ammoniaquée des étables monte au travers des solives. On doit y respirer le lait caillé, le purin et la crasse des peuples engoncés dans l'hiver.

La locomotive fume. Les angoisses de Stuttgart ressurgissent ; renoncer, disparaître ; à nouveau ce désir d'anéantissement. Fuir ce monde d'imbéciles et de ricaneurs, de jaloux et de bourgeois à rouflaquettes. Richard se sent plus vieux et plus lourd. Mais aussi plus fort. Il a été applaudi, acclamé, aimé et détesté. Il monte rapidement dans le wagon cossu, où le chauffage peine à fonctionner.

Le froid est en train d'envahir le monde. À l'est, un noir abyssal se lève sur l'Oberwald, dont les pics gardent l'horizon tels de grands spectres blancs. Derrière, ce sont les Alpes et la Suisse, l'asile des glaces. Le train va emporter le compositeur de *Tristan* vers cette terre neutre, une fois encore. L'étoile du soir brille. Richard la prie du regard. Le couple von Bülow va devoir rester quelque temps à Munich. C'était l'attitude la plus digne à tenir. Mais ensuite ?

En son cœur, l'idéal brûle comme une flamme. Il va y tremper sa plume et sa volonté. Et il en ressurgira, afin de bouter le feu à la terre entière. La locomotive siffle ; le train privé s'ébranle doucement. Wagner sourit à cet immense sein de glace venant à sa rencontre. Là où naît la nuit surgira, demain, le jour nouveau.

Minna

Il avait le crâne rond et la barbe fluviale. Elle s'étalait en delta de poils enchevêtrés sur une chemise rarement nette. Il portait des lunettes rondes cerclées de plomb. Elles peinaient à délimiter son regard ardent, qu'un verbe de feu alimentait continuellement. Dès que Mikhaïl Bakounine ouvrait la bouche, Minna tremblait. Ses paroles terrorisaient l'actrice pimpante, qui se mettait en frais pour recevoir dignement les amis du *Kapellmeister* de Dresde, son mari Richard Wagner, dans leur confortable appartement de l'Ostra Allee, avec vue sur le Zwinger et ses promenades élégantes.

Minna appréciait le thé russe, noir et fort. Elle aimait accueillir ses hôtes en disposant sur la table de la viande froide, du saucisson et des petits verres pour boire, à goulées convenables, le vin du Rhin. Mais Mikhaïl n'en avait cure. Le rustre empoignait les tranches de charcuterie pour les fourrer dans sa gargante. Puis il s'essuyait les mains sur sa veste de velours côtelé. Minna, qui confectionnait de parcimonieux sandwiches tout en discourant, le regardait s'empiffrer d'un air ahuri.

Richard, conscient de la réprobation muette de son épouse, glissait à Mikhaïl que l'on ne se comportait pas ainsi en Allemagne. Le Russe prenait alors un malin plaisir à se resservir de grandes rasades de vin en claquant la langue. Quand ils buvaient un verre, Mikhaïl en avait déjà avalé cinq, veillant à garder le flacon proche de sa forte main.

– Boire petit, c'est boire bourgeois, mes amis. Et les bourgeois, vous savez ce que j'en pense. *Alles kaputt !*

L'anarchiste russe s'amusait alors à de hasardeux rapprochements étymologiques. Entre le *kaputt* allemand et le *caput* latin, il voulait démontrer que la tête, dans la langue romaine, était destinée à rouler dans la sciure après être passée sous la guillotine française. *Kaputt !* c'était là le destin des chefs inutiles, si innombrables. Rien ne pouvait arrêter sa logorrhée virulente, et le flacon, plus d'une fois brisé, était vite remplacé, à sa demande, par des liqueurs plus toniques.

*

Dans le train royal qui vient de le soustraire à la Bavière haineuse, Richard est plutôt à son aise. Le wagon est luxueux, il l'emporte vers Lindau, sur la berge bavaroise du lac de Constance. À présent, le poêle chauffe, les tentures sont douces. Le roi a fait disposer pour l'Ami de la nourriture. Un imposant samovar distille les senteurs du thé noir, à la russe. L'odeur citronnée de bergamote rameute en lui les souvenirs de Dresde ; ses années de maître de chapelle qui s'étaient achevées dans le feu, la fuite et, pour tant d'amis, la prison.

August Röckel, le fidèle compositeur qui l'avait présenté à Bakounine, moisissait au pénitencier de Waldheim. Mikhaïl croupissait dans les geôles de Königstein. Frédéric-Auguste de Saxe n'avait épargné aucune des fortes têtes des émeutes de 1849. Elles avaient été condamnées au bannissement, à la perpétuité ou à la mort, comme Richard, traqué par les sbires de puissances craignant plus que tout le retour de ce Printemps des peuples qui avait enflammé l'Europe. Dans Dresde reconquise, les ouvrages qu'il estimait tant, Proudhon, Feuerbach, Hegel, avaient été tirés de sa bibliothèque, certains brûlés et d'autres revendus. Mais, à présent, l'ancien révolutionnaire se trouvait confortablement installé dans le train du roi de Bavière. Quelle belle ironie de la vie ! Et qu'en aurait dit le remuant Mikhaïl ! Il y aurait mis le feu, sans doute.

Dresde avait flambé durant ces longs jours et ces courtes nuits de mai 1849. Ils avaient été nombreux sur les barricades, ivres de mots et non d'alcool comme la propagande des Prussiens, venus à la rescousse du roitelet de Saxe, avait voulu en convaincre l'opinion après coup, afin de noircir un peu plus leur révolution.

Richard, en 1813, Bakounine, en 1814 ; ensemble ils étaient nés sous le signe de la révolution. Ils avaient partagé leur premier souffle avec un héros mâtiné de démon, Napoléon, qui courait alors l'Europe, les idées de 1789 bien ancrées dans la tête de ses hussards. Quand Mme Johanna Wagner enfanta Richard, le 22 mai, à l'hôtel du Lion Rouge et Blanc, la guerre atteignait Leipzig. Son père, Carl Friedrich Wilhelm, avait été engagé comme interprète du maréchal Davoust. Peu après, il mourrait du typhus dans une ville emplie de cadavres pourrissants. Tocsin et canons, chants guerriers, espoirs et tragédie avaient dansé une ronde macabre autour du berceau de Richard. Il grandit exalté, capricieux et incertain quant à sa destinée.

Johanna s'était très vite remariée avec l'acteur et peintre Ludwig Geyer. Richard, benjamin de cinq sœurs et de trois frères, fut un élève turbulent, trop peu discipliné pour les études classiques auxquelles on le destina dans un premier temps. Sa sœur Rosalie et son beau-père lui donnèrent un goût immodéré pour le théâtre, la musique, les costumes, les jongleries... et les cabarets. Friand de grec, il traduisit, à treize ans et pour s'amuser, l'*Odyssée*.

Wagner découvrit Beethoven en 1827 et la révolution en 1830. Le Bonaparte de la musique et les turbulences de la révolution de Juillet atteignirent l'adolescent nerveux plus fortement qu'un boulet de canon. Les journaux rapportaient l'inimaginable : le roi de France Charles X renversé, La Fayette caracolant dans Paris, les Gardes suisses défaits aux Tuileries. Avec les étudiants de Leipzig et de Dresde, Richard descendit faire le coup de main dans les rues. Des combats frénétiques forcèrent le roi saxon à mettre en place un régime constitutionnel. C'était là ce qu'on espérait : en finir avec l'absolutisme et son arbitraire. « Mort au tyran ! », ce cri, Beethoven l'avait mis en musique dans son unique opéra, *Fidelio.* L'interprétation qu'en fit Wilhelmine Schröder-Devrient, sa voix sculpturale et son engagement scénique, devaient marquer à jamais Richard.

*

Mikhaïl Bakounine n'était pas exempt de bonnes manières, mais ce fils de grande famille russe les avait simplement reniées. Voyant que son attitude choquait la mignonne Minna, il avait, un soir, tenu à s'en expliquer. On avait voulu qu'il soit un officier du tsar. Il avait détesté le joug militaire, la brutalité, les brimades permanentes. La lecture de Jean-Jacques Rousseau l'avait convaincu de la bonté naturelle de l'homme. Il la voyait à l'œuvre dans la fraternité naïve des moujiks ; dans la haine compréhensible qu'ils montraient envers le seigneur les accablant sous le knout, engrossant leurs filles et écrasant leurs fils sous les sabots de ses chevaux quand il lui prenait l'envie d'une cavalcade à travers ses innombrables hameaux.

– Vous ne pouvez imaginer dans quelle servitude le peuple russe est maintenu. On y traite les animaux mieux que les hommes. Torturez un animal et il vous mordra. N'est-ce pas dans la nature de la bête humaine de se rebeller contre le mal qu'on lui occasionne ? Je regarde vos chiens, Mme Minna, et je réfléchis à leur bonté naturelle. Une même bonté est en vous. Seules la culture et sa servante aveugle, la religion, vous rendent craintive de ce qui se fait ou ne se fait pas. Moi, j'ai balancé tout cela par-dessus les haies. Je mange comme je l'entends, et si un rot vous dérange, songez au nourrisson qui sans le produire s'étoufferait avec son biberon. Les bonnes manières ne sont que de l'arbitraire bourgeois. Au feu tout cela !

L'anéantissement excitait son imagination. Il clamait que la destruction des symboles et des tenants de l'autorité ne pourrait que susciter un mouvement d'adhésion générale dont résulterait la régénérescence du genre humain. Dès lors, le monde nouveau suivrait un ordre naturel de reconstruction. Une seule chose intéressait Bakounine : trouver les forces nécessaires à cette action salvatrice.

Chez les Wagner, il s'était habitué à socratiser, affalé sur le sofa. Il tenait tête à toutes les controverses et, surtout, il laissait son contradicteur abasourdi en s'affichant toujours plus radical que lui. Les flacons renversés lui étaient un joli prétexte à dissertation, et plus encore les belles carafes de Minna.

– J'ai toute possession en horreur. La loi de la propriété crée le péché de l'envie. Pour évacuer ce péché, il faut conséquemment éliminer la loi et donner.

Il avait commencé par s'appliquer cette maxime à lui-même en renonçant aux revenus familiaux. Bakounine offrait ce qu'il avait aux mendiants, préférant sa liberté de conscience à une prévoyance mesquine.

– Je peux manger, m’habiller et dormir. Pas eux. Alors je n’hésite jamais si mon prochain s’avère plus nécessiteux que moi.

– Cependant, se hasardait Minna en ramassant les débris de cristal, il faut tout de même une organisation de l’État pour préserver du pillage le particulier qui aura cultivé son champ pour nourrir les autres...

– Eh bien, Mme Minna, votre paysan n’aura qu’à élever soigneusement une barrière autour de sa parcelle et à réinventer la police ! Est-ce là ce que vous voulez ? Ordre ? Autorité ? Possession ? Oppression ? Terrible tétralogie !

Sous la rafale, Minna fuyait en cuisine. Richard en profitait pour se jeter sur le piano, improvisant aussitôt sur les idées de Bakounine.

*

Les journées de 1830 avaient marqué pour le jeune Wagner le commencement du monde historique. Tandis que l’aristocrate Bakounine se convertissait à Rousseau, Richard embrassa les idées d’une révolution courageuse qui ne s’était pas encore souillée, sur les terres allemandes, des mêmes atrocités que 1793. Il mûrit longtemps *Rienzi, le dernier des tribuns*, son premier grand opéra, où un héros du XIVe siècle italien tombe, victime du peuple qu’il a auparavant débarrassé de la servitude des aristocrates et du clergé. Cette énorme œuvre de cinq heures l’avait imposé à Dresde en 1842. Il n’avait pas trente ans et le succès était au rendez-vous. Richard avait adoré les acclamations d'un public délirant. Sa musique avait suscité l'intérêt des meilleurs chanteurs allemands, le ténor Tichatschek et Wilhelmine Schröder-Devrient, redoutable croqueuse d'hommes, qui émoustillait le jeune compositeur sans qu'il en laissât rien paraître. Le roi Frédéric-Auguste avait, à l'époque, particulièrement goûté *Rienzi* et, dans la foulée, nommé Richard maître de sa musique, raidissant au passage quelques ministres courtisans. Aveuglement du souverain, prémonition de l'artiste.

– J'aime ton héros parce que c'est un révolutionnaire, grognait Bakounine. Mais l'opéra m'indiffère. Ce n'est pas un genre pour moi.

Ces avis, au lieu de dépiter Richard, ne faisaient que l'exciter.

– Mikhaïl, qu'attends-tu de la musique ?

– Tout art peut élever le peuple et le régénérer par la beauté. Mais je préférerais plutôt entendre le ténor chanter « tuez-le », la soprano « pendez-le », tandis que la basse répéterait « feu ! feu ! ».

– Alors écoute ça !

Sur son piano, le maître de chapelle empruntait alors au premier mouvement de la *Neuvième* de Beethoven le tremblement inquiétant des contrebasses hachuré d'accords fracassants. Et ils se mettaient à chanter à tue-tête les paroles meurtrières de Mikhaïl. Richard était le ténor, Bakounine la basse. Mais Minna, qui aurait pu s'amuser à jouer la soprano, se bouchait les oreilles.

– Ah, c'est là que je te retrouve, mon frère Richard ! s'esclaffait Bakounine.

Wagner s'était piqué de réduire la symphonie de Beethoven pour le clavier alors qu'il n'avait que dix-sept ans. Le maître venait de mourir et l'ultime feu de son génie restait incompris. On ne jouait presque jamais sa fresque chorale, jugée désagréable à l'oreille. Lui, elle l'avait transfiguré. Devenu *Kapellmeister*, il l'affichait au programme de ses concerts dès que les effectifs nécessaires étaient disponibles.

L'Ode à la joie avait réuni Richard et Mikhaïl lorsque August Röckel fournit une place de concert à Bakounine, qui se cachait alors de la police. Sous un déguisement de hobereau, il avait posé sa carcasse au premier rang. Les gardes n'allaient pas le chercher là, sous les yeux de tous. Le fils de boyard s'était laissé pousser la barbe et portait fort bien les oripeaux de son ancienne caste. Une couverture adroite car, d'après les informations fournies par la police tsariste, celle de Dresde était plutôt à l'affût d'une sorte d'étudiant dépenaillé et glabre. La *Neuvième* dirigée par Wagner avait ébloui Mikhaïl. Il avait couru en coulisses serrer le chef d'orchestre dans ses bras, lui jurant que si toute musique était destinée à disparaître dans la conflagration universelle, il leur faudrait, même au péril de leur vie, sauver l'œuvre de Beethoven.

*

Minna se mit à accueillir Mikhaïl avec une froideur grandissante. Alors, le soir, Bakounine et Wagner prirent l'habitude d'aller marcher le long de l'Elbe. Richard avait, toute la journée, répété avec les musiciens de l'opéra, ou écrit. Il éprouvait le besoin de se dégourdir les jambes et l'esprit. Le fleuve placide déroulait ses méandres le long des beaux parcs au fond desquels se terraient des bâtisses enfumées.

L'artisanat et l'industrie, qui avaient permis les beautés de la Florence de l'Elbe, étaient cachés, mais restaient bien audibles. Richard, à l'oreille sensible, guidait leurs promenades vers ces sites fuligineux où des êtres taiseux, suants et beaux, en tablier de cuir, à la chemise roussie, aux mains noires et à l'œil de braise, assouplissaient l'acier, le plomb, le cuir et le cuivre ; ils tannaient les peaux, ils tissaient, ils teintaient, ils courbaient ; ils tressaient la matière.

Il y avait ceux qui découpaient les planches de bois et ceux qui fondaient la roche brute. Le fer et le cuivre naissaient dans des creusets d'or liquide. La fonte éructait dans l'eau sifflante. Partout marteaux et enclumes entonnaient une mélodie primitive et joyeuse ; il en jaillissait des notes simples et lumineuses, et surtout un rythme, guidé non par l'imagination, mais par le muscle et la matière, la volonté de la chose en train de naître et l'effort pour obtenir sa transmutation. Toute cette science ancienne, non écrite, de l'artisan qui forge et tend pour créer la forme, interrogeait et fascinait Wagner.

Bakounine parlait aux ouvriers ; Richard écoutait la symphonie de leurs corps en action. Un orchestre nouveau naissait sous ses yeux. Il était organique, généreux et naturel. C'était celui de la découverte du feu et de la naissance de l'outillage. Il avait vu le jour dans les ateliers des tailleurs de silex et de haches. Les hommes premiers avaient vu luire, dans les entrailles de la terre, des roches aux éclats de lumière, parfois striées d'un vert jaunâtre ou d'un roux surprenant. Le rythme du travail avait dompté ces mystères. Les couleurs tirées des plantes et de la terre avaient animé les représentations animales sur les parois de leurs antres secrets.

– L'industrie asservit la matière ; hélas, elle fait de même avec l'homme dès lors que quelques-uns s'approprient le travail du plus grand nombre. Je le répète, discourait Mikhaïl, tout le mal vient du péché de propriété. Celui qui cercle son champ, déclare cette mine ou cette terre être la sienne, celui-là entame la dégénérescence de la société. Prendre pour soi au détriment des autres, voilà la faute originelle. Je ne crois qu'au partage sur un pied d'égalité.

– Cependant ces ouvriers que tu vois, ils œuvrent pour des commanditaires qui leur donnent du travail, rétorquait Richard. Sans cela ils ne gagneraient pas leur pain. Leur sueur est aussi leur richesse !

– Moi je soutiens que la richesse peut, et doit, circuler différemment. Non pas verticalement, ou pyramidalement, mais horizontalement. C'est cela, l'égalité et le partage. Je vois les hommes comme un troupeau, ou bien une meute, si tu préfères une vision moins mollassonne du groupe humain. La propriété m'évoque le vol de rapaces qui, venus d'en haut, s'abattent et repartent avec leur butin, laissant celui qui a œuvré sans rien, démuni et trop souvent blessé.

Dans les rougeurs d'ateliers, lors des rares pauses, on écoutait avec respect le verbe tonnant du Russe. Son sourire étincelant, ses postillons, ses larges déploiements de bras ponctuant ses diatribes, tout évoquait un géant hirsute au milieu de la fournaise. Richard voyait en lui un Vulcain moderne.

Le panorama de Dresde les inspirait. Filigranée entre le ciel immense et la plaine infinie, la ville édifiée par Auguste le Fort était un décor somptueux dont ils n'ignoraient pas les coulisses de sueur et d'oppression. Cette beauté avait un prix dont les oisifs qui en tiraient plaisir ignoraient jusqu'à la douleur.

Wagner considérait, lui, le monde comme un opéra dont l'humanité était l'orchestre. C'était là sa métaphore révolutionnaire. Il parlait de ce qu'il vivait et connaissait. Il théorisait sa propre partie : l'industrie du spectacle. Les oiseux venaient à l'opéra, jouissaient, dormaient une partie de la soirée, applaudissaient parfois, puis s'en allaient. Ils méprisaient les conditions de leurs valets sonores. Malades, ces derniers ne touchaient plus de cachets. Handicapés, ou vieillissants, on les jetait comme des rebuts. Heureusement, il y avait la solidarité des musiciens qui donnaient chaque année une représentation de charité pour alimenter une caisse commune. Elle venait en aide aux nécessiteux et aux veuves. Les Français avaient inventé cette mutualisation du temps de leurs rois Bourbons. Mais Wagner rêvait d'aller plus loin. Il voulait réformer le fonctionnement des opéras ; le retirer au pouvoir discrétionnaire du prince pour placer cette entreprise sur un pied communautaire.

– Les patriciens de Venise ont inventé l'opéra public au XVIIe siècle. Moi, je veux construire un opéra autonome du pouvoir qui le nourrit de ses deniers. Je veux en faire un lieu où le plaisir artistique soit réflexion et exaltation pour chacun. Je veux revenir au temps de la Grèce ancienne, lorsque Eschyle et Sophocle portaient le drame et le mythe comme enseignements. C'est cela, ma révolution, Mikhaïl. La liberté de mon art étendra celle des autres à l'infini. Elle ne se fera pas sans la refonte des structures d'enseignement, et la transformation de l'architecture des salles.

– C'est bien pour leurs salles que je déteste les opéras, Richard. On dirait un palais où le souverain règne, solaire, au centre de sa loge, avec tous les courtisans satellisés autour de lui. Mais ils sont tenus en tenailles par le parterre plébéien, en bas, et le paradis, en haut, où les plus nécessiteux s'entassent pour ne rien discerner. Puisse cette pince des peuples les écraser comme des noix ! C'est un comble tout de même, ne trouves-tu pas, que le paradis de l'opéra soit le seul d'où l'on ne puisse même pas apercevoir un ciel de théâtre !

Sa sortie, qui n'était pas sans esprit, les fit rire.

– Je rêve d'un amphithéâtre d'où l'on pourra voir et entendre à égalité, sans distinction de places et de castes, s'enthousiasmait Richard.

– Que ne le fais-tu pas ?

– Tu sais bien avec quel pouvoir il faut d'abord en finir.

– Oui, pendons-le, tuons-le, brûlons-le !

– Quoique... il n'en resterait plus rien ! Et tu m'ôterais le pain de la bouche. Non, j'aspire à autre chose pour nous autres musiciens, actrices, danseurs, éclairagistes, costumières, toutes ces petites mains qui accomplissent chaque soir le grand œuvre. Le système que je souhaite ne sera plus le même. Au dévouement et à la charité, il sera répondu organisation et imposition. Au pourcentage sur la représentation, je substituerai les salaires et les cotisations. Ainsi, le temps de travail donnera automatiquement droit à une caisse mutualisée pour la maladie et la retraite. Je veux en finir avec ces aumônes distribuées selon le caprice du prince. L'organisation sociale doit supprimer toute charité. Si ce sentiment a eu son efficacité, il est temps de progresser vers plus de décence et d'équité.

Mikhaïl, ému, prenait Richard dans ses bras et versait quelques larmes. Puis tous deux s'en revenaient vers les façades opulentes avec, dans l'oreille, la métallique mélodie des ateliers fourmillant d'hommes noirs et glorieux.

Le long des berges, les lavandières se retournaient au passage de Mikhaïl, le géant débonnaire. Elles effleuraient d'un regard furtif ce colosse si hardiment campé sur la terre. Il aurait pu être l'une de ces statues musculeuses ornant les ponts de la ville noble. Mais le géant Bakounine n'était pas de pierre ; personne ne l'avait jamais contraint. Mikhaïl était de ces hommes nés pour élever leurs congénères au-dessus de leur condition. Sa force était imposante, sa vigueur, celle d'un prophète.

– La liberté est une épidémie généreuse, Richard ! Celui qui la reçoit doit tout lui donner en retour. Vois ces femmes, comme elles désirent et comme elles en ont honte. Elles cachent leurs envies tout au fond d'elles-mêmes avec une culpabilité plus lourde que le rude savon qui alourdit leur panier. Elles s'agenouillent au bord du fleuve, elles courbent l'échine, elles prennent le bloc de graisse et de soude qui leur ronge jour après jour les mains. Elles frottent la tache, elles tordent et battent le linge jusqu'à ce qu'il soit propre et net. Dans cet effort de purification, elles tentent de s'oublier. Elles auront noyé leur désir dans la sueur et la répétition des mêmes gestes. Je ne sais pas de tâche plus ingrate que celle des lavandières. Ni de plus respectable. J'en connais quelques-unes qui ne s'embarrassent pas pour quitter la rive et s'amuser dans les bosquets. Parfois, les jours de grande chaleur, elles dénudent leurs poitrines pour se mettre plus à l'aise et se baignent au fleuve. C'est aussi cela que je nomme liberté : ôter de son corps toute entrave, le laisser jouir de cette nature dont il est une émanation sublime. L'amour devrait être ainsi, Richard. Pour moi, le mariage est une autre forme de sujétion. Il lie des patrimoines et des héritages. Mais le désir entre deux êtres, cette indescriptible étincelle de joie que vous, les poètes et les musiciens, ne cessez de chanter, tout cela est devenu une chaîne dont l'opéra roucoule les fioritures. Où sont la sincérité, le don et la naïveté ? Qu'entendons-nous par mariage ? Ne serait-ce pas plutôt une obligation, le refuge des pusillanimes, le cocon des geignards ? La famille est une araignée, et le mariage, sa toile. Je suis pour le libre choix des passions comme du partenaire. Toi-même, Richard, es-tu heureux de ton union avec Minna ? Qu'en penses-tu ? Et Minna, qu'en dit-elle ?

*

Cette question le faisait rougir. Le libertaire Bakounine ne manquait pas de flair, car rien n'allait dans le couple Wagner. En arrivant devant leur porte, le Russe percevait souvent des éclats de voix. Ils s'éteignaient dès que le timbre retentissait. Richard était un homme exalté, généreux, idéaliste et facilement colérique. Minna, de quatre ans son aînée, frappait par son calme, sa froideur, sa tempérance. Leur intérieur était propre et bien tenu, les meubles astiqués, les rideaux si bien agencés que le nombre de leurs plis pouvait être compté à chaque fenêtre ; chaque verre, chaque assiette était bien posé en évidence sur le vaisselier lustré.

Richard était dépensier et brouillon ; Minna, économe et comptable. Cela frappait d'emblée chez elle : son esprit boutiquier. D'une certaine façon, il le fallait bien, tant Richard vivait au-dessus de ses moyens, sans cesse inquiété pour des dettes que leur couple avait dû mal à honorer, sauf en empruntant davantage. Mais, pour l'œil exercé de Mikhaïl, le foyer Wagner abritait deux êtres dissemblables où les convenances avaient clairement pris le dessus sur la passion.

En 1848, le printemps de leur première rencontre était déjà loin. Elle avait eu lieu quatorze ans plus tôt, à Bad Lauchstädt, une station thermale à quelques lieux de Halle, au cœur de la Saxe. Les souverains et leur cour venaient y prendre les eaux durant la belle saison. Un petit théâtre circulaire, construit sur les plans de Goethe pour y jouer *La Fiancée de Messine*, jouxtait la maison de son ami Schiller. La salle de spectacles dressait sa simplicité sous d'immenses tilleuls qui prenaient, dans le parc à l'anglaise, une ampleur de cathédrale. Leur floraison sucrait la terre d'un pollen gluant. Pour Richard, le parfum des tilleuls est lié à son premier souvenir de Minna.

À vingt et un ans, en 1834, il venait d'obtenir la place de chef d'orchestre du théâtre de Magdebourg. Sa prise de fonction eut lieu alors que la troupe était en tournée à Bad Lauchstädt pour un *Don Giovanni* de Mozart. La ville d'eaux lui fit une fâcheuse impression. Malgré l'été, l'horizon des plaines était désespérant sous le gris ballet des nuages descendus de la Baltique. L'impresario du théâtre transpirait le schnaps ; il circulait partout en robe de chambre, affublé à toute heure d'un bonnet de nuit, et marchant d'un pas très mal assuré. Heinrich Bethmann ne devait son poste qu'à sa première femme, décédée, une actrice qui avait été la maîtresse du roi de Prusse. Le souverain, satisfait des faveurs de la belle, avait octroyé à l'époux une pension que ce dernier continuait toujours à percevoir. Quant à la directrice de la troupe, une jambe paralysée la clouait dans un canapé où elle se tenait tout le jour, veillée par une vieille tante aux chicots jaunis par la pipe.

Le régisseur squelettique informa Wagner qu'il disposerait pour seul orchestre de la fanfare municipale de Mersebourg. Puis il lui tourna le dos pour arracher aux branches d'un cerisier proche de la fenêtre quelques fruits. Il cracha les noyaux dans la pièce. Richard, dont les fringants espoirs de jeune chef venaient d'être sévèrement douchés, décida de repartir le lendemain. Il lui fallait cependant passer la nuit sur place avant de pouvoir regagner Halle, où Haendel était né. On lui trouva une chambre dans les dépendances. Rien à voir avec les opulents bâtiments au crépi jaune et aux tuiles rouges qui enserraient la pièce d'eau. Acteurs, chanteurs et musiciens restaient des domestiques, en fond de cour, entre les écuries et les cuisines. Il leur était facile de vider le pot de chambre puisque le fumier s'entassait sous les fenêtres, au pied des tilleuls en fleur.

Dans l'escalier instable, il croisa la jeune première de la troupe, Minna Planner, sa voisine à l'étage supérieur. Elle était d'une élégance raffinée et d'une mise dont la décence contrastait avec les déguenillés de la troupe qu'il s'apprêtait à fuir. Elle salua avec grâce le chef d'orchestre, s'étonnant de le voir si jeune, puis elle partit d'un pas léger vers sa répétition. Richard changea aussitôt d'avis et accepta le poste, s'engageant à diriger *Don Giovanni* sous huit jours, avec ce qu'il avait sous la main comme effectif.

Se frotter à Mozart n'était après tout pas une mauvaise entreprise. Il avait sur le chantier une comédie italienne, *La Défense d'aimer*, sur un sujet inspiré de Shakespeare. L'œuvre, dans son esprit, était une glorification hardie de la libre sensualité contre le puritanisme hypocrite. Dans l'effervescence amoureuse de ses héros, il flottait un parfum de Beaumarchais et de Mozart.

Minna Planner n'était pas une chanteuse, mais une actrice. Elle intervenait dans les comédies agrémentées de musique et les mélodrames, si à la mode en ce temps-là. Elle lui apparut comme une fée au milieu de la porcherie générale. Son jeu était naturel et sans affectation. Depuis la petite fosse du théâtre de Goethe, le jeune chef d'orchestre n'avait d'yeux que pour elle. La scène, éclairée aux bougies, nimbait son corps d'une lumière rosée. Parfois leurs regards se croisaient, troublant le jeu de Minna.

Un soir qu'il rentrait tard, comme il avait oublié sa clé, il entreprit de regagner sa chambre par la fenêtre. Attirée par le bruit, Minna, qui logeait à l'étage supérieur, vint à la croisée et sourit au chef d'orchestre. Il lui demanda la permission de lui souhaiter la bonne nuit. Malgré l'inconfortable position, il pressa tendrement cette main tendue d'en haut et qui ne se refusait pas. L'émotif Richard en fit aussitôt un érésipèle. Honteux de son visage gonflé, il refusait de sortir de sa chambrette. Minna vint s'occuper de lui. Et comme il se plaignait d'être si odieusement défiguré en sa présence, elle l'embrassa sur le front. La conception de *La Défense d'aimer* accomplit aussitôt d'intéressants progrès.

L'aventure devint dès lors un *dramma giocoso*. À l'automne, la troupe quitta la station hygiéniste pour de plus grandes villes. Minna changea d'attitude. À Rudolstadt, puis à Magdebourg, la belle actrice fut courtisée par un jeune aristocrate et, soudain, bouda le chef d'orchestre. Ce premier refroidissement de Minna eût dû alerter Richard. L'actrice cherchait d'abord une situation stable ; son statut ne lui apportait nulle considération, bien au contraire. Mais Minna se nourrissait d'illusions : jamais le fils de grande famille n'épouserait une fille de théâtre. Le prétendant contracterait rapidement un mariage de raison pour maintenir sa position sociale et avancer ainsi dans la carrière diplomatique à laquelle il se destinait.

Minna n'avait pas eu la vie facile. Fille d'un ancien trompette de l'armée saxonne, un homme inventif mais dérangé, elle avait connu une enfance marquée par la faillite de son père lancé dans la fabrication de cardeuses de laine. Minna en fut réduite à proposer, au porte-à-porte, les quantités de fil de fer qui restaient de l'invention paternelle. Elle en vendait aux modistes pour la confection de fleurs artificielles. Adroite, mignonne, bavarde, la jeune pucelle s'attira les faveurs d'un certain von Einsiedel. Il la mit dans un état embarrassant et disparut dans la foulée. Elle accoucha dans de grandes douleurs et dans la clandestinité, cachant sa honte à son père. Ainsi naquit Nathalie, sa fille, qu'elle faisait passer aux yeux de tous pour sa sœur.

Richard, aveuglé par la passion, ignorait tout de ce passé. Il n'avait connu que des aventures sans lendemain.

Sa jeunesse s'était dissoute dans les beuveries et l'enfer du jeu, mais il était trop virginal pour s'apercevoir que la coquette tissait autour de lui des rets tout en finesse. Elle alternait le chaud et le froid afin d'augmenter son ardeur. *La Défense d'aimer* n'en pâtit pas. Il approfondit le livret et remporta un joli succès à Magdebourg, la ville qui avait donné au monde Telemann. Cet accueil très favorable renforça de nouveau l'intérêt de Minna pour sa personne. Après tout, Wagner était peut-être le bon parti qu'elle cherchait. Elle l'agraina comme le chasseur attire le faisan pour mieux le tirer. Au cours d'une fête entre membres de la troupe, elle lui céda un peu plus. Elle laissa à Richard son lit, sans pour autant le partager. Au réveil, l'esprit encore enfiévré par le punch bu en abondance, ils effectuèrent une longue promenade sur les murailles de Magdebourg. Quand ils se séparèrent, ils avaient décidé de vivre ensemble. Minna avait ferré son petit chef d'orchestre. Le mariage eut lieu en 1836, deux ans après leur rencontre embaumée par les tilleuls de Bad Lauchstädt, avec Nathalie comme fille d'honneur et sans que Richard sache rien de sa véritable identité.

Wagner avait voulu cette union. Sa décision n'était guère sage, car leur liaison n'était que la rencontre de deux mensonges. Richard avait désiré s'assurer par les liens du mariage, expression appropriée s'il en est, l'amour d'une femme qui jouait les coquettes. Minna, dont il aurait dû sentir qu'elle l'aimait bien moins qu'il ne l'aimait, avait choisi l'assurance de la stabilité.

Elle se savait adroite en scène, mais elle était suffisamment lucide pour connaître ses limites. Son talent, quelconque, ne ferait jamais d'elle une Schröder-Devrient. Elle ne chantait pas ; elle ne régnerait jamais en haut du firmament. Wilhelmine pouvait bien multiplier les amants et les aventures, elle était une cantatrice adulée qui se caserait plus tard, après avoir conquis un protecteur. Mais Minna avait dû parer au plus pressé avant que sa beauté ne se flétrisse. L'empressement du jeune Richard lui avait été une opportunité. Il ne manquait ni de talent ni d'ambition. Si elle croyait en la fortune de son mari, l'un comme l'autre avaient sous-estimé le danger qu'il y a à construire une union sur l'aveuglement passionnel marié au calcul.

*

Les idées des Lumières rougeoyaient comme des braises enfouies dans la tourbe. La réaction les avait contraintes après 1830 ? En 1848, elles ressurgirent plus fortes, parcourant l'Europe de Paris à Francfort, Milan, Vienne, Budapest. Le feu révolutionnaire reprit Dresde en mai 1849. Ni eau ni pompes ne pouvaient éteindre son incendie salvateur.

Entre-temps, Minna était devenue une bourgeoise comblée. Son mari, après maintes tribulations, avait enfin un poste respectable : maître de la musique du roi de Saxe. Au grand désarroi de sa femme, Wagner oublia sa baguette pour haranguer les foules d'étudiants sous l'immense drapeau noir, rouge et or qui masquait l'autel de la *Frauenkirche*. Il n'y était plus question de service divin, on y débattait des libertés civiles et de l'unification des principautés germaniques en une seule nation.

– Mon rôle en tant que chef d'orchestre peut ici vous paraître incongru, lançait-il à la volée, mais ma destinée est de provoquer la révolution partout. J'appelle révolution la conversion de tous les cœurs, la levée de toutes les mains, en l'honneur de l'homme libre et de la jeune Allemagne !

Près de vingt ans plus tard, Richard frémit encore à ce splendide souvenir. Sa diatribe avait eu un sacré effet sur la foule estudiantine et prolétaire. On allait enfin réaliser ce rêve d'égalité, de liberté et de fraternité que rien ne semblait devoir arrêter en Europe. Quelle intuition avait-il eue, en composant le final de son *Rienzi*, d'imaginer un incendie sur le Capitole, et qui embrasait ensuite tout Rome !

La nuit, Richard écrivait. Il se lança dans l'esquisse de *Jesus de Nazareth*. Rien à voir avec une traditionnelle passion luthérienne comme les composaient les vieux *Kappelmeister* allemands. Il imaginait Judas et Barabbas ourdissant un soulèvement des Juifs contre Rome. Mais Bakounine l'avait snobé en refusant de le lire.

– Jésus était un faible. Il ne m'intéresse pas.

Wagner poursuivit avec un *Hymne à la révolution*. Dans sa tête, l'utopie socialiste prenait la forme d'une rhapsodie. Des centaines de chanteurs l'entonneraient le jour de la victoire. Avant la fièvre révolutionnaire, il avait réuni en cette même *Frauenkirche* quatre cents choristes pour une grande fresque à la gloire de Luther, *La Cène des apôtres*. Son pain universel était celui d'une musique partagée à pleine bouche par la communauté humaine. Richard y avait, au passage, gagné le respect des pasteurs de Dresde.

August Röckel publiait dans le *Volksblatt*, la tribune des insurgés, des libelles enflammés signés Richard W. Ils provoquaient des séances houleuses à la rédaction. En mai 1849, Dresde fleurit socialiste. Des civils avec bâton blanc remplaçaient la police, la garde nationale arborait une blouse avec de rutilants chapeaux à plumes. Prudent, le roi s'était réfugié dans la forteresse de Königstein. À tous les coins de rue, des colporteurs vendaient des placards :

Il n'y a plus de monarchie !
Institution du système des Chambres élues !
Disparition définitive de l'aristocratie !

Les femmes se confectionnaient des toilettes originales aux couleurs de l'Allemagne. Il flottait dans l'air un parfum de gaieté et de jeunesse. Seule Minna trouvait cela vulgaire et indécent. Elle en restait au blanc et au noir, avec parfois un ruban rose pâle autour du cou.

Soudain, le tocsin avait sonné au clocher de l'église Sainte-Anne. Les troupes prussiennes, dirigées par Guillaume de Hohenzollern, s'étaient mises en marche pour mater Dresde.

L'insurrection commença. Dès cet instant, Richard n'eut plus que du feu dans les yeux. Était-ce un retour des sons entendus dans sa prime enfance, les embrasements inconscients de la guerre napoléonienne ? Tout lui devint d'une lumière jaune foncé, presque rousse. Il éprouva un débordant bien-être. La terreur qu'il lisait sur maints visages croisés à la cour du roi Frédéric le faisait éclater de rire ; il en voyait tant d'autres qui partageaient sa joie débridée.

– Aux barricades, aux barricades ! criait-on de toute part.

La foule se répandait dans les rues et sur les places. Cris et détonations jouaient une musique extraordinaire dans laquelle Wagner s'enfonçait avec ravissement. Son *Rienzi* paraissait s'incarner partout.

Tout partait à vau-l'eau. Les portes de l'hôtel de ville étaient grandes ouvertes. On y tenait conseil sur conseil. Bakounine exultait. Les derniers aristocrates, pris de panique, quittaient la ville sur des chariots où s'entassait un bric-à-brac de meubles. Vite arrêtés par les insurgés, ils échangeaient leur salut contre leurs biens qui allaient grossir les barrages de rue. Le jeune architecte Semper, celui que Richard conseillerait à Louis II, des années plus tard, pour construire l'opéra de leurs rêves, dirigeait ces travaux stratégiques. Bakounine en redingote noire, le cigare aux lèvres, allait, goguenard, d'un édifice à l'autre, attisant la destruction générale.

On força la porte des casernes pour s'emparer des armes. Richard distribuait des fusils à ses violonistes et à ses trompettistes, tandis que Mikhaïl, autopromu artificier en chef, confectionnait des bombes. *La Marseillaise* résonna au loin, reprise par la foule révolutionnaire. Des milliers d'hommes, descendus des monts Métalliques, entraient dans la ville pour défendre la révolution aux sons martiaux de Rouget de Lisle.

Un garde municipal prit Richard par la manche, hurlant à ses oreilles :

– Monsieur le maître de chapelle, voyez ! L'étincelle divine de la joie a bouté le feu. Notre opéra brûle de la cave au grenier.

– Tant mieux, il est vieux et moche, lui rétorqua Richard.

Le bâtiment de plâtre et de bois n'était plus qu'un océan rouge qui prenait d'assaut les galeries marchandes.

Mais la situation changea aussi vite que le vent se retourne contre l'incendie à qui il a permis de se propager. Massacrant les milices citoyennes, les Prussiens du prince la Mitraille déferlèrent sur la ville plus violemment que l'orage. Les barricades explosaient sous les coups de leurs canons. Le combat devint bientôt corps-à-corps. Les soldats, forgés par une discipline d'acier héritée de Frédéric le Grand, investissaient les maisons. La dissension s'installa parmi les rangs des insurgés. Bakounine, sachant que la troupe avançait à travers les cours en abattant les murs les uns après les autres, avait entreposé de fortes réserves de poudre dans les caves de l'hôtel de ville. Il voulait le faire sauter dès que l'armée de la réaction, sentant la victoire proche, l'investirait. Mais il n'eut pas le temps de déclencher son apocalypse. À la dissension succéda la panique. Le gouvernement provisoire se replia dans une auberge de Chemnitz. Ses membres épuisés, dont Röckel et Bakounine, tombèrent dans un piège tendu par les partisans du roi de Saxe. Richard, qui n'avait pu trouver de place dans leur voiture, échappa de justesse à la rafle. Il possédait dans son portefeuille un fort opportun permis, signé du souverain en personne, lequel l'avait autorisé à quitter Dresde durant trois mois afin d'aller diriger à Weimar. Bien lui avait pris de demander son congé en avril... Profitant de la confusion générale, Wagner put franchir la frontière et fuir en Suisse. La bienheureuse révolution avait été matée le temps d'un incendie, mais ses flammes n'avaient que léché le pouvoir de droit divin, bien à l'abri derrière les hauts murs du Königstein.

*

– Bienheureuse révolution, vraiment ? Malheureuse ! Stupide ! Inutile plutôt, n'avait depuis cessé de lui dire et de lui écrire Minna.

Après que le prince de Prusse Guillaume de Hohenzollern eut maté Dresde, l'épouse du *Kapellmeister* déchu avait attendu deux mois pour le menacer d'une première rupture. Il était hors de question, pour elle, de reprendre leur vie commune. Jamais elle ne viendrait le rejoindre dans son exil. Mme Wagner resta à Dresde, bien qu'elle eût tout perdu dans ces journées de rébellion : son rang social, ses revenus, sa tranquillité.

– Toutes ces théories que tu ponds ! Ces mots et ce verbiage alors que l'on attend de toi des opéras distrayants, des cantates et des messes. Richard, sache qu'un musicien est né pour servir et divertir, pas pour inventer le futur. Quel orgueil ! Tu te fourvoies ! Ce n'est pas cela qui va nous faire vivre. Sais-tu combien m'a coûté l'entretien de tes amis révolutionnaires ?

De tels reproches le mettaient en fureur. Qu'est-ce que cela lui avait coûté, à elle ? Qui donc ramenait l'argent au foyer ? Sa pension de maître de chapelle, et ses quelques droits d'auteur à lui, Richard Wagner. Mais madame ? Ses meubles et sa maison lui tenaient bien plus à cœur que le statut de l'être humain et son devenir. Minna blâmait son inconscience suicidaire et le peu de souci qu'il avait eu de leur avenir commun. Mais en avaient-ils jamais eu un ? Elle jouait les déesses outragées sans en avoir l'envergure. Minna flétrissait sa vie en y laissant fleurir cette moisissure de bienséance et de mensonge nommée petite bourgeoisie. Les désillusions étaient arrivées très vite. L'époque où ils se donnaient du Minette, du Minouche, du Riri ou du Richel avait été bien courte.

À présent, bien au chaud dans le train royal, Wagner doit se rendre à l'évidence : depuis le début, l'amour n'a pas vibré à l'unisson entre eux, tant s'en faut. Minna avait été la première à se montrer inconstante et évaporée. Il avait vite été jaloux d'une épouse qui ne renonçait jamais à de suspectes condescendances envers ses admirateurs. Irascible, pauvre et toujours somptueux dans ses goûts, il lui avait apporté en dot un génie rebuté dans ses entreprises. *Les Fées*, un opéra ambitieux qui lui avait coûté des mois de travail, ne fut jamais monté.

Au lendemain de leur mariage, ils trouvèrent, clouées sur leur porte, des citations d'huissier pour traites impayées. Les scènes de ménage allèrent vite croissant, aggravées par la présence de Nathalie, dont il avait fini par découvrir la véritable nature. Minna n'était qu'une personne médiocre, une fille-mère menteuse qui jouait les vertueuses et cherchait à culpabiliser Richard afin de masquer ses propres écarts de conduite.

En 1836, l'année de leur mariage, Richard avait suivi Minna à Königsberg où le théâtre municipal l'avait engagée. Un riche commerçant juif, Schwabe, s'intéressa de très près à elle. Minna le recevait souvent, tandis que Richard travaillait au théâtre, dont il réformait l'orchestre. Wagner cria ; Minna se défendit maladroitement d'avoir fauté. Puis elle s'enfuit avec un autre amant : Dietrich. Ce nouvel homme fortuné avait moqué sa médiocre condition d'épouse de musicien. Il abandonna Minna deux semaines plus tard, scandalisé par l'existence de Nathalie et les mensonges de cette actrice qui semblait par trop être une traînée. Mme Wagner se réfugia à Dresde où résidaient sa mère et sa fausse sœur. Richard, amoureux, les installa dans un hôtel au bord de l'Elbe. Aveuglé par cette épouse perverse, Richard se laissait mener. Quand Minna lui écrasait le pied, il se serait presque excusé de l'avoir posé là par inadvertance...

En 1837, l'opéra de Riga lui proposa un poste de chef d'orchestre. Il l'accepta, voyant enfin le moyen de subvenir à leurs besoins et de soustraire Minna à la si périlleuse vie de théâtre. Elle ne pourrait qu'en être heureuse. Mais

Dietrich reparut. Il enleva derechef Minna et la conduisit jusqu'à Hambourg où il s'en amusa encore un peu avant de la renvoyer.

Cette fois, Richard, blessé, prit, seul, ses fonctions à Riga. Le succès ne fut pas au rendez-vous. Aucune chanteuse acceptable ne voulait venir s'y enrhumer. Il fut réduit à monter des productions coupées par manque de voix adéquates. Le public se détournait de ces spectacles qui n'avaient rien d'attirant. Comment renverser la situation ? Heureusement, Minna avait une sœur authentique : Amélie, cantatrice de talent au beau timbre. Elle accepta un engagement pour chanter *Norma* et entreprit aussitôt de raccommoder les époux. Richard reçut une lettre pitoyable de sa femme lui avouant ses fautes et sa détresse. Elle lui renouvelait son amour des premiers jours. Il lui pardonna. Toujours avec Nathalie dans ses jupons, Minna le rejoignit en Lettonie. Tout était-il pour autant oublié ? Le manque d'argent rouvrit les anciennes plaies. Malgré ses dettes, Richard menait grand train en meubles, en fourrures et en tailleurs. Il nourrissait son foyer de patates et de choux, tout en rêvant d'huîtres, d'asperges et de côtes de veau. Venue si au nord de toute civilisation, Minna commença à s'ennuyer ferme. Elle reprochait à son époux, qui lui aurait décroché la lune, d'être un éteignoir sans ambition.

Il avait dans ses cartons les livrets de deux grands opéras en cinq actes, *La Fiancée idéale* et *Rienzi*. Le genre de l'opéra historique, dont Meyerbeer, Scribe et Halévy étaient les maîtres, faisait alors fureur, et l'Europe musicale ne jurait que par ces trois noms. Wagner, voyant Riga sans issue, envisagea de faire jouer ses œuvres à Paris, et sous sa direction. Il envoya des copies à Scribe et Meyerbeer. Aucun n'accusa réception, mais il réussit à savoir qu'un élève du Conservatoire aurait joué à Scribe un extrait de *La Fiancée idéale,* et que le maître avait dressé l'oreille à l'écoute de ces sons nouveaux.

Fort de cette information, mais sans recommandation ni argent, Wagner décida de se rendre en France. Minna recommença ses scènes de ménage. Elle qui critiquait sans cesse son manque de fantaisie, alors qu'elle n'en avait aucune, refusait à présent l'aventure. Richard réussit tout de même à la convertir à son projet en lui laissant miroiter le succès dans la capitale des capitales. Il était temps : le directeur de l'opéra de Riga, Holtei, menait une cour assidue à Minna.

Ce voyage ambitieux fut le véritable début de leur enfer. Ils vendirent leur mobilier, réunirent quelques fonds avec la recette d'un concert donné à leur profit. Cela pouvait à peine éponger leurs dettes. Wagner choisit la clandestinité, gardant un petit pécule pour le voyage. Ils prirent une voiture de poste expresse, en compagnie de Robber, le terre-neuve qui s'était invité dans leur foyer à coups de langue. Pour atteindre Pillau, port de la Prusse orientale, il fallait d'abord traverser la frontière russe. Le passage devait s'effectuer sans passeport, les créanciers les ayant dénoncés. Ils attendirent la nuit dans une maison de contrebandiers aux mines patibulaires.

Elle était située à l'orée d'un bois. La colline en face était prussienne. Entre les deux, par le caprice des cartes politiques, courait un fossé en territoire russe. Des postes de cosaques, prompts à tirer sur tout ce qu'ils pouvaient apercevoir, surveillaient le site. Les Wagner rampèrent dans le fossé à l'abri de quelques buissons, Robber blotti contre eux. Ils tremblèrent au passage des soldats, qui ne les aperçurent pas dans l'obscurité. Ils coururent vers le sommet de la colline et parvinrent sains et saufs en Prusse. Un tombereau à fumier les conduisit jusqu'à Pillau, où le capitaine de la *Thétys* accepta, moyennant finance, de les prendre à son bord. Allait-il les dénoncer et toucher une récompense après avoir empoché leur argent ? Toute la journée, ils attendirent, anxieux, qu'on leur fasse signe. Un canot vint enfin les charger. Il louvoya dans le port pour échapper à la surveillance des douanes. Halés à grand-peine le long de la coque, avec Robber qui ne poussa même pas un geignement, ils durent se terrer dans la cale au cours d'une ultime visite des agents du port. Enfin la *Thétys* appareilla. Elle n'allait pas vers la France, mais à Londres. Qu'importe : de là, ils traverseraient la Manche et débarqueraient à Boulogne.

Ils essuyèrent non pas une, mais deux tempêtes. La traversée, qui devait durer huit jours, en demanda plus de vingt. Au large d'Elseneur, un violent vent d'ouest leur apprit ce qu'était le mal de mer. La bourrasque forcit et les poussa jusqu'en Norvège, dans le fjord de Sandwicke. Le navire, éprouvé, répara ses dégâts, fit de l'eau et des vivres. Une seconde tempête, cette fois descendue du Grand Nord, les prit dans son étau durant sept nouveaux jours d'angoisse. Le capitaine paniquait. La *Thétys* se dirigeait droit sur les bancs de sable longeant la côte anglaise. Quatre cents navires par an s'y perdaient corps et biens. Minna priait Richard de la serrer fermement dans ses bras afin qu'ils ne fussent pas engloutis séparément. Un pilote anglais brava tout de même la bourrasque pour les guider dans ce labyrinthe mortel. À Londres, Wagner se mit en quête du baron Edward Bulwer-Lytton, l'auteur du roman *Rienzi*, dont Richard serrait précieusement son adaptation musicale dans une sacoche en cuir. Sans lettre d'introduction, on l'éconduisit. Londres lui fermait la porte, mais d'autres, assurément, allaient s'ouvrir à Paris. En septembre 1839, un mois après avoir quitté le port de Pillau, ils atteignaient enfin Boulogne-sur-Mer.

*

Un violent coup de frein tire Richard de sa remembrance. L'aube brumeuse entoure le train. Le samovar s'est renversé. Pohl, endormi sur la banquette, a roulé à terre en poussant un aboiement de surprise. Le vieux chien n'a plus ses réflexes de jadis. À travers la fenêtre, les rives du lac de Constance dessinent un liséré grisâtre. Le conducteur vient informer Herr Wagner que le train n'ira pas plus loin. Sa mission s'arrête là, et il a l'air bien soulagé.

Richard met pied à terre. La gare de Lindau considère avec intérêt ce voyageur en houppelande de fourrure descendre du convoi arborant les armes du roi de Bavière. Wagner ne s'attarde pas ; il se fond dans la foule, les épaules rentrées, la tête basse. Il redevient un citoyen ordinaire, lâché dans la ville. Une immense lassitude le saisit. Que faire ? Où aller ? Rester ici ? Rejoindre Zurich ? Mais l'asile Wesendonck n'est plus qu'un souvenir. Quant au foyer munichois, si chèrement payé, autant le rayer de son esprit. Hier, c'étaient la nuit et les neiges, l'envie de se dissiper dans l'obscurité protectrice et l'espoir de l'ailleurs. À présent, ces mêmes montagnes ont l'allure d'une barrière sombre. Il lui faut pourtant poursuivre, surmonter, franchir et vaincre. Le marcheur doit anticiper une vallée nouvelle, plus heureuse ; il doit se fixer quelque part afin de poursuivre son travail. Ses *Nibelungen* le hantent. Il songe à Wotan, le dieu des dieux nordiques, vaincu par ses propres serments, par son avidité pour l'or et l'anneau du pouvoir, celui-là même dont un écrivain britannique, sous son influence, écrira plus tard : *Un Anneau pour les gouverner tous, un Anneau pour les trouver, un Anneau pour les amener tous et dans les ténèbres les lier.*

Wagner est bien ce voyageur, à la fois Juif errant et fautif éternel en quête de rédemption. Pour lui, quel autre destin que de continuer à créer, donner vie à son œuvre, quelque part, sur une nouvelle scène ? C'est là toute sa vie. Et à présent il veut la tranquillité, qu'on le prenne tel qu'il est et qu'on le laisse agir à sa guise. Plus d'obligations d'accomplir ce qu'il ne peut ni ne veut faire. Aucune soumission : alors son entourage pourra être assuré qu'il sera toujours plaisant, une attitude qui satisfait aussi sa conscience.

Après quelques minutes de marche en ville, Wagner retrouve ses réflexes de banni. Il doit d'abord obtenir de l'argent. Il prend le bac et rejoint la berge suisse du lac de Constance. À Rorschach où est la banque Crivelli, il a fait transférer ses droits d'auteur. Trop de fuites, durant trop d'années, lui ont donné la prudence de se constituer quelques réserves. La Suisse est sûre, et ces dernières semaines munichoises lui laissaient présager le pire. Mais, au guichet, on l'informe que seule une partie des fonds qu'il a envoyés de Bavière a effectivement été transférée. Richard sent, derrière cette rétention, la main puissante du cabinet von Pf. Va-t-il devoir recommencer à pratiquer sa cavalerie pécuniaire, empruntant à l'un pour rembourser l'autre ?

– Le reste de la somme doit nous parvenir plus tard, déclare l'employé. Ne vous inquiétez pas pour cela, monsieur Wagner, vous n'êtes pas ici un inconnu.

Il réussit finalement à obtenir une lettre de change pour une succursale Crivelli hors de Suisse.

– Quelle ville ? reprend l'employé d'un ton morose.

Le soleil, qui n'est encore qu'un œil embué à travers les fenêtres de la banque, provoque une réponse qui le surprend lui-même.

– Marseille !

Il a toujours rêvé des villes portuaires. Marseille, Bordeaux, ouvertes vers l'ailleurs, resplendissent ; leurs rades palpitent sous le soleil, elles se gonflent d'azur la journée et, le soir, le couchant guide l'imaginaire vers des terres inconnues, vierges et enfantines. Refaire sa vie au-delà de l'Europe, oui, pourquoi pas ? Et s'installer à Marseille, pour commencer.

Lors d'un passage à Paris, il avait été présenté à Adrien Lucy, fermier général de Provence, qui collectait les impôts pour l'empereur Napoléon III. L'homme ne connaissait rien à la musique, mais avait été subjugué par celle de Richard. Sa chaleur de cœur et son accent chantant contrastaient avantageusement avec la morgue des Parisiens. Le fermier général s'était déclaré son ami. Il se faisait fort d'aider le compositeur sur le territoire français, que ce soit à Paris ou dans une autre grande ville. Marseille étant son port d'attache, Lucy s'était tenu à la disposition de Richard, si d'aventure ses pas le portaient un jour vers le Sud. L'occasion vient de se présenter.

Jadis, il était déjà parti vers le grand large. Wagner avait répondu à l'appel d'une femme de Bordeaux. Elle s'appelait Jessie Laussot, une Anglaise mal mariée à un négociant en vin. Cultivée, potelée dans cette chair laiteuse à laquelle les tissus fleuris siéent à merveille, elle lui avait écrit toute son admiration. Sa musique provoquait en elle d'intéressantes vibrations. Son époux et sa mère, Mme Taylor, la veuve d'un avocat londonien, partageaient ses goûts asthétiques. Tous trois l'invitèrent à Bordeaux. Leur rang était estimable, ils possédaient un bel hôtel près du grand théâtre.

À cette époque, en 1850, Minna était toujours à Dresde et Richard en exil, perpétuellement sous l'œil des polices secrètes. Il dînait quelquefois avec Liszt, Berlioz et la farouche Cosima, mais il croupissait dans une précarité à laquelle ses amis tentaient de subvenir. L'invitation des Bordelais fut la bienvenue. Dès qu'il en eut informé Minna, elle critiqua, même de très loin, les « aumônes mendiées » auxquelles son époux en exil s'abaissait. Ses arguments restaient inchangés : que n'écrivait-il un opéra, à la manière d'Auber ou de Meyerbeer, peu importait, tant qu'il restait dans la mode du temps et remplissait les salles et leur bourse ? Pourquoi diable Richard s'obstinait-il à construire une œuvre qui n'enthousiasmait qu'une poignée d'initiés ? Ce n'était pas de cela qu'ils pourraient vivre.

Avec les Laussot, l'argent n'était pas obtenu par spéculation. Il était offert de la façon la plus affectueuse et la plus désintéressée qui soit. Ces nobles cœurs étaient charmés par sa musique, celle que Richard crée en obéissant à sa nature intime. Les Bordelais lui proposèrent une rente annuelle grâce à laquelle le couple Wagner pourrait subsister puisque Richard en verserait évidemment la moitié à Minna. Car il ne manquait jamais d'honorer cette partie financière de leur contrat de mariage, lorsqu'un peu d'argent lui venait. Encore une fois, il n'y dérogerait pas. Mais Minna trouva la situation très inquiétante en apprenant, d'après les lettres de son mari, que Jessie jouait admirablement du piano et qu'ils approfondissaient ensemble, à quatre mains, les sonates de Beethoven. Cette Jessie de vingt et un ans, fraîche, sensible, était dangereuse. Cependant l'actrice, séduite et enlevée à plusieurs reprises, pouvait-elle émettre le moindre reproche ?

Effectivement, au numéro 20, cours du xxx-Juillet, les leçons de piano devinrent caresses. Durant le dîner, sous la table, la pantoufle de Jessie frottait plus que de raison la bottine de Richard. L'affaire s'acheva mal. Laussot finit par prendre ombrage et menaça de loger une balle dans la tête du compositeur. Mais le négociant n'en fit rien, il joua plus habile. Prétextant une irrégularité dans le passeport de Wagner, il obtint de la police son expulsion de Bordeaux, laissant Jessie pleurer sur son piano refermé.

La ville de Montaigne resta dans l'esprit de Richard comme une inondation de lumière, une antichambre de la liberté. Par la fenêtre du salon de musique, la Garonne se courbait vers l'infini. C'était la première fois que cet habitué des mers nordiques avait entendu l'appel de la foudroyante lumière du sud. Il y était loin de son épouse retorse, qui toujours le ramenait à une vie étriquée, froide et comptable. À Bordeaux, il avait été aimé pour ce qu'il était et pour ce qu'il savait pouvoir offrir. Sa Minouche ne comprenait pas, cette sotte, ce qui aurait dû être sa plus grande fierté. Elle refusait de voir que son mari, de la liberté et de l'indépendance la plus complète, ne cessait jamais de penser à elle. Toujours il lui revenait et, quand il le pouvait, toujours il payait. Il aurait pu la plaquer, ce dont ses séducteurs ne s'étaient pas privés, mais il ne lui venait même pas à l'esprit d'accomplir un tel geste. C'était cela, la véritable fidélité de l'amour, la véritable durée ; non pas le départ, mais le retour, toujours, de son cher Richel. Suite à cet accroc bordelais, il la convia immédiatement à le rejoindre en Suisse chez les Wesendonck.

*

Avec tout de même un peu d'argent en poche, Richard prend la diligence de Rorschach à Berne. Deux individus très pansus demandent qu'on ouvre la fenêtre, l'obligeant à s'envelopper la tête dans son manteau et à transpirer comme un rôti. Arrivé à Berne, nouvelle diligence jusqu'à Vevey. La pire des places lui échoit, au milieu et à contre-sens. En face, trois commerçants avec leurs valises sur les genoux ; une femme affublée d'un énorme goitre et un enfant agité. Les chiens ne sont pas autorisés ; Pohl devra voyager sur le toit de la voiture.

– Pas question !

Par miracle, l'animal plaît au gamin geignard. Pohl, de bonne composition, saurait-il le calmer ? Supposant cela, les autres voyageurs insistent pour que l'animal voyage à l'intérieur malgré l'amoncellement de bagages.

– Et qu'enfin on puisse partir !

Dans l'espace restreint, les secousses de la route mal empierrée sont un supplice. Arrivé à Vevey, Richard n'en peut plus. De surcroît, le vent du nord se lève, hurlant à travers les pics et transportant dans sa langue invisible toute sa tristesse glacée. Wagner trouve tant bien que mal une chambre à la pension du Rivage. Sans pouvoir se baigner ni se décrasser du voyage, il se glisse entre des draps froids. Le voyage a mis ses nerfs à rude épreuve et il craint de voir ressurgir l'érésipèle qui le guette toujours en de telles circonstances. Pour comble, le fromage rance et le blanc aigrelet de l'en-cas lui torturent l'estomac.

Nul courrier à lire, aucune réponse à faire. Où diable les lettres de Cosima, de Franz, de Louis, de Minna, l'attendraient-elles durant cette errance ? Il n'a ni adresse ni poste restante ; il n'est plus qu'une immense solitude. Lui qui écrit plusieurs lettres par jour, professionnelles ou intimes ! Et le sommeil qui ne vient pas. Alors il prête l'oreille à la bise rageuse qui siffle à travers les volets et s'engouffre dans les rues. Le Léman, en contrebas, rugit des fureurs d'océan sur ses plages schisteuses.

Minna le hante à nouveau. Cette traversée de la Suisse, ce brinquebalement incessant l'ont replongé dans leurs années d'errance et de malheur. Sa légitime est la muse de son exil, et l'adultère, son havre, sa plume et son encrier.

Richard a besoin des femmes. Il n'a rien d'un séducteur ou d'un Casanova, mais il n'est tout simplement pas semblable aux autres hommes. Il possède quelque chose en lui de plus élevé, dont il vit et se nourrit. Dans ses élans créatifs, si égoïstes qu'ils l'arrachent aux autres, le précipitant seul avec lui-même dans une réclusion à la fois sublime et terrifiante, la femme est une présence. Quel être d'exception pouvait le recueillir après ces éreintantes journées passées ailleurs en lui-même, dans le paradisiaque enfer de son crâne, d'où il extrait des pépites dont il sait bien qu'elles tombent comme météores obscurs au milieu du paysage convenu de son temps, tant son œuvre est à part, trop inouïe ?

Minna était une enfant de la balle, une actrice, une femme de théâtre. Jadis, il pouvait s'ouvrir à elle et parler métier. Durant leurs premières années de vie commune, elle lui glissait comment être un homme quand lui-même, ivre de ses vers et de ses sons, n'en avait plus conscience. Il avait eu besoin que Minna lui expliquât ce qu'il devait composer, quels vers écrire et comment diriger un orchestre. Certes, au fond de lui-même, il le savait, mais il voulait qu'elle le lui affirme, encore et encore. Il avait même été, un temps, prêt à se conformer à ses indications pour lui plaire, se mettre à sa convenance, voire la contenter. Hélas, les avis terre à terre de son épouse n'avaient concordé que bien rarement avec ses attentes.

Depuis trente ans, ils tentaient de recoller les morceaux de leur union. Ils s'étaient tout pardonné, ils n'avaient cessé de se l'écrire. Mais, face à face, il ne se passait pas deux heures sans que les vieilles querelles renaissent. Elle le trouvait dépensier et égoïste ; il ne supportait pas ses mesquineries et ses mensonges. Le drame de *Tristan* les avait achevés.

L'épreuve avait aggravé chez Minna une maladie latente. Les médecins mirent longtemps à diagnostiquer le mal. Ils avaient d'abord évoqué les nerfs, puis la digestion. Mais un seul avait compris ce que cet essoufflement signifiait. Le docteur Anton Pusinelli, à Dresde, avait su écouter le petit cœur. Il prenait à cet organe essentiel des emballements dangereux, et qui n'étaient pas ceux de la santé. Avant ce diagnostic irrévocable, Minna, mal soignée, mal conseillée, s'était miné l'organisme par une effroyable quantité d'opium et de médicaments inutiles. Son sang, corrompu par les poisons, passait à grand-peine les valves d'un muscle congénitalement faible. Dans leurs longues lettres, il n'était plus question que de cures, de bains chauds et froids, de lavements, de cautères, de rhumatismes, de constipations et d'irrigations du côlon, d'insomnies et de céphalées. Les dernières gouttes de leur affection mutuelle se délayaient dans ces litanies souffreteuses.

Cette nuit, il l'aurait voulu près de lui. En esprit, s'inquiéter de son corps était tout ce qui demeurait de leur attachement physique. Ce délabrement empli d'une indélébile affection masquait encore un peu leur échec. Pour combien de temps encore ? Ils s'étaient résignés à supporter en commun, mais séparés, le sort qu'ils s'étaient assigné ; l'éloignement les avait rendus indulgents quant à leurs faiblesses ; il leur permettait d'assumer, avec une sérénité triste, la lente agonie de leur couple.

Son attachement ancien ne s'était jamais tari. Il voulait savoir si Minna recevait bien son argent. À Dresde, elle vivait aujourd'hui avec sa mère, sa fille et sa sœur. Il venait de lui reconnaître en propriété, par une cession juridique, tout ce qui lui appartenait en fait de meubles, de livres, d'argenterie, et que Minna avait sauvé de la révolution de 1849. Richard mettait un point d'honneur à partager avec elle les droits d'auteur qu'il touchait de « leurs » opéras. *Le Hollandais volant, Tannhäuser, Lohengrin, Rienzi,* Richard les avait écrits du temps où ils croyaient encore à un destin commun. Tant bien que mal, il lui assurait une annuité de mille guldens.

Mais, de *Tristan*, elle ne recevait rien. L'œuvre appartient à une nouvelle vie dont Cosima est la gardienne.

La baronne a tout compris de lui, tout accepté. Isolde est un couronnement, un acquiescement de leur destinée. Avec Minna, les enfants n'étaient jamais venus. Ni l'un ni l'autre ne sont pourtant stériles. Le père d'Isolde vient d'en avoir la confirmation et Minna a auprès d'elle Nathalie, condamnée à vivre le mensonge permanent de sa mère qui la traite comme une servante. Leur couple avait aussi été empoisonné par ces non-dits, ces fausses convenances, ces douleurs tues.

Les animaux avaient remplacé les enfants absents. Il y avait les chiens et le perroquet dont Minna ne se séparait jamais, Brise-Tout, comme ils l'appelaient, car l'oiseau voletait à sa guise dans l'appartement inchauffable. Un temps, ils avaient même songé à adopter. Mais la fuite permanente devant les créanciers, la misère et l'incertitude avaient contrarié ce désir.

Et à présent ? Lui qui avait évoqué le divorce entre Hans et Cosima, ne devait-il pas y songer pour M. et Mme Wagner ? Mais pouvait-il demander cela à sa lointaine épouse ? Son cœur allait-il le supporter ? Richard a l'estomac en feu. Au sein de la nuit la plus longue et la plus noire de l'année, il allume la bougie. Ils s'étaient mariés en novembre, sous le signe des ombres. Le jour précédent, il avait dirigé Minna dans son opéra français favori : *La Muette de Portici*. Un titre prémonitoire pour une œuvre où l'héroïne ne dit mot et ne consent à rien. En hésitant, il prend la plume et trace sur une feuille vierge ces mots silencieux.

18 décembre 1865.
À Mme Minna Wagner,
rue de Walpurgis,
Dresde.

Ma bonne Muche,

Ainsi donc tout finit par se préciser. Je ne peux m'empêcher de t'écrire encore une fois avant de m'en aller très loin. Car il me faut te réclamer une chose désagréable, mais nécessaire pour nous deux. Tu sais ce dont je veux te parler, je te l'ai déjà demandé, mais à mots sans doute trop couverts pour que tu me répondes franchement. Cette fois, pourtant, il nous faut trancher. Je pense en effet disparaître au monde pour un long moment. Et, afin que tu te décides en pleine connaissance de cause, je voudrais te remettre en mémoire des moments pour nous douloureux, t'avouer mes fautes et revenir sur nos erreurs premières.

Te souviens-tu de Paris ? En septembre 1839, après que nous eûmes débarqué, nauséeux mais soulagés, à Boulogne ? Paris, alors, avait éteint ses étoiles. La ville se mettait à l'automne et une brume soufrée l'enveloppait. Il y faisait déjà si froid. Toutes les cheminées, sous le ciel gris où le vent courait rarement, emmitouflaient d'un brouillard tenace une cité qui ne levait ses yeux guère plus haut que les tours de Notre-Dame. Nous étions entrés en Paris comme on pénètre un boyau obscur. Un emboîtement de ruelles médiévales, de plus en plus étroites en approchant de notre première adresse, au cœur des Halles, grouillantes et râleuses, le domaine des rats et de la bouftance ! Rue Saint-Honoré, rue de la Tonnellerie, tout était si étriqué, si resserré, jusqu'à ce garni du quatrième étage, face au marché des Innocents.

Et déjà nous étions amers, mais sans oser nous l'avouer, comme si souvent entre nous. Les Wagner rêvaient Grands Boulevards et ils se retrouvaient dans un trou de souris. J'avais essayé de consoler ta grise mine en t'indiquant que nous étions dans la maison de naissance de Molière. Pour nous, quel bon présage ! On se raccroche aux signes que l'on peut... Et tu boudais.

Je les ai revues, ces ruelles nauséabondes, en retournant maintes fois à Paris. Et toujours j'ai eu la pensée des trois années noires que nous y passâmes, surtout pour toi qui avais eu la témérité de venir m'y épauler. Ma réussite ne faisait aucun doute. Meyerbeer et Scribe m'attendaient. J'avais Rienzi en poche, et même le projet du Vaisseau fantôme, surgi après la terrible épreuve des tempêtes en mer du Nord. Mais tu sais trop bien ce qu'il advint de tout cela.

La promesse de Meyerbeer était un leurre. Si j'avais réussi à me faire recevoir dans le bureau du directeur, l'opéra m'ignora. On en avait tellement vu, de ces crève-la-misère qui se recommandaient d'une parole, mais à qui manquait la sainte lettre, la clé pour ouvrir leur porte. Meyerbeer finit pourtant par ouvrir la sienne. Très occupé, trop chaleureux, et si pusillanime quant à mes œuvres. Tout ce qu'il me conseilla fut de trouver, dans un premier temps, un modeste emploi de copiste, moi le chef d'orchestre !

Je fus voir la grande cantatrice Pauline Viardot. Elle m'accueillit gentiment, regarda les quelques mélodies que je lui dédiais, avant d'avouer qu'elle ne saurait qu'en faire. Je récrivis à Meyerbeer. Mais il était en route pour Berlin et *me renvoyait à M. Gouin, un employé des Postes qui m'égara sur de multiples pistes qui se révélèrent toutes des impasses. On me promit de monter ma* Défense d'aimer *au Théâtre de la Renaissance, lequel, deux mois plus tard, fit faillite. Comme Pauline Viardot, d'autres chanteurs de l'opéra me sourirent pour mieux m'éconduire. Je ne trouvais aucune issue.*

Toutes ces démarches, et si peu d'argent ! Te souviens-tu de ce bouillon à un franc où nous prenions un jour sur deux un repas de mauvaise graisse et de légumes recuits ? Nous avions engagé au mont-de-piété tes quelques bijoux et le reliquat de ton ancien vestiaire de théâtre. Et pour finir, nos alliances. Même Robber, notre terre-neuve, disparut. On l'avait sans doute enlevé pour lui arracher sa fourrure noire. Qu'attendre de plus dans une ville où les chevaux étaient abattus lorsque le dernier effort les avait fait plier ? On les dépeçait dans les Halles pour vendre leur chair. J'ai haï, et je continue à le faire, ces Parisiens mangeurs de chevaux.

Quant au Vaisseau fantôme, *je dus en vendre le sujet pour quelques francs à M. Léon Pillet, le directeur du grand opéra ! Il a fallu que je lui trouve un autre titre,* Le Hollandais volant, *pour m'approprier à nouveau mon idée. Ce fut à cette occasion que l'« ami » Meyerbeer dévoila toute l'étendue de sa rapacité. Léon Pillet m'apprit la vérité. Si Meyerbeer m'avait recommandé à quelques théâtres parisiens, c'était comme librettiste, mais surtout pas en tant que compositeur. Le Juif régnait sur Paris et bloquait tous les accès. Les théâtres ne pouvaient engager de musiciens étrangers, fors ses amis à lui, les Dessauer et tutti quanti de la race de Jacob. Tous les autres devaient attendre sept ans après leurs premiers contrats pour espérer voir jouer une œuvre signée de leur nom. Quant à moi, je devais céder mon sujet à un compositeur choisi par sa clique, ou bien partir. Seule opportunité laissée à Wagner le musicien : s'adresser au directeur de la danse pour, éventuellement, écrire un « pas » à intercaler dans un ballet. Meyerbeer trônait sur la ville qu'il abrutissait de sa puissante médiocrité.*

Cependant, ma bonne Minna, c'est la vente de mon Vaisseau fantôme *qui m'a tiré de la prison pour dettes et a permis que nous mangions enfin correctement après trois mois de privations atroces, alors que je n'avais plus de semelles à mes bottes et que tu mourais de froid sous un amoncellement de feuilles de journaux dans l'abominable maison en planches de la rue du Helder, si humide et si sale. Nous avions atterri là pour nous rapprocher du monde implacable de l'opéra. Nous y retrouvions nos rares amis allemands, pareillement faméliques : le philologue Lehrs, sous-payé par les éditions Didot pour une grande publication des classiques grecs ; Anders, le gratte-papier à la section musique de la Bibliothèque nationale, partageant tous deux un même lit infesté de punaises dans une soupente rue de Seine.*

Que nous avons souffert ensemble, Minna ! Que tu fus patiente avec ton pauvre mari qui transcrivait, afin de survivre, les ouvertures de Donizetti pour le cornet à piston ! Cela m'était payé, te souviens-tu, un sou la page. J'ai aussi travaillé gratuitement pour des revues musicales qui me faisaient l'insigne honneur d'accepter ma plume. Moi qui voulais le grand opéra, ou être joué dans une salle tout aussi prestigieuse, je copiais les parties d'orchestre pour les autres, sans même avoir un piano sous la main. Sauf à Meudon, dans cette maisonnette qui accueillit quelque temps mon impatience et la musique de mon Hollandais volant. *Que tu fus bonne avec ton Richel, ce râleur, ce haineux, ce fielleux antisémite ! Et comment ne le serait-il pas devenu, lui qui subissait les feintes et les sourires hypocrites des Juifs de Paris ?*

Cependant, Minna, pourquoi ne m'as-tu pas dit, lorsque nous étions sur le point de mourir de faim, et que plus d'une occasion s'était offerte à toi de te sauver : « Je pars ! Je te quitte ! » ? Pour Dresde, pour retrouver les tiens. Ah, pourquoi ne l'as-tu pas fait ? Pourquoi ne parlais-tu pas, alors, d'une séparation nécessaire ? C'eût été tellement plus simple et honnête entre nous. Tu aurais pu recommencer ta vie d'actrice. Tu n'étais pas encore fanée et malade. Tu m'aurais laissé seul à Paris. Et advienne que pourra !

La rupture : depuis tout ce temps, n'est-ce pas, finalement, ce qui est arrivé à notre union ? Ce dont tout dépend, ce grâce à quoi on supporte en riant toutes les souffrances, l'amour absolu, l'amour avec lequel nous aimons l'autre, et l'aimons tel qu'il est, et quel qu'il soit, cet amour, nous sommes désormais incapables de l'éprouver l'un envers l'autre. Ne nous leurrons plus. Déjà, à Paris, tu ne me comprenais pas, car tu prétendais que je devais être autre que je ne suis en réalité. Depuis les réconciliations qui ont suivi nos premières brouilles, je sais à présent que la seule chose qui détermine encore mon attitude à ton égard, ce n'est que le devoir contractuel du mari envers sa femme. Et rien de plus.

À présent tout est clair, Minna, et c'est moi qui te demande séparation. Je te prie : quittons-nous en paix, réconciliés, afin que chacun de nous suive son chemin pour y trouver l'apaisement et y rassembler de nouvelles forces. Pour moi actuellement, la solitude, l'éloignement de tout entourage est une nécessité absolue : même la plus chère compagnie ne ferait que me tourmenter. Je saigne par de nombreuses blessures, et le tendre souci pour toi n'est pas la moins profonde. En outre, je dois réfléchir à la conclusion de toute une existence : il faut que je voie clair en beaucoup de choses qui m'ont profondément remué ces derniers temps, et avant tout que je délibère en moi-même comment obtenir le calme et la paix indispensables à l'achèvement des œuvres que je pense être destiné à donner encore au monde. Mon asile ne peut plus être là où je croyais l'avoir trouvé. Je pars.

Au revoir donc, ma bonne vieille Muche. Mille caresses à l'épagneul Fipps qui me manque énormément et que je vois souvent, en rêve, trotter dans une herbe toute bleue. Un bon souvenir aussi à Brise-Tout. Maintiens-toi bien et sois bonne pour

Ton Richard.

P.S. : Je te prie maintenant d'éteindre tes dettes ; si tu n'as pas suffisamment pour le faire, tu ne payeras pas le loyer au 1er janvier. Mais ne t'inquiète pas pour cela, je t'enverrai ton prochain trimestre dès mon arrivée à Genève où tu devras m'écrire en poste restante. Que Dieu nous assiste tous.

Wagner, pourtant, n'ose pas lui écrire toute « sa » vérité ; que son asile est ailleurs, entièrement ouvert à une autre. Et qu'il a pour nom Cosima. Certes, Minna ne peut ignorer leur liaison, rendue publique par les journaux allemands. Mais il ne saurait lui avouer toute l'ampleur de ce jour de Berlin, en novembre 1863, lorsque Cosi et lui se donnèrent l'un à l'autre. Ni l'existence d'Isolde. Ce que Cosima a tu à Hans, Richard ne peut le déclarer à sa première épouse sans risquer de briser son cœur malade.

À être mensonger, demi-mensonge.

*

La bise nocturne est une machine à tourments, la bise du matin les efface. Richard ouvre ses volets à l'instant du miracle. Sous les assauts du vent descendu en furie depuis le glacier du Rhône, le Léman a levé une armée de vagues, d'abord pétrole, puis grises, puis argentées au fur et à mesure que la lumière envahit la vallée. Le hurleur a balayé toute trace d'humidité. L'air est plus limpide qu'une vitre cent fois lustrée. Alors qu'il porte le regard vers les pics au-dessus d'Évian, sur l'autre rive, sa pupille accroche ce rarissime rayon vert dont la fraction de seconde précède le soleil à son lever. Deux grands bras d'or allument aussitôt le scintillement des glaces. L'astre dénude la montagne qui s'extirpe de cette pesante nuit venant d'engourdir le monde douze heures d'affilée. Sur les neiges des rochers de Naye, miroirs titanesques, le soleil clame son triomphe. L'astre clarifie les pensées, il lave, il enthousiasme. Serait-ce un signe que lui envoie le dieu des arts et du Parnasse ? Le poète Wagner accueille ce chant d'Apollon comme une bénédiction païenne, un augure sublime.

La lumière a toujours été sa quête depuis les désespérants novembres des plaines de Saxe, si propices à décliner, dans les natures sensibles, toute la conjugaison de la dépression. Sans rien déjeuner, il revêt sa houppelande de fourrure et descend au lac. Le Léman est infini comme la mer. Le coin du ciel s'enfonce dans le saphir de ses eaux. Vers Lausanne lointain, que l'air si pur paraît avoir rapproché, s'écoulent les vignes rousses et les terrasses à pic d'eau. Le jardin de la pension est planté d'agrumes et de cactées. Même au cœur de l'hiver, des fleurs sont écloses dans les recoins que le gel n'atteint pas. Cela sent le Sud ; une main méditerranéenne le happe ; même si elle est ici timide, à l'autre bout du lac, à Genève, elle se tend avec le Rhône souriant. À jeun, tremblotant mais habité d'une force vive, il se sent soudainement heureux. L'appel du lac, la gésine du fleuve le rend vibratile. Rhône au sud, ou Rhin au nord : tout flot qui jaillit des Alpes est béni.

Suivre ces eaux où voltige la lumière devient une urgence. Wagner ne s'attarde guère à la pension du Rivage, où la patronne traite les chats à coups de battoir. Il est sur le premier vapeur en partance pour Genève. De là rejoindre Marseille, voire y appareiller tout de suite pour la Grèce, la Turquie, la Syrie, l'Égypte. Et pourquoi pas si, dans la cité phocéenne, l'échec s'avérait encore son lot ?

Mais l'homme au passeport bavarois ne peut circuler aussi librement que les eaux, l'air ou la lumière. À Genève, il lui faut attendre l'obtention de son visa pour la France. Richard loue, en se prévalant de l'amitié de Louis II de

Bavière, la villa Les Artichauts, dans le quartier de Sécheron. L'intérieur est confortable et douillet. Le mont Blanc étincelle par la fenêtre du cabinet de travail. Il communique aussitôt son adresse à Cosima et à Franz Liszt. Et à Minna.

Un soir, au bout du Léman, sur ce pont d'où le Rhône renaît en courants de verdures aquatiques, l'appel du Sud se fait plus pressant. Ce ne sont pas les chutes écumeuses du Rhin à Schaffhausen, au bout du lac de Constance, mais une langue verte, le dos d'un dragon d'écume. Le fleuve-torrent qui scinde la cité de Calvin lui renvoie l'odeur d'un million de truites.

« Eaux vives, eaux fuyantes, eaux riches et puissantes, vous ondulez en dos de naïades. Vos algues bleues sont les chevelures des flots. Cosima, ma dame du lac, où sont tes sucs ? Où est ta bouche, ma bien-aimée ? »

Il est soudain pris d'un désir violent. Il voit le visage de Cosi sur l'oreiller, ses cheveux répandus en auréole parmi les draps crème. Elle est là, suante dans la moiteur de juin. Et elle le reçoit. Richard se penche sur le pont. Sous lui, l'immobile se fait mobile ; le lac fluide s'aiguise comme un dard pour percer, depuis des temps si vieux que le déluge paraît avoir eu lieu hier, les montagnes et leurs rochers jusqu'à la Méditerranée.

Un choral entamé aux cors résonne dans sa tête. Est-ce le vent qui court sur l'eau du Rhône renaissant ? Des bribes calvinistes que la porte entrouverte d'un temple laisserait fuir ? Cela ressemble aux premières notes de son *Tannhäuser* ; ce choral des pèlerins revenus de Rome proclamer la rédemption du poète qui s'était égaré entre Vénus et Elisabeth, entre la femelle interdite et la vierge, entre le plaisir et la sublimation. Un thème aussitôt suivi par les pampres fous, énoncés aux violons, du Venusberg.

Minna a toujours haï cette histoire, qu'elle trouvait profondément amorale. Ouvrir un opéra par une bacchanale, quelle monstrueuse idée ! Et encore, jamais il ne lui a conté comment l'idée lui en était venue ! Cosima seule le sait, elle qui a commencé, à Munich et sous sa dictée, l'écriture des mémoires de Richard, *Ma vie*.

Tannhaüser s'était révélé à lui d'un bloc. Il revenait avec Minna de Paris, ils étaient éreintés et déprimés. Le printemps 1842 était avancé, mais la saison tournait exécrable. Il leur avait fallu cinq jours pour relier Dresde, sous la pluie, les giboulées et le brouillard. Soudain, le château de la Wartburg s'était dressé devant eux, éclairé par un unique rayon de soleil. Quelle divinité de théâtre avait ainsi jeté le projecteur sur ces fiers créneaux derrière lesquels palpitait l'âme germanique ?

L'idée avait surgi instantanément, griffonnée dans son carnet malgré les brinquebalements du voyage, sous les yeux attentifs de Minna. Il la sentait à ses côtés, sa Frau Minne. Il lui avait susurré ce beau nom par lequel les trouvères médiévaux convoquaient la déesse de l'amour. Ni Marie ni Vénus, mais Minne, la mystérieuse, la païenne. Son ombre sensuelle allait planer sur *Tannhäuser*. La présence de Minna et la Wartburg étincelante donnaient du sens à sa nouvelle œuvre.

Cette première image radieuse d'une Allemagne qu'ils n'avaient pas revue depuis longtemps leur était favorable. Après tant de déboires, des temps plus heureux semblaient s'annoncer. Ils ne pouvaient tomber plus bas que ce qu'ils venaient de vivre en France. Leipzig ou Dresde, la Saxe leur était du moins une terre connue. Quant aux éternels créanciers, Wagner ne revenait pas les mains vides : *Le Hollandais volant* était achevé et prêt à être monté ; des théâtres allemands lui en avaient offert l'assurance. Cela rapporterait sans doute quelques centaines de guldens, de quoi se rétablir et éteindre d'anciennes dettes.

La musique de *Tannhäuser*, cette émanation sensuelle de son laboratoire le plus secret, lui vint une nuit de juin. Il avait laissé Minna à Dresde et s'en était allé, seul, en excursion. Il logea près d'Ustí, dans les monts de Bohême. L'auberge était si simple qu'on n'avait pu lui dresser qu'une simple litière de foin, qui embaumait. Ce début juillet était prodigieux et fécond, d'une tiédeur enivrante, alourdie de parfums. Le printemps achevait d'exploser en pollen, les étamines avaient délivré leur semence, les calices étaient repus. Les oiseaux couvaient dans les frondaisons. Partout le fruit était en gésine et le feuillage en progression. Tout exsudait la quête, l'amour, l'accouplement, les libations ; la souveraine liberté.

Richard ne pouvait dormir. Il sortit nu dans la nuit, couvert d'un drap blanc. Qui l'aurait croisé l'aurait pris pour un fantôme. Il courait à travers bois. La lune pleine montait et l'herbe caressait ses mollets d'une tiédeur troublante. Cela le prenait, l'enveloppait. Des ardeurs inconnues lui parcouraient l'échine et les cuisses. Son désir s'affirmait, total et lunaire. Il n'y eut pourtant rien d'onaniste en cette nuit d'éros primitif ; aucune semence wagnérienne ne fut répandue dans l'herbe pour y nourrir la mandragore et affoler la sorcière. C'eût été gaspiller imprudemment une énergie sacrée, alors que son corps, libre, chantait dans l'espace. Derrière son front, les sons explosaient en éclairs de couleur.

Il voyait comment accorder les flûtes et l'aigu des cordes ; le frémissement des branches argentées tintait comme des crécelles et des cistres. Sous la lune, ce soleil blême, les fûts prenaient allure de silènes et de faunes, les rochers de plus en plus dénudés vers le sommet de la Wostrai bondissaient en croupes dodues et en tétons d'albâtre. La nature entière, sous cette pénombre païenne, chantait le bonheur sans contrainte. Richard, nu, était en accord avec le cosmos. Cette sensualité, la joie qu'elle lui procurait, le bien qu'elle ordonnait, tout cela serait le sens de son art à venir. Après *Rienzi* le politique, *Tannhäuser* le poète libérerait le corps des contraintes de l'esprit bourgeois. Il les enjôlerait par la grâce d'une musique encore inouïe, il les emporterait en une transe nouvelle.

Découvert à son âme exaltée par cette nuit vénérienne, son art affronterait le jour féroce, il combattrait l'ordre établi. Bien sûr, le paganisme ne saurait triompher dans *Tannhäuser*, personne ne l'accepterait. Mais il y glisserait un signe, juste à la fin. Tannhäuser le poète a péché en chantant les joies charnelles. Il a été rejeté par la société et tenu d'aller quémander son pardon à Rome. Il y a été maudit par le pape. Eh bien son poète sensuel serait, à la fin, sauvé. Une femme se sacrifierait pour Tannhäuser. Et la preuve de cette salvation, ce serait la crosse papale fleurie. Les fleurs et les pampres naîtraient sur le vieux morceau de bois stérile. Elles afficheraient la vengeance du dieu de la vigne et du plaisir sur le bois mort du pontife. Dionysos-Christ ; le dieu grec, démembré, sacrifié, mangé et ressuscité, a bien précédé le fils du charpentier dans l'histoire des mythes. Tannhäuser sauvé par le bâton du vieux pontife recouvert de vie ! C'était osé, mais ainsi soit-il.

Enrichi de ce butin libertaire, Richard rentra à Dresde auprès de Minna. Il voulut l'honorer avec une vigueur nouvelle. Il proposa à son épouse une improvisation corporelle si sauvage qu'elle prit peur et lui refusa sa couche un mois durant. Non, décidemment, sa Minna n'était pas Frau Minne. L'actrice conventionnelle ne s'accordait pas à son désir. Elle ne pouvait que réprouver *Tannhäuser* ; jamais elle n'irait, nue sous la lune d'été, plonger dans la matrice de Dame Nature. Leur échec intime était total.

*

Aux Artichauts, le visa l'attend sur la console de l'entrée. Il n'y tient plus : à la Saint-Sylvestre 1865, Richard est de nouveau en chemin. Il laisse son vieux chien et, Dieu sait pourquoi, une chandelle allumée. L'humble lueur s'étiole dans le cabinet de travail.

Dès que le Rhône s'avère navigable, il se laisse porter sur son dos mouvant en direction de la lumière, fuyant avec le fleuve, tous ses sens aiguisés par le soleil. L'an neuf a déjà gagné sur la nuit ancienne. La descente est un éblouissement qu'il accomplit dans un état second. Les façades de Lyon la rousse passent comme en rêve. Bientôt défilent les coteaux du Rhône aux épaules striées de vigne, puis les rocailles ardéchoises, à main droite, et les tables massives du Vercors, à main gauche. Quels dieux se sont assemblés là-bas pour festoyer ? Les nuages tout joufflus de neige bataillent vers l'Italie. Des déesses ailées semblent y tournoyer et le choc de leurs armures a les éclairs pour étincelles.

En Avignon à la blancheur cruelle, Richard prend une diligence jusqu'à Marseille. Il traverse les garrigues et les bois de chênes verts ; il hume à plein nez les pins sombres dont les ramures s'étalent comme des boucliers de héros sur cette terre ocre tailladée de calcaire blême. Il longe la croupe du Luberon et son profil de forteresse arasée ; il met le cap sur la Sainte-Victoire à la proue camuse ; il double les molaires étranges des massifs de l'Étoile et du Garlaban. Et enfin, voici le choc tant désiré. La rade de Marseille explose sous le soleil avec sa mer d'un bleu de premier temps du monde. L'air embaume l'anis et le mimosa, le thym et la résine. Cette baie n'est pas une escale, mais un promontoire de promesses. Quelle Méduse a figé, de son œil implacable, le Frioul et le château d'If en trirèmes de pierre ? Les vaisseaux des Grecs antiques n'attendent que lui pour lever l'ancre et l'emporter aux pays imaginaires.

Son argent est bien disponible à la succursale Crivelli. Richard, qui n'aime rien tant que le confort et le luxe des grands hôtels, descend au Noailles, sur la Canebière. Il n'y a que là que l'on puisse jouir de la ville, au calme, avec l'espace, le personnel et toutes les tendresses ouatées d'une literie opulente. À peine a-t-il posé ses valises qu'il se fait conduire sur la corniche pour s'offrir un bain à l'allemande. Deux autres personnes en maillot complet se sont déjà hasardées dans les eaux vivifiantes. Enfin parvenu à cette frange de l'Europe, Richard se laisse lentement dériver, tous ses pores ouverts à l'iode, aux sucs premiers, à l'amniotique sans mots où la vie naît, puis se défait. Rhône ou Rhin qu'importe, tout l'or du monde repose en ces ondes.

Wagner passe le reste de sa journée à se prélasser face à la mer, se faisant servir, comme un prince, oursins et fritures, supions et vin blanc. Au couchant, il lève son verre au soleil et souhaite une bonne année au monde, à Cosima, à Minna, à Franz, à Louis. Puis il s'en revient au Noailles dormir d'un sommeil de plomb, remettant au lendemain l'annonce de son arrivée à M. Adrien Lucy, ainsi que l'orchestration de ses *Maîtres chanteurs de Nuremberg*, l'opéra qui occupe sa tête aux côtés des *Nibelungen* en gésine. Ici, à Marseille, les runes nordiques peuvent attendre. Son humeur d'auteur est soudain propice aux bourgeois aurifères de la Renaissance.

*

Quelle confiance accorder aux Méridionaux ? Ne seraient-ils que vaines promesses et paroles en l'air ? Le fermier général accueille Wagner avec une cordialité tonitruante. En l'honneur de la présence du maître à Marseille, il offre un dîner plantureux et jovial. Mais Richard en a vu d'autres. Il sent bien que l'homme se goberge surtout de le compter parmi ses amis. Wagner : quelle belle prise de guerre pour asseoir son rang parmi une bourgeoisie constituée de marchands de savon, de tisserands et d'armateurs !

Autour de Wagner, les locaux font cercle. Un maigre baryton défend plutôt bien la romance à l'étoile de *Tannhäuser*, suivie de la ballade du *Hollandais*. Wagner remercie son hôte en jouant, en avant-première, l'ouverture des *Maîtres chanteurs*. On applaudit, on palabre. Puis Richard teste son auditoire. Y aurait-il ici assez de bonnes âmes pour l'aider à construire son rêve d'un théâtre unique dédié à son œuvre future ? L'attention se dissout dès que Richard aborde la question.

La région ne manque pourtant pas de lieux extraordinaires. Il visite les Baux-de-Provence et Aix, qu'il trouve une belle assoupie dans les souvenirs d'un XVIIIe siècle à jamais évanoui. Il a fait tant d'efforts pour s'extraire de ce siècle de perruques et de musiciens valets ! Mais ses interlocuteurs s'effacent constamment derrière Paris qui lance les modes, Paris qui construit et détruit les réputations. Les provinces répercutent et copient la capitale ; même les opéras locaux semblent les décalques de salles parisiennes, la salle Ventadour, la salle de la rue Le-Peletier, le Théâtre italien... Il doit se rendre à l'évidence : ici, personne ne s'aventurera à le soutenir tant que Paris n'aura pas donné son aval. Sans tact aucun, on lui parle du scandale de *Tannhäuser*, et Lucy se révèle décidemment trop peu connaisseur en musique pour affirmer un choix personnel. Sa barbiche, qu'il taille comme un autre Napoléon III, achève de le camper : ce n'est qu'un grand commis de l'Empire français, sans la carrure de ces audacieux barons d'entreprise qui prolifèrent autour du monarque.

Richard se laisse néanmoins voiturer à Cassis, Hyères et Toulon, en quête non plus d'un théâtre, mais d'une villégiature. S'établir sur cette côte superbe, aux esprits hélas si courts, lui paraît vite une mauvaise idée. La prégnance de l'art italien y est trop forte, le bel canto trop à la mode. Son art n'aura pas d'avenir. Lui qui rêvait de s'embarquer pour le futur risque plutôt d'y finir comme un poisson en marinade : confit et embaumé.

Et puis, le 26 janvier, de retour à l'hôtel Noailles, un télégramme de Dresde signé du docteur Anton Pusinelli l'atteint bien plus qu'il ne l'attendait : Minna est morte la veille d'une crise cardiaque. Elle s'est battue jusqu'à son dernier jour pour obtenir la grâce de son époux auprès du roi de Saxe, espérant toujours qu'il redeviendrait le maître de chapelle de jadis. Le souverain a fini par accorder sa clémence et tirer un trait sur le passé révolutionnaire de Wagner. Mais il est trop tard. Un autre souverain l'a trouvé et, pour l'instant, abandonné.

Toute séance tenante, Richard, désemparé, refait ses malles. Jamais il ne pourra atteindre Dresde pour les funérailles. Herr Wagner n'enterrera pas Frau Minna. Il prend le train et remonte vers la Suisse, ressassant indéfiniment ses trente ans de mariage. Sur Lyon, la grisaille est de retour. Il y est rejoint par les rumeurs atroces des journaux. Les Munichois font courir le bruit que « le compositeur Richard Wagner a laissé son épouse mourir de faim ».

De retour à Genève, Les Artichauts se montrent mal en point. La bougie allumée dans le cabinet de travail a provoqué l'incendie de la moitié de la villa, semant une panique monstre dans le quartier. Pohl aussi est mort. Les fumées ont asphyxié le vieux chien amaigri et devenu paralytique après le départ de Wagner, ainsi qu'on le lui raconte. Alors, au fond du jardin, Richard lui dresse un tombeau de pierre où il descend, seul, la dépouille de Pohl serrée dans un cercueil. Il pourrait abriter le corps d'un enfant et ne pèse guère plus lourd que le cœur fendu de Minna.

Cosima

Richard est assis au jardin. La nuit monte à l'est. L'air sent le mimosa et le brûlé ; odeurs contradictoires comme l'est si souvent son cœur. Il salue tristement le printemps qui point. Une fatigue indescriptible ne le lâche plus. Las de tout un chacun, sans autre énergie que le lamento du regret, il lui semble voguer à bord d'un navire gris dont l'étrave fend, avec une nauséeuse inertie, des journées identiques et toutes étales. Mais, justement, peut-être est-ce cette ligne si morne qui le sauvera.

Malgré l'incendie, le compositeur vient de relouer Les Artichauts pour deux mois. Il a devant lui huit semaines pour travailler aux *Maîtres chanteurs*. Pour l'instant, il ne veut pas penser au-delà, il ne le peut. Tout a une fin, et il songe à la sienne. Il doit se hâter de jeter sur le papier cette comédie Renaissance où, en un contrepoint joyeux, l'art printanier affronte le vieil ordre des corporations et des critiques malveillants. Richard s'y venge, au passage, de ses ennemis esthétiques en traçant au vitriol le portrait d'un greffier municipal jaloux et pédant : Sixtus Beckmesser.

Durant deux mois, personne n'aura le droit de le chasser de son travail. Cette pensée le revigore. Sa vie entière lui appartient, et qu'importe le monde. Le créateur a cette chance rare de porter en lui son univers. Certes, il doit sans cesse lutter pour l'étayer et le faire croître, le consolider et lui donner forme. Mais, si l'invention coule rarement de source, sa venue est une salvation de l'être. Pour qui se connaît, la douleur, l'angoisse, le remords, la peur, tous ces démons peuvent être projetés hors de soi-même sur la scène de l'œuvre. Rien n'est plus bénéfique. Les hantises prennent alors des visages qui, très vite, deviennent indépendants. Ces créatures distanciées, surgies du plus profond, du plus à vif de l'artiste, sont un réconfort à sa solitude.

Créer représente bien plus qu'un divertissement. Richard sait cet acte être son unique destinée. Ce n'est pas un vain mot, romantique et grandiloquent. Son être n'a simplement aucune autre issue. Retourner dans ses mondes intérieurs lui évite de vouloir trancher le fil de ses jours, une tentation qui, toujours, rôde. Œuvrer le rend maître de son destin. Est-il plus grand don offert par le Créateur à sa créature que de l'instaurer, à son tour, démiurge ? Sans cela, le monde serait un néant dans lequel on peut refuser d'errer.

Le vent de fœhn apporte une grande chaleur ; un vert tendre ourle les buissons ; les pinsons et les mésanges connaissent de grandes fureurs dans les sapins, au-dessus de la tombe de Pohl. Là-bas se décompose son chien et à Dresde pourrit sa femme. Richard a télégraphié au docteur Pusinelli pour qu'on lui rende les honneurs qu'elle aurait reçus si elle était morte, heureuse, aux côtés de l'homme qu'elle aurait rendu heureux. Son dernier hommage n'a pas pour autant muselé les journaux. Wagner a dû, par un deuxième télégramme, réclamer auprès de l'Assistance publique saxonne un certificat assurant que Minna, ces dernières années, n'était pas inscrite sur la liste des nécessiteux, contrairement à ce que des personnes, haut placées au sein du catholicisme bavarois, répandent par voie de presse.

La nouvelle lune illumine le ciel qui s'assombrit. Le glaive d'Orion pointe vers le nord-ouest, là où dépérit la bien-aimée, Cosima en Munich enclose. Autour de leur amour, les nœuds de la vie se resserrent toujours plus étroitement. Les ombres du jour, et une volonté maléfique, les emprisonnent.

Briennerstrasse, Cosi se morfond en compagnie de Hans, resté au service du roi, auquel il joue, en privé, du Liszt et du Wagner sur le piano Érard. Cette fois, l'instrument n'a pas suivi son maître durant sa fuite. Les doigts de Hans se posent sur le clavier d'ivoire et d'ébène qui a vu naître *Tristan* à Zurich, Venise, Lucerne, et qui a toujours franchi les Alpes sans souffrir. Ses touches semblent encore tièdes du travail de Richard, de son exaltation, de ses doutes enchevêtrés en cette œuvre unique. Wagner est toujours présent lorsque sa musique s'élève de la caisse de palissandre blond. Chacun songe alors aux belles mains veinées du maître ; celles qui caressent et dirigent, celles qui ordonnent et dispensent. L'Érard est le reliquaire de l'absent dont les harmonies envoûtantes ont sacralisé le destin de chacun.

Sur le banc, ses jambes entourées d'un plaid, Richard écoute le sang lui remonter au cœur. Il n'espère personne, ni visites ni dîner ne sont prévus. Et c'est tant mieux. Wagner a même décliné l'invitation de Hugo von Senger, le directeur musical des concerts de Genève, son plus fervent admirateur dans la cité de Calvin. De sourdes forges battent dans ses veines gonflées. Malgré la chaleur, ses pieds se refroidissent ; ses membres s'engourdissent ; l'obscurité gagne ; bientôt il ne sentira plus rien et son corps se dissoudra dans la nuit.

Depuis la fenêtre de l'office, Vreneli, la gouvernante, l'observe, inquiète. Richard est amaigri et blême. Ses yeux sont cerclés de noir. La lumière du soir multiplie les ans sur son visage. Le troisième âge vers lequel nous guide l'inéluctable peint, à cet instant, sur sa face, les traits du tombeau. Franz est tout aussi préoccupé par l'état du maître.

– Herr Wagner est bien trop seul. Vois comment il observe la tombe de Pohl. Je crois que nous devrions nous charger de lui trouver un nouveau compagnon...

– Mourir d'amour ! soupire Richard. Seul un homme de mon âge peut avoir une expérience aussi angoissante de la passion, cette tombe de la vie. Le monde n'existe pour nous qu'autant que le cerveau écoute le cœur. Mais les nôtres sont disloqués. Ah, ma Cosi, quand cela finira-t-il ? Par la société séparés, errants et toujours tenus éloignés par des chemins contraires ! Quand nous rejoindrons-nous définitivement, sans mensonges, ni séjours hâtifs ! Mais notre foyer ne peut plus être la Briennerstrasse, devenue un nid à scandales... Orion, mon étoile et mon glaive, tranche, tranche donc bien fort, afin qu'un cœur de roi perçoive ce que sont les vraies souffrances !

Il a écrit à Louis II qu'il ne rentrerait plus à Munich, plus jamais ! Cependant, si le roi profitait de l'absence de Wagner pour sévir contre ces von Pf. qui le trompent et le trahissent, alors, peut-être, l'Ami pourrait-il revenir vers l'Aimé... Pour mieux se faire comprendre du roi de Bavière, Richard s'est résolu à reprendre une voix de Jupiter tonnant. Il lui ordonne d'être un souverain enfin royal. Le jeune homme doit se durcir, car l'heure est grave. Pas seulement pour Wagner, mais pour la dynastie des Wittelsbach. L'appétit de la Prusse est celui d'un ogre. La Bavière sera tôt ou tard mangée par le Reich naissant. L'amant du clair de lune doit affronter son destin de monarque, même s'il n'est d'évidence guère taillé pour ce rôle. Mais il n'a pas d'autre choix. Si seulement cet enfant, façonné par le meilleur que les livres et le savoir humain recèlent, pouvait dépasser ses réticences et ses hantises, alors ce qu'il y a en lui de visionnaire, de bon et de grand s'épanouirait. Il pourrait s'affirmer comme le souverain de la nouvelle Allemagne ; Parsifal chevauchant cette vierge féconde, auréolé de toute sa gloire !

Louis et Richard ont une œuvre commune à donner au monde. Mais le temps de la grande machine articulée qu'ils ont à cœur de construire n'est pas encore mûr. À moins que le roi ne devienne enfin son propre maître, libéré de sa mère, de l'Église et de ses fallacieux ministres. Il n'y parviendra qu'en renonçant à toute faiblesse. Pour l'heure, l'artiste et son mécène doivent suivre le chemin qui est le leur, sans pour autant se séparer. La crise munichoise n'a pas été un adieu, mais une épreuve affermissant un peu plus leur volonté commune. Richard a transformé son bannissement volontaire en une résolution sacrificielle à laquelle il donne l'envergure d'un acte politique.

> *Et surtout que le roi ne marque pas de chagrin en public, car nos ennemis nous en mépriseraient d'autant plus.*

La réponse de Louis II ne se fait guère attendre, plus prompte à voler vers Richard que l'oiseau à migrer des frimas vers l'été.

> *Mon Ami, mon Bien-Aimé, veux-tu me fuir ? Non, notre flamme ardente doit porter ses fruits ! Reviens à celui qui t'aime d'une ardeur passant celle des mortels. Travailles-tu à* Siegfried *? Mon héros éveillera-t-il bientôt la Vierge promise ?*

Ses mots turgescents irritent et désespèrent Wagner. Cette maturité de la vie qui l'a façonné n'a pas encore pénétré le jeune homme. Dans ses rêves, auxquels Richard accorde l'importance des oracles, le lien royal devient un théâtre inavouable. Il se voit attaché aux pieds de Louis II. Cosima lui tient le visage tandis que le roi le fesse avec un cierge en train de fondre.

*

Cosima ne peut croire les horreurs que répandent les journaux, Richard n'est pas une âme vile. Jamais il n'aurait laissé son épouse dans le dénuement. La mort de Minna, c'est elle seule qui l'a causée. La fille de Liszt, le jour si forte devant l'adversité publique, s'effondre et prie chaque nuit, réclamant le pardon pour ses fautes. Toute la responsabilité du drame lui incombe. Aucun doute : Richard avait dû écrire à Minna pour lui révéler leur amour et son intention de divorcer. Le décès de sa compagne devant Dieu n'est rien d'autre que la sanction de sa propre liaison impure. Cosima, en proie à ses flagellations intimes, se ronge.

« Je suis mauvaise, répète-t-elle jusqu'à se provoquer d'effrayantes migraines. Je suis une méchante femme qui répand le mal. Je fais souffrir Hans ; mes filles en pâtissent ; mon père me condamne ; ma belle-famille me vilipende. Et Richard doit me haïr. Ah, Seigneur, pourquoi refuse-t-il à présent mon aide ? »

Car, aussitôt sue la nouvelle du décès de Mme Wagner, Cosima lui a télégraphié à Genève, voulant être à ses côtés. Mais il a répondu que ce serait malséant et très mal interprété ; au contraire, il leur faut laisser passer un peu de temps. Comment ne pas sentir dans sa prudence le début d'un éloignement ? Nul doute, voici venir la rupture que cet homme sublime, si plein de tact, ne saurait lui avouer par courrier.

Soudain, la carrière de Hans précipite Cosi et Richard l'un vers l'autre. Von Bülow est invité pour une tournée de concerts à Genève et Lausanne. La pécheresse altière surgit un matin devant Richard. Sa haute silhouette occulte le mont Blanc tandis qu'il peine sur l'esquisse musicale du deuxième acte des *Maîtres chanteurs*.

Walther von Stolzing, le noble poète, a été raillé par la confrérie des artisans réunis dans la fabrique de l'église Sainte-Catherine. La blonde Eva, fille de l'orfèvre Pogner, en est éprise. Le Nuremberg bourgeois s'est ligué contre eux. S'il s'agit d'une comédie, l'amour impossible hante toujours son théâtre intérieur. Richard veut unir ce couple. Ce sera durant la nuit de la Saint-Jean. Mais écrire un duo d'amour, encore un, comme dans *Tristan,* n'est-ce pas là se répéter ? Ne ressasse-t-il pas toujours la même histoire ? Qu'a-t-il encore à donner au public, malgré l'énergie qu'il dépense à s'en convaincre ?

Depuis des heures, son estomac le fait souffrir, une bête acide ronge son dos, sa colère reflue en vagues cuisantes dans son arrière-gorge. L'irruption de Cosima interrompt les tortures de l'ulcère, oubliées en un cri :

– Tu es là !

Mais la pâle figure de Hans la suit. Aussitôt, comme à Munich, la comédie des répétitions reprend. Hans reste avec l'orchestre, et Cosi, auprès du maître. À Genève, leur vie triolique indiffère. Wagner n'est pas au centre de l'attention comme en Bavière. Tandis que le chef règle les musiciens suisses, Richard et Cosima voyagent. Ils parcourent le Léman jusqu'à Montreux. À Lausanne, ils abandonnent Hans pour visiter le lac de Neuchâtel, et jamais le mari ne rechigne lorsque les deux amis annoncent une nouvelle excursion.

Car ils ont un projet secret. Cosima, en la caressante compagnie de Wagner, oublie la faute et le péché. Ils sont de nouveau l'un à l'autre, dans l'étreinte des cœurs et des corps. Sans lui, elle est une égarée, une impure ; avec lui, elle redevient cet esprit volontaire qui ne veut plus souffrir, mais aimer et s'offrir. Sa résolution est prise : elle s'installera avec Richard, et pour toujours.

– T'avoir rencontré est une palingénésie, une renaissance qui rachète ma vie ! Notre union parfaite s'accomplira dans la mort, dans la délivrance des barrières de l'individualité.

– Ne parle pas ainsi. À présent, je ne veux rien savoir du tragique de l'amour. Tu es Élisabeth, Elsa, Isolde, Brünnhilde, Eva, tu es toutes mes femmes imaginaires en une seule, toi ! Je veux te garder et vivre très longtemps. Je n'arrive pas à croire que tu m'as été donnée. Non, tu ne m'es que prêtée. Tu es un conte venu du pays des fées. Cosi, je t'en supplie, ne disparais plus !

Louis II ne se résolvant pas à éloigner les membres du cabinet von Pf. afin de permettre le retour de son ami à Munich, ce que ce dernier ne souhaite guère, trop anxieux de devoir affronter l'opinion publique, Wagner préférerait s'aménager, quelque part en Suisse, une vraie retraite où travailler tout à loisir. Les Artichauts ne sont qu'un pis-aller, la Suisse francophone n'a pas ses faveurs.

La Suisse alémanique, question de langue autant que de cœur, lui siérait mieux. À Zurich, les amants retrouvent Mathilde Wesendonck le temps d'une visite de courtoisie. Les cheveux trop visiblement teints de sa belle Isolde d'hier choquent Richard. Cet amour-là ne fut décidément que littérature et Zurich n'a plus rien à lui offrir.

– Ce serait même une erreur de remettre les pieds ici. J'aurais l'impression de recommencer un chapitre achevé de ma vie, confie-t-il à Cosima en franchissant l'opulent perron des Wesendonck.

– Richard, il va bientôt me falloir repartir pour Munich avec Hans. Blandine, Daniela et Isolde y sont. Que faire ? Hélas, ne pouvons-nous rien accomplir qui ne soit d'avance condamné ?

– Le malheur de *Tristan* nous poursuit. Voudrais-tu voir où je l'ai achevé, dans cette dépendance que Wesendonck m'avait offerte à l'hôtel Schweizerhof de Lucerne ?

– Là Tristan et Isolde moururent, lui si triste et elle si pure, lui chuchote Cosi en baisant son front.

*

Le printemps est doux aux amants de Lucerne. L'aube du Vendredi saint 1866 les enveloppe d'un cocon d'argent brumeux où rien, des montagnes alentour, ne se distingue. L'esprit se dissout sur l'horizon brouillé du lac. Une perspective de collines boisées s'épuise en un infini rythmé par le clapotis et la corne de brume des vapeurs. Ce sont les uniques bruits que l'oreille perçoit.

Les calèches des touristes oisifs s'ébranleront plus tard. Le petit peuple affairé des Lucernois ne crie pas, il semble même ne pas parler, engourdi par la nonchalance de ces rives fortunées. Les cygnes flottent avec une paresse orgueilleuse, leurs nacelles blanches dérivent vers le goulet de la rivière Reuss et ses ponts couverts où le gothique tardif a peint de macabres légendes. Puis le flot resserré écume vers les moulins. L'église baroque des jésuites imprime un air de Rome papale au quai où Richard et Cosi, de leurs nez semblablement aquilins, hument les senteurs d'eau vive et de beurre chaud.

Ils montent à bord du premier navire à aubes effectuant le tour du lac. Toute la nuit, il l'a submergée de son amour. Leurs esprits sont aériens, leurs corps ont cette lassitude épanouie des amants qui ne se sont apaisés qu'au premier chant du merle, ce messager de l'aube. Mais leur périple nautique ne s'aventurera pas entre les fjords des Quatre-Cantons. La pyramide enneigée du mont Pilate fend soudain les nuages. Leurs yeux, séduits par ce trône minéral qui paraît celui d'une divinité archaïque, découvrent, plus bas, un manoir blanc en surplomb du lac. Veillée par les cierges des peupliers, la bâtisse couronne la colline verte. Montagne, lac, et volupté ; le paysage altier de la Suisse rencontre la douceur de l'Italie ; et soudain, ils le savent l'un comme l'autre :

– Notre patrie est ici !

Richard s'enquiert du nom du lieu auprès d'un marin.

– Cette presqu'île ? C'est Tribschen.

Par un hasard miraculeux, un petit homme en culotte de peau s'approche du couple alors que le ferry atteint le débarcadère.

– Julius Am Rhym, pour vous servir. La maison vous intéresse ? Je la loue. Elle est dans ma famille depuis le XVe siècle, mais nous n'en faisons plus grand-chose, car nous préférons habiter en ville. On s'ennuie à résider, si loin de tout, dans cette campagne.

Grand seigneur, Richard lui rétorque :

– S'ennuyer ici ? Ha ha ! Rien que pour vous contredire, mon ami, je veux louer cette maison. Votre prix sera le mien !

– Eh monsieur, tout doux ! Ne voulez-vous donc pas la voir avant de prendre votre décision ? s'amuse le Lucernois. Seriez-vous donc un prince en villégiature ? Cela ne m'étonnerait point. Nous n'en manquons guère par ici.

La visite des trois étages de maître, des combles aménagés, des caves et de la cuisine achève de convaincre les amants. Le prix est avantageux, l'homme demande moins que le propriétaire des Artichauts. Le surplus de la pension du roi, toujours fidèle dans ses engagements financiers, est aussitôt investi dans l'embellissement de la villa Tribschen.

Richard fait venir Vreneli pour l'aider à emménager. Il retrouve sa fougue dépensière. Une partie des meubles de Munich, dont le piano Érard, est rapidement sur place. La décoration, il s'en charge ; ce sera sa surprise pour l'installation future de Cosima.

Après avoir visité la villa, la baronne a regagné Munich, ni résignée ni fautive, mais ardente et volontaire.

– Nous allons vivre ici avec notre fille Isolde, a-t-elle rassuré Richard. J'ai pris ma décision, quoi qu'il m'en coûte, dussé-je être méprisée de tous et ma réputation avilie.

– Mais pour Blandine et Daniela ? Hans va demander la garde de ses filles, ou bien, si ce n'est lui, ce sera ta belle-famille. Y songes-tu ? Veux-tu cette épreuve ? Quelle mère pourrait supporter cela ?

– J'en fais mon affaire, comme de l'opinion de mon père.

En attendant sa venue à Tribschen, Richard convoque Bertha Goldwag, une modiste qu'il avait employée à Vienne pour la dispendieuse décoration de son intérieur, et dont la dette avait été honorée, en priorité, par le cabinet von Pf.

Sur les murs de granit chauffés par deux poêles de faïence, Wagner, avec le luxe violent qu'il affectionne, fait exploser les couleurs. Il demande des rouleaux de laine bleue pour son cabinet de travail, de la soie parme pour la chambre à coucher, où la tenture du lit et la passementerie seront violettes. Pour la chambre d'amis, de la soie rouge ; pour la chambre de Cosima, un vert d'eau. Guirlandes et lampes marocaines agrémenteront son cabinet de travail, où il empile les coussins orientaux pour poser ses coudes et détendre son dos. Les murs du salon sont recouverts d'un cuir fauve traversé d'arabesques d'or. Un tapis de velours violet accueille les pieds du Érard. D'autres tapis de laine multicolores reçoivent les commodes et les armoires en acajou clair, les fauteuils houssés de tissus écarlates, lilas, turquoise. Le meuble roi, destiné à la sieste du maître, est un sofa de soie rose brochée.

Parmi cette débauche de tissus dispendieux, Richard n'oublie pas de rafraîchir sa garde-robe. Il passe commande de dix pantalons de satin gris, blanc, crème, assortis de vestons et de pantoufles de même nuance. Le tout est doublé d'ouate et de fourrure. Il s'offre aussi vingt chemises de soie écrue, ou rayée bleu et blanc, ainsi que trente robes de chambre en soie de couleur vive.

– Une pour chaque jour du mois !

Les pièces devront toujours rester propres et chaudes.

– Lorsqu'on allume le feu, il faut m'ouvrir la fenêtre pour que la pièce soit tiède, jamais étouffante. Et vous veillerez à dissimuler des flacons de parfum pour dissiper l'odeur de mes petits cigares.

Un barbier vient quotidiennement de Lucerne entretenir ses favoris et une barbe qu'il porte à présent en collier. Un friseur s'occupe de ses cheveux gris, masqués par un béret de velours bleu porté de biais. C'est son hommage personnel aux lansquenets suisses, ces reîtres du XVIe siècle qui bâtirent la fortune des Quatre-Cantons. Avec ce couvre-chef inusité, au milieu d'un luxe digne des banquiers Fugger, l'orchestration des *Maîtres chanteurs* avance sans obstacle. Wagner répand, tout au long du deuxième acte, cette joie effervescente qu'il n'avait plus connue depuis *Tannhaüser*.

*

Le 22 mai 1866, jour de son cinquante-troisième anniversaire, on frappe à la porte. Richard s'y précipite en personne, espérant accueillir Cosima, mais c'est le roi qui se présente, incognito, en compagnie de son intime, le prince Paul Maximilian Lamoral von Thurn und Taxis.

Louis pénètre dans la villa avec un air de propriétaire. Ses pupilles sont bien trop brillantes. Il parcourt sans mot dire les chambres, les salons, le cabinet de travail. Sa mine se fait boudeuse à la vue de tant de couleurs ; l'accolade donnée à Richard est curieusement raide, alors qu'ils ne se sont plus revus depuis décembre et que ses lettres brûlent de passion. Il n'y a, entre eux, guère de paroles échangées. Le roi ne veut que de la nouvelle musique. Richard lui joue les *Maîtres*, mais Louis réclame son *Siegfried*. Wagner s'exécute, inquiet. Paul Maximilian Lamoral ne l'est pas moins, cela se voit à la façon dont il maltraite sa paire de gants, ôtée, pétrie et rajustée à plusieurs reprises.

Derrière le fauteuil du roi, une grosse araignée avance lentement ses pattes. Richard est effrayé. L'aide de camp se lève aussitôt pour l'écraser.

Louis ne s'est rendu compte de rien, absorbé dans la contemplation du paysage, la bouche entr'ouverte sur une denture où l'ivoire d'hier est taché de tartre et de caries. Après avoir fermé le piano, Richard tente la conversation :

– Les contours des collines boisées me rendaient autrefois nostalgique et triste. Je voulais les dépasser, aller au-delà, vers d'autres régions. Maintenant l'idée de partir d'ici m'est odieuse. Je suis heureux dans cette villa, comblé par toute cette beauté qui m'entoure. Je voudrais simplement avoir quinze ans de moins.

– Vous les avez, mon Ami ! Et je viens d'entendre votre bonheur résonner sous vos saints doigts. Ah, merci, merci de ce que vous me donnez ! Ainsi, vous êtes donc toujours à moi ! Sans vous, le soleil ne brille pas ; vous transformez mon désert en paradis ; votre musique irrigue les vallons de mes solitudes.

Puis, comme au premier jour, Louis prend les mains de Richard, les contemple et les embrasse, aussi fasciné que s'il s'agissait de reliques.

– Je reste votre serviteur le plus dévoué, Majesté.

– Point de Majesté, mon Ami. Plus jamais ! Je suis venu ici, en ce jour sacré entre tous, puisqu'il marque votre venue au monde, pour vous faire part de ma décision de venir vous rejoindre, ici, en Suisse. Car je vais abdiquer. Plus de tourments, plus de vanités, je suis un homme simple !

Brusquement, le roi s'adresse au prince von Thurn und Taxis :

– Paul, laissons le maître, il a encore tant à accomplir. Je suis si heureux de le savoir apaisé et créatif. Bientôt, nous serons réunis. Ah oui, très bientôt, et pour l'éternité.

Comme soulagé d'un grand poids, rougissant tel un enfant qui ne sait où se mettre après avoir avoué sa faute, Louis II tourne les talons et quitte précipitamment la pièce. Il refuse la collation que Wagner, ébranlé, lui propose, afin de se reposer du voyage.

– J'ai d'autres visites à effectuer ! tranche-t-il. Paul, suivez-moi.

Le lunatique ignore aussi les révérences de Franz et de Vreneli. Au bas du perron, il décapite un massif de pivoines d'un coup de canne. Le soir même, Richard demande que l'on dispose un écriteau à l'entrée de Tribschen : *Propriété privée, défense d'entrer sans autorisation.*

*

À Munich, on se déchaîne. Un souverain ne part pas incognito en voyage. Les sbires du cabinet von Pf. ont vite informé la reine mère : son fils visite ce maudit Wagner en Suisse. Faute d'avoir le compositeur sous la main, ses intimes sont pris pour cibles. Un quotidien du soir prétend que, depuis l'enterrement de Minna, la baronne von Bülow se montre au théâtre avec des toilettes éclatantes. Hans, brusquement ombrageux, provoque en duel le rédacteur de la feuille de chou, lequel s'avère être un ecclésiastique à qui son habit interdit de relever ce défi mondain. Tout le ridicule reste au chef d'orchestre.

D'autres rumeurs circulent au sujet de la Briennerstrasse. Wagner aurait réclamé la propriété de la maison au roi afin de la vendre et d'augmenter ses revenus aux dépens des Bavarois. Hans et Cosima, qui l'habitaient encore, déménagent Arcostrasse. Sur ce, la baronne tombe malade. Une correspondance anxieuse s'intensifie entre Tribschen et Munich. Mais Cosi n'est pas gravement atteinte : harcelée de toutes parts, elle supporte avec peine sa nouvelle grossesse.

Une des lettres est interceptée par Hans. Il y découvre avec effroi que Louis est venu confier à Wagner son intention d'abandonner le trône de Bavière. Le maître de chapelle panique. Si le roi quitte le pouvoir, lui, le musicien recommandé, perdra son poste et sa pension ; c'en sera fini de cette école de musique dont il a rêvé avec Wagner et qui est en train de naître. Mais il ne peut s'en ouvrir au roi, parti sur un coup de tête visiter Versailles et le château de Pierrefonds. Alors Hans se précipite à Tribschen pour obtenir des éclaircissements. Cette autre vérité, qu'il dénie en s'abîmant dans le travail, l'y attend. Le roi veut abdiquer et Isolde est bien la fille de Wagner, comme le nouvel enfant que porte Cosi.

La baronne ne peut qu'acquiescer, elle n'assume plus ses devoirs conjugaux avec Hans.

– La conception date de Pâques, à Lucerne, lorsque nous découvrîmes Tribschen. Hans, mon ami, notre situation est sans issue. Il faut nous séparer.

– Tu veux donc épouser le maître ?

– Oui, c'est là mon vœu le plus cher, lui avoue-t-elle en s'effondrant en larmes. Hans, je n'y puis rien. Cet amour est plus fort que tout. Peux-tu le comprendre ? Ah, plutôt mourir que de ne pas le vivre. Sauras-tu un jour me pardonner ?

Von Bülow accepte, mais à une condition : le remariage devra avoir lieu dans deux ans, le temps que la procédure de divorce s'accomplisse et, surtout, que s'apaisent les bruits malveillants.

– Je ne vous laisserai pas mourir. Ni toi, ni lui.

Hans informe Franz Liszt. Le beau-père enrage et se précipite à son tour en Suisse. La confrontation entre ces hommes mûrs, que seules deux années séparent, échappe vite à la comédie sociale. Liszt trouve Wagner vieilli et fatigué, mais sa volonté est toujours aussi ardente. Richard découvre un Franz blanchi par les ans et les doutes, et à qui la soutane ne convient décidément pas.

Il le sait sous la coupe de la princesse von Wittgenstein, qui l'intime, depuis sa conversion, de fuir l'influence de Wagner sur le plan tant artistique que moral. Il n'a nulle peine à deviner son long travail de sape. En couchant avec Wagner, Cosima accomplit un meurtre moral sur la personne de Hans. La princesse cherche à détruire tout lien entre le prêtre musicien et sa fille, au nom de la dignité ecclésiastique.

Mais l'abbé Liszt lui résiste. Il ne veut renoncer ni à Richard, son ami, un génie à qui il reconnaît, œuvre après œuvre, la primauté ; ni à Cosima. Elle représente ce qu'il a le mieux réussi. Elle est l'image de ce que fut sa propre jeunesse, audacieuse dans ses choix, définitive dans sa conduite, libre comme on l'est à trente ans, avant que la société ne vous calcifie. Face à Wagner, Franz abdique toute colère, au nom de ce qu'ils furent, les créateurs de la sensibilité de leur temps ; ce qu'avec fierté ils n'ignorent pas continuer d'être.

– En Wagner, ma fille aura enfin un mari digne d'elle, soupire Franz en quittant Tribschen.

La volonté de Cosima étant de rompre avec l'époux qu'il lui avait choisi, Franz ordonne cependant à sa rebelle de passer les deux années de transition à ses côtés, à Rome. Elle refuse tout net. Cosima quitte aussitôt Munich avec la petite Isolde pour rejoindre, enfin, Tribschen.

Briennerstrasse, le prince von Thurn und Taxis a procédé à la fermeture de la villa. La presse clôt l'événement en titrant *Madame Hans, le pigeon voyageur, rejoint en Suisse le coucou Wagner*. Von Bülow, chien fidèle, l'accompagne et assiste, le 17 février 1867, à la naissance de la seconde fille de Wagner.

– Je pardonne tout, dit-il dans un sanglot à Cosima.

– Il ne faut pas pardonner, mon ami, il faut comprendre, lui répond-elle.

À vingt et une heures trois quarts, Wagner choisit de prénommer le bébé Eva, comme l'héroïne de ses *Maîtres chanteurs*.

*

– Esprit mystérieux, dites-nous : Malwina doit-elle épouser Richard Wagner ? Esprit, répondez-nous. Un coup pour oui, deux coups pour non !

Le guéridon de noyer échappe aux doigts crispés d'Isidore von Reutter et retombe brutalement. Tout l'étage de la demeure munichoise en est remué. La servante, dans le cabinet voisin, sursaute et se signe. Assurément, le démon est dans la maison, et il est puissant.

– Ma chère ! Avez-vous entendu comme il remue ?

– Oui, halète Malwina Schnorr von Carolsfeld, son visage luisant éclairé par un chandelier à cinq branches posé sur la cheminée.

– Qui est-ce ? Vite, vite ! Serait-ce vraiment lui, enfin ?

– Esprit ? Montrez-vous et dites-nous votre identité.

Le guéridon ne branle pas. Sans doute la question est-elle trop complexe pour un simple meuble. Isidore, une maigrichonne au faciès de gendarme alcoolique, rugit :

– Esprit ! Déclarez-vous ! Êtes-vous celui qui hante chaque nuit la chambre de Malwina et vient murmurer à ses pieds ? Est-ce vous qu'elle voit gésir, gris et hâve comme Tristan agonisant ? Ludwig Schnorr von Carolsfeld, héroïque ténor, est-ce bien vous, ce revenant du pays des morts ?

Nouveau coup, unique, de la table, qui bascule lentement vers Malwina, effleurant son ventre. La créatrice du rôle d'Isolde s'étrangle, entre extase et terreur.

– Ludwig ! Mon tendre aimé ! Je te sens. C'est toi qui me dictes, chaque nuit, sans que j'en aie conscience, ces pages que je découvre, au matin, sur mon cabinet de toilette, tracées de ma plume et voulues par ton esprit. Tu m'y confies la douleur de ta mort, tu m'y décris toutes les épreuves qui attendent l'esprit demeurant au pays obscur.

– Ne vous l'avais-je pas dit, ma chère ? C'est bien votre mari qui surgit de l'au-delà pour assurer votre avenir.

– Isidore, je vous crois. Je n'en avais jamais douté.

Puis, s'adressant de nouveau au vide :

– Ludwig, tu veux donc que j'épouse Richard Wagner ?

Le guéridon branle avec fureur.

– Oui, mon bien-aimé, alors il en sera ainsi. Je t'obéirai si telle est ta volonté. Sans toi, je ne suis plus rien. La musique de *Tristan* nous a séparés, puisqu'elle t'a mené jusqu'à cette mort inique, mais je te rejoindrai en épousant Wagner. Viens, Ludwig, viens me retrouver encore cette nuit.

Le pied discret d'Isidore ébranle à nouveau la table où un tombé de damas aide à masquer son stratagème.

Malwina émerge doucement de sa transe spirite. Elle sonne pour commander à sa servante de courir acheter des billets pour Lucerne.

– Demain à la première heure ! Et, depuis la gare, faites aussi télégraphier qu'on nous réserve deux chambres.

– Au *Schweizerhof*, madame ?

– Non, au *Teufelhof*, criaille Isidore. Il y fait plus chaud en novembre.

Depuis la mort subite de son mari, Malwina tient rang de notable dans la bonne société munichoise. L'entregent de la baronne von Bülow lui a obtenu une pension d'honneur de deux mille guldens annuels. Louis est généreux envers les servants du culte de l'Aimé. Mais l'épouvantable trépas de Ludwig a laissé sa veuve ébranlée. N'était Isidore von Reutter, une élève cantatrice qui veille sur sa raison et sur ses biens, elle eût sombré dans le désespoir.

Au petit matin, une nouvelle lettre réchauffe le cœur de Malwina.

> *Ma bien-aimée, oui je te le répète, tu dois épouser Richard Wagner. Cet être, dont la musique sublime m'a poussé vers la mort, détient ma rédemption. Unis-toi à lui et mon âme sera sauvée. Sinon, je resterai éternellement ce Tristan lié au rocher de l'agonie. Mais, afin de parfaire cette union mystique, Isidore devra être mariée au roi. Et tout cela avant le plein de la prochaine lune. Ainsi parle l'ange Galadriel. Sinon, sachez-le, toute la Bavière courra à sa perte. Un autre esprit l'avait jadis annoncé à Wagner. Que Richard se souvienne des prophéties de Frau Dangl qui surgit à sa porte à l'automne 1865 ! Cours lui rappeler ses devoirs. Montre-lui ces nouveaux messages que je te fais parvenir de l'au-delà en saisissant avec amour ta main somnambule. Wagner reconnaîtra mon écriture. Presse-toi, Malwina. Le sort des mortels est suspendu à ton action !*
>
> *Ton Ludwig, dans l'éternité.*

– C'est lui, Richard est mon homme ! Mon mari me l'a dit ! Il me parle chaque nuit. Je le dois, je le veux, j'en rêve ! Regardez, Cosima, voyez ces lettres, transmettez-les à Richard dès que possible ! Vous êtes mon seul soutien, vous ma bienfaitrice depuis si longtemps. Ah, chère amie ! Il faut que Richard lise ceci et m'accorde une entrevue. Je sais qu'il travaille comme un damné et que ma présence pourrait le distraire. Mais je ne lui prendrai qu'une minute... Pitié, baronne, pitié !

Malgré le panneau d'interdiction d'entrée, les aboiements de Russ, l'imposant terre-neuve offert, sur leurs émoluments, par Franz et Vreneli, Malwina a réussi à atteindre le seuil de Tribschen, où Cosima, ferme mais polie, lui fait barrage.

– Richard n'est pas ici, dit-elle. Chaque jour il accomplit une longue excursion après déjeuner pour se dégourdir les jambes et emplir son esprit des beautés du monde alpin.

Wagner, qui revient en effet de promenade quelques instants après l'arrivée de Malwina, se dissimule derrière un massif de genévriers dominant la villa. Accroupi, son béret rabattu, le col de son manteau relevé comme un conspirateur, il écoute, atterré, le délire de son ancienne Isolde. Qu'est-ce que ce ton de folie ? Comment échapper à cette intrusion ? D'autant que Malwina n'est pas seule. Isidore effectue le tour de Tribschen dans le sens des aiguilles d'une montre, puis en sens inverse ; à chaque fois elle asperge les angles de la villa d'un liquide bleuâtre.

Cosima, qui se sent expressément appelée à se sacrifier pour Richard et n'a en vue que son repos, considère avec pitié l'agitation de Malwina. Au nom de leur amitié, elle se résout à ramener l'exaltée à la raison et se contraint à la convier à dîner, le soir même, avec son amie. Un repas et une discussion de visu devraient la calmer. Franz, apte à maîtriser un cheval, assurera le service.

Originales par l'esprit, les deux Munichoises le sont encore plus par leurs mises. Pour le dîner, Malwina s'est vêtue à l'orientale, avec turban et voiles, ce qui ne sied guère à sa taille potelée. Isidore arbore un chapeau orange sur ses cheveux roux. Un maquillage outrancier surligne ses paupières bouffies, sa petite bouche et son nez couperosé. À son cou et à ses oreilles brillent des diamants de pacotille.

– Une virago, se dit Cosima, d'emblée dégoûtée par le personnage.

Après les politesses d'usage et le rappel du temps passé, on passe à table. Richard, observant les manières de la Reutter, ne tarde pas à démasquer l'aventurière répugnante. Ni l'une ni l'autre ne s'enquièrent bien longtemps de ses travaux. Sans détour, Isidore pose sur la table un très long texte, prétendument écrit de la main de Ludwig Schnorr, et où Wagner devine la fraude sans difficulté. Il y est dit que Malwina est destinée à devenir l'épouse de Richard, et Isidore von Reutter, celle du roi de Bavière.

– C'est à vous, Richard, qu'il revient d'arranger la chose. Vous devez amener le roi à s'éprendre de moi, assène la virago, impérieuse. N'avez-vous pas tout pouvoir sur l'esprit de ce pauvre prince ?

– Quel toupet ! dit Cosima. Qu'insinuez-vous, madame ?

– Je n'insinue que ce que tout le monde sait ! Allons, point de fausse colère, lui susurre-t-elle à voix basse, loin des oreilles de Malwina. Nous sommes loin de Munich et nous pouvons parler entre gens libres. Le roi est un jouet entre vos mains. Vous seriez sots, et nous de même, de ne pas en profiter davantage. Puisque vous avez l'artiste, accordez-moi le trône.

Le ton monte aussitôt entre la baronne et la virago.

– Vous vous méprenez, madame. Je ne suis pas faite de ce bois-là. Comment osez-vous fomenter de pareilles horreurs !

Malwina, indifférente aux manœuvres d'Isidore, coule des regards langoureux vers Richard.

– Je vous trouve pâle et souffrant, mon ami. Il faut quelqu'un pour veiller sur vous. Je me propose de rester ici jusqu'au moment où vous serez capable d'entendre, de mes lèvres, les communications prophétiques de Ludwig. Elles seront aussi des plus... consolantes, lui glisse-t-elle en touchant une main que Richard retire comme si un serpent l'eut frôlée.

Un éclair de folie, fruit d'un amour décapité, déforme le visage de Malwina. Cosima se lève, désireuse de mettre fin à ce repas obscène.

– Madame, sachez que nous étions résolus de convier ce soir l'une des plus belles voix de notre temps. Au lieu de quoi je dois supporter les propos grossiers de cette... dame. Richard est ici chez lui. Il agira comme bon lui semble. Mais permettez que je me retire. Je ne supporterai pas un instant de plus la présence de cette insultante créature qui se déclare votre amie !

Malwina devient brusquement féroce.

– Mais c'est vous, madame, la mauvaise femme ! Vous êtes la tentatrice que toute l'Allemagne a démasquée, c'est vous la garce berlinoise. Mais je vous briserai, baronne, comme ceci !

Prenant une fourchette, Malwina la plie sans difficulté pour la jeter aux pieds de Cosima.

– Richard est à moi seule ! Depuis longtemps, vous tendez vos filets autour de lui. Vous avez tiré et serré jusqu'à l'attirer dans votre lit. Vous l'avez envoûté ! Les femmes de votre famille sont de même farine. Votre mère ne s'y est pas prise autrement avec Franz Liszt. Déjà, vous avez détruit votre mari, et maintenant votre inconduite souille la réputation de vos filles. Mais moi, sachez que je ferai pire encore ! Je vous couvrirai à ce point de boue que vous courrez vous cacher à l'autre bout de la terre pour que personne ne voie jamais plus votre face. Vous serez la risée de tous, une paria sans recours ni salvation.

Cosima quitte la pièce. Richard l'accompagne jusqu'à la porte et la rassure d'un geste. À présent, Malwina geint et Isidore, allumée par le vin, l'excite. Richard, plutôt que de répondre à l'hystérie par la fureur, tente de garder son calme. Cosima, ainsi vilipendée comme récompense de son invitation polie... Mais que se passe-t-il donc dans la tête de son ancienne Isolde ? Quelle sinistre aliénation s'est emparée d'elle ?

– Ah, Richard, vous comprenez, n'est-ce pas, ce que j'endure ? Ludwig, mon pauvre Ludwig, il me manque tellement ! Il était notre lien à tous les trois...

Elle se met alors à évoquer les derniers instants du ténor, gonflé des jambes à la tête, délirant et chantant jusque dans ses ultimes spasmes. C'est raconter là ce qu'il faut pour éveiller en Richard la culpabilité de n'avoir pu assister ses derniers moments. Affection, remords et souvenirs l'étreignent. Soudain, la tension du repas et l'inconvenance de cette scène font fléchir l'homme pourtant aguerri aux pires attaques. Il se rassoit brusquement, les yeux mouillés.

– Malwina, cela suffit...

Elle profite de son désarroi pour présenter à Richard un second document.

– Richard, mon ami, j'avais promis à Ludwig, sur son lit de mort, de vous donner ceci. C'était, parmi tous vos vers, ceux qu'il chérissait le plus.

Sur une feuille froissée figurent, éparses, quelques paroles de *Lohengrin* et de *Tristan*. L'encre passée et le lisible délabrement du geste attestent son authenticité. Wagner fond en larmes. Les deux femmes quittent la villa, sans un mot pour l'homme qu'elles ont réussi à blesser.

Le lendemain, Richard reçoit de Malwina une lettre pétrie de tendresse, où, loin de s'excuser, elle se déclare au contraire enchantée du souper. Elle exprime l'assurance que l'esprit de Ludwig habitera bientôt Richard et lui fera reconnaître quelle véritable amie il possède en une personne aussi dévouée. Bientôt, il la rejoindra à Munich pour accomplir ces révélations mystérieuses et favoriser le royal destin d'Isidore. S'il n'a pas encore entrevu la lumière, ce n'est dû qu'à l'obscure influence de sa dangereuse maîtresse. Mais Malwina va réduire en pièces la maudite baronne. Son intervention auprès du roi fera jeter la sorcière von Bülow dans le cachot d'un couvent. Il est plus que temps d'éclairer Louis II sur les véritables intentions d'une femme qui avait eu l'ingénuité de confier ses petits secrets de cœur à Malwina.

– Un chantage pur et simple ! pâlit Cosima en lisant la lettre.

Richard prend sa plume. Il enjoint à cette très respectable compagne d'art, au nom de leur compagnonnage esthétique, de revenir à la raison. Employant à dessein un tutoiement attestant de ses sentiments fraternels malgré la violence de la scène vécue la veille, il s'adresse à elle comme un ami, tentant d'éclairer toute l'étendue de la manipulation d'Isidore. Pourquoi donc cette colère jalouse contre Cosima, qui a été la première à l'aider après la mort de Ludwig ? N'est-elle pas intervenue pour qu'elle touchât cette pension ? Quel faux sentiment lui fait mordre une main si désintéressée ?

> *Malwina, mesures-tu les suites de ta haine, aussi subite qu'incompréhensible, envers la baronne ? Tu veux démontrer au roi et à Hans des relations coupables que nous entretiendrions ? Tu voudrais entraîner dans ta folie les enfants de ce couple innocent ? Mais Hans écartera du pied tes dénonciations et tu auras à supporter les conséquences de son démenti solennel. Cosima se détournera de toi. Elle pourrait même influer pour que ta pension te soit ôtée. Alors que deviendras-tu ? Penses-tu que le roi apportera foi à tes commérages ? Tant que tu fréquenteras Isidore, tu resteras une personne suspecte. Je considère cette femme comme une criminelle dont tu es la première victime. Si elle est un instrument aux mains de mes ennemis, je saurai m'en défendre. Quoi qu'il en soit,*

prends garde : elle t'entraînera dans sa chute si tu ne t'en débarrasses pas. C'est à cette seule condition que mon cœur te restera ouvert. Sinon, tu ne recevras plus de nouvelles de ton dévoué ami.

Se doutant que cette voie médiane ne sera pas suffisante pour éteindre l'incendie, Cosima écrit au docteur Gotthelf, un aliéniste de Munich, pour l'informer de la pathologie de Malwina. La baronne la recommande à ses soins et se dit prête à assumer les frais nécessaires. Mais les deux intrigantes révèlent au roi la relation de Cosima et de Richard. Une nouvelle fois, l'innocent refuse d'y croire.

– On m'a déjà rapporté ces odieuses rumeurs. Pour deux âmes si pures, une telle attitude est inimaginable.

Offusqué que Malwina ait pu s'abaisser à telle infamie, il supprime sa pension. Quant à Isidore, dénoncée par la servante que terrorise sa sorcellerie, elle est expulsée de Munich. Les deux viragos partent se fixer à Hambourg.

*

Un soir d'automne, où la lumière oscille comme une raison qui vacille, Richard achève sa journée. Il s'est levé à 7 heures, il a travaillé jusqu'à 13 heures, déjeuné, dormi ; puis il a retravaillé jusqu'à sa promenade du soir. Russ, le terre-neuve ébène qui folâtre parmi les herbes jaunes et les crocus mauves, a la croupe d'un fauve. Le jour est à cet instant où le chien se confond avec le loup. Le soleil, couché depuis peu derrière les dents glacées du mont Pilate, retient les couleurs que délaye la nuit rampante.

Wagner aime ces minutes incertaines où d'autres formes naissent dans les bois fantomatiques. L'œil perçoit l'invisible du vent ; il devine des visages dans les troncs d'arbres ; la magie instaure ses clairvoyances ; les trouées et les clairières deviennent des repaires d'inquiétude et de mystère. Un autre monde est là, fascinant, à portée de songe. Au marché de Lucerne, Richard s'est dégoté un galurin conique à vastes bords. C'est un feutre solide, mais assez souple pour pouvoir masquer opportunément le visage. Cosima a ri en le voyant ainsi chapeauté, mi-mendiant, mi-brigand.

– Avec une grande cape, je suis pareil à Wotan. Les hautes altitudes du Pilate sont mon palais et mon domaine. De mon Walhalla, je descends à la rencontre des hommes. Je deviens ce voyageur mendiant qui rend heureux les villes et les hommes...

Malwina et son chantage délirant l'ont un peu secoué. Le péché social de l'adultère ricane jusqu'à Tribschen. Mais il s'en défend par la besogne. Il vient de transmuer cette comédie puante en un final hilarant pour le deuxième acte de ses *Maîtres chanteurs*. Le vilain Beckmesser, le critique jaloux, est venu soumettre son morceau de concours au poète savetier Hans Sachs. Tandis qu'il chante, faux, Sachs note chaque erreur en clouant des bottes. De plus en plus de maladresses, de plus en plus de coups ont dérangé le crépuscule somnolant de Nuremberg. Hans a ainsi déclenché une belle rixe en attirant aux fenêtres les rieurs du quartier. Sur un allègre contrepoint que n'aurait pas renié le grand Bach, les artisans et les apprentis ont semé le charivari avant que le cor du veilleur de nuit n'intime à tous le repos du bourgeois.

Cosi, le scribe fidèle, passant à l'encre définitive les notes du maître, s'abreuve de l'énergie vitale de son génie. Il entrevoit, elle trace ; il invente, elle incarne. L'âme de cette femme est un bourgeon qui ne peut s'épanouir que sous les rayons de sa musique. Après le labeur, ils s'isolent et s'étreignent avec plus de ferveur que d'habitude.

Médisance et mauvaiseté ont été vaincues par le bonhomme Hans Sachs. Son personnage est un homme mûr qui doit renoncer à l'amour, car il est aussi épris de la jeune Eva. Et que valent de vieilles braises face au brasier d'une première passion ? Walther von Stolzing est un chevalier à la belle figure, Eva une piquante fille d'orfèvre. En ce monde formaté, l'alliance du coffre et de la particule a bien plus de pouvoir qu'une paire de bottes, Sachs ne l'ignore pas, Richard non plus.

Mais il est fidèle à sa vieille doctrine selon laquelle on ne peut donner forme poétique à ce que l'on est en train de vivre, car on ne peut le voir clairement. Son geste esthétique ne possède pas cette clairvoyance. L'acte créatif hasarde à peine ses premiers moments d'analyse ; la méridienne où Richard repose son corps et sa tête n'est pas encore un divan viennois. Tout au plus entrevoit-il combien l'existence irrigue puissamment son œuvre lorsqu'il confie, avec grandiloquence, à Cosima :

– Ma musique est notre vie. Nous sommes dedans, c'est le sang de notre cœur que nous donnons. Les autres s'en amusent, mais nous la vivons.

Wagner projette désormais la fin des *Maîtres*. L'acte III débute par un monologue où le cordonnier-poète prend des intonations dignes du prophète Jérémie et de l'Ecclésiaste. Richard imagine l'atelier du savetier plongé dans la pénombre. Illusions et vanités guident l'aveuglement des hommes, murmure Sachs, mais mieux vaut être doux avec ses semblables que de les affronter. Renoncement et compassion : quelle musique inventer sous ces paroles d'éternelle sagesse, venues sans difficulté au poète de cinquante-quatre ans ? Il entend de longs traits de violoncelles figurer cette sombre introspection. Le jour s'est éteint. Selon les règles des corporations médiévales, il est interdit de travailler en s'aidant de chandelles ou de lanternes. Si Hans Sachs œuvre encore, ce n'est plus avec ses mains, mais avec son esprit. Au lever de rideau, le public le découvrira penché sur de vieux grimoires où les chroniqueurs allemands, ses ancêtres en langue, ont déposé le trésor de leur imaginaire.

Richard arpente les collines assombries autour de Tribschen ; Hans Sachs feuillette la culture de tout un peuple à la lueur de la bougie. Le crépuscule, bleu immobile, approche : triple muraille de ciel, de montagnes et d'eau. Le ciel rougeoie derrière le Pilate. Venue de très loin, Richard sent monter en lui la mélodie d'un choral.

Il parvient à un bosquet de frênes impeccablement droits sur ces rives où la tempête ne souffle presque jamais. Ils ont grandi sans la contrainte du vent, hardiment plantés dans le sol. Ces arbres sont la parfaite image de la sagesse des temps.

En levant la tête pour contempler leurs ramures, nées pour combler le pinceau d'un peintre, la tête lui tourne brusquement. Richard met un genou, puis deux, à terre, écrasé par il ne sait quelle pesanteur. Figé en ce lieu et n'en pouvant plus bouger, il ressent un grand déchirement dans son cerveau, comme un voile que l'on arrache. Le choral continue de monter en nappes, suscitant une marée de souvenirs. Était-ce à Leipzig, à Halle, à Dresde ? Une église, c'est sûr, ou plutôt un temple luthérien, l'un de ceux où, le dimanche, on se rend pour chanter en communauté.

La déchirure se propage comme une vibration profuse. Il se revoit adossé contre l'orgue antique, l'un de ces monuments que Johann Sebastian Bach, expert en facture instrumentale, venait réparer et accorder. Les poumons de la machine ronflent, les tuyaux de montre et leurs flûtes titanesques jubilent, les flots métalliques de chaque jeu résonnent à travers le bois jusque dans sa chair. Richard est incrusté contre l'instrument-monde comme le coquillage à la quille du navire. Et il fend les flots sonores.

Le choral qui l'inonde est luthérien, d'une foi simple, irrépressible ; le temple de nature dont les frênes l'entourent est pareil à celui de son enfance. Ce lieu chtonien le renvoie à sa terre natale où il n'y avait ni or ni chasuble ;

plus rien qui puisse susciter la superstition, la veulerie ou l'écrasement par un pouvoir humain travesti en devoir spirituel. Il n'existait ni prêtre, ni intercesseur, juste une assemblée debout.

Depuis Luther et Calvin, elle a abandonné la station de l'imploration. Aux sons de l'orgue, les hommes et les femmes chantent ensemble, chacun avec son Dieu aux lèvres. C'est ainsi que le feu de la Pentecôte irradiait les langues des apôtres. Il reconnaît brusquement ce qui monte en lui, et que la communauté de Halle, de Leipzig ou de Dresde chantait : *Ein fester Burg ist unser Gott,* « Notre Dieu est une forteresse invincible », l'imposant choral de Martin Luther.

Le corps de Wagner vient de chuter, là, sous les ramures, mais c'est un esprit debout que sa conscience relève. Bien antérieur à sa rencontre avec Beethoven, *Fidelio* ou la *Neuvième Symphonie*, il y avait eu Bach.

C'était un organisme prodigieux que cet homme-là, avec ses dizaines d'ancêtres et autant de fils, qui s'était dressée au cœur de l'Allemagne. Cet arbre tutélaire n'avait presque jamais bougé de sa terre natale. Ses racines couraient en filons précieux dans le sol. Ses rameaux délimitaient le ciel.

Bach est la plante primordiale, à travers ses frondaisons tout lui est offrande ; la mort et la naissance, le souffle du vent et le bruit de la tempête, le rayonnement du soleil. La puissance de ses harmonies est aussi dépourvue de sentiments que la nature même, mais l'individu est le thème de son choral. L'orgue lui appartient ; c'est de son ventre que surgit, par la grâce du vent, l'invisible liqueur des sons.

Bach lui avait montré la voie.

Sa musique avait su endiguer le jeune Wagner qui voulait être tout à la fois un acteur, un dramaturge et un musicien, mais qui contractait surtout des ennuis dans l'enfer du jeu et l'ivresse des tavernes. Sa mère, inquiète, avait confié l'adolescent turbulent aux bons soins de Christian Theodor Weinlig, à la Thomaskirche de Leipzig. Il occupait le même poste que Bach, un nom depuis tombé dans l'oubli, n'était le fervent amour que lui portèrent Mozart et Beethoven à certains moments de leur carrière. Eux aussi, le flot Bach les avait submergés.

En l'étudiant, ces êtres d'exception étaient montés jusqu'aux cieux. Ils avaient touché du doigt la matrice de l'univers, le grand horloger et le maître des sphères. Tel Moïse de retour du Sinaï, ils étaient redescendus, changés à jamais. Bach était la manne du créateur affamé dans son désert ; la fontaine désaltérant toute solitude ; la pluie fécondant les terres stériles.

L'élève Wagner, qui rêvait de musique, mais peinait à bâtir des œuvres cohérentes, avait suivi de la plume et du doigt les fondements du contrepoint, aidé par Weinlig, lequel ne lui cédait aucun caprice. Le vieux maître n'émettait jamais le moindre compliment ; il se contentait de surveiller, taiseux, ce que Richard ne savait jamais être un progrès ou un échec.

Il bouturait sans qu'elle s'en rende compte la jeune plante fantasque, de même que le Hans Sachs des *Maîtres chanteurs* accompagne avec bonhomie, persévérance et abnégation, la jeune pousse Walther, jusqu'à lui permettre d'enfanter le chant de concours qui lui offrira la main d'Eva.

– Sois énergique, compose à dessein, mais arrête-toi bientôt, lui prescrivait Weinlig, variant à sa façon une maxime de Martin Luther.

– Jamais de superflu, va à l'essentiel et tiens ta ligne !

Le maître et l'élève avaient connu une relation orageuse. Weinlig commença par jeter au feu les compositions que le jeune Richard lui présenta, trop sûr de lui et de son talent. Il le soumit à une cure drastique de canon et de contrepoint. Il lui interdit les fantaisies de l'imaginaire comme on interdit l'alcool à l'ivrogne.

Il contraignit sa fougue par la fugue. La rigueur de cet art mathématique rebuta l'élève, qui reprit le chemin du jeu et des tavernes. Une rixe y tourna mal. Le fils prodigue, repentant, se présenta à nouveau devant son maître. Son chemin n'était pas la rue, mais l'étude. Il venait de comprendre que cette vie dissolue avait été nécessaire pour conquérir le salutaire désir de revenir à soi-même.

Ce fut le moment qu'attendait Weinlig pour soumettre à Richard un thème musical. Il s'assit à ses côtés, ils bâtirent ensemble une quadruple fugue, de même que le maître d'œuvre guide le rabot ou la truelle du compagnon. Ainsi soumis, Richard acheva une composition que Weinlig jugea acceptable. Wagner parcourut ensuite l'œuvre d'orgue de maître Bach. Puis il accéda à cet instrument de la Thomaskirche qui fut celui du Cantor.

Il posa ses doigts sur les touches que ce dernier avait pétries, en quête de la fugue absolue, cet instant où les contraintes accouchent de la forme ultime, tout à la fois finie et infinie. Il rencontra cette perfection dans le triple contrepoint qui couronne la *Deutsche Orgelmesse*. Il le joua et le rejoua avec exaltation ; il le possédait et il en fut possédé.

Alors Weinlig, le pasteur des harmonies luthériennes, posa ses mains sur ses épaules et lui dit :

– Va-t'en ! Tu ne composeras sans doute jamais de chorals et de fugues, mais qu'importe ! Ce que tu as acquis ici, c'est l'indépendance et la maîtrise. Tu as le métier en main. À présent, fais-en bon usage.

Avec ce bagage où était enclos l'art de la nation allemande, Wagner, toujours bardé d'un orgueil qui ignorait sa démesure, partit quêter sa place au milieu des orphéons discordants et des troupes de cinquième ordre. Johann-Sebastian Bach avait été sa béquille, désormais il pouvait marcher seul.

Sa musique lui avait dit : « Je te donne tout ce qu'il te faut pour travailler, pour que tu te reposes, te nourrisses et t'amuses. » Et parfois il se demandait s'il ne devait pas devenir un simple maître de chapelle, jouer de l'orgue et être utile aux gens. Minna, en rêve, revenait lui souffler cette ambition si minuscule qui avait été la sienne, tenace et ennuyeuse. Mais le monde de l'élémentaire parlait à Wagner. Si Bach était un sphinx allemand, lui se réveillait l'aède du feu, du vent et des eaux.

Richard, ébloui ou agonisant, il ne le saura jamais, est retrouvé dans la clairière aux frênes par Franz. Russ s'en est revenu seul à la villa. Alerté, on a allumé les lanternes et suivi le chien fidèle qui a mené droit au maître. C'est un petit bonhomme, son chapeau de Wotan profondément enfoncé sur la tête, un œil caché et l'autre fixé sur un au-delà où s'entrecroisent misères et mystères, que Cosima, transie d'amour et de peur, borde sur le sofa de soie rose. La présence de cette femme est sa rédemption.

*

Louis II n'a pas abdiqué, mais son royaume a été humilié, en juillet 1866, par la bataille de Sadowa. La Prusse a triomphé de l'Autriche des Habsbourg ; la Bavière, son alliée, s'est inclinée devant ce nouvel aigle qui est en train de réunir les principautés germaniques entre les serres d'un seul État. Le cabinet von Pf. a payé pour cet échec cinglant. Les ministres, honnis par Wagner, ont remis leur démission. Sur son avis, Louis a accordé toute sa confiance au prince Hohenlohe-Schillingsfürst et aux conseillers Düfflipp et Neumayer, perméables à l'art du futur.

Avec deux ans de retard sur l'agenda présenté en juin 1865, Wagner satisfait son mécène. L'ultime accord des *Maîtres chanteurs* est écrit en octobre 1867. La première est prévue à Munich, au *Hoftheater*, pour juin 1868.

Et cependant, alors que la situation s'est enfin débloquée, que Semper, l'architecte, remet les plans de son théâtre des festivals ; que Hans von Bülow reçoit des médailles ainsi que la nomination, curieux retournement, de directeur de l'École royale de Munich ; alors même que Wagner, avec l'aide de son ami juif Heinrich Porges, lance la *Süddeutsche Presse*, un hebdomadaire consacré à l'avenir des beaux-arts, Richard se désintéresse de tout.

Le présent a une saveur rance et il ne veut pas y goûter, car il rêvait de donner ses *Maîtres chanteurs* à Nuremberg, dans la citadelle authentique de l'art, de l'originalité et de la splendeur allemande.

Son opéra, résonnant dans cette vieille cité d'empire conservée comme une parure tirée d'un coffre d'orfèvre, aurait été la consolation politique après l'humiliation de Sadowa. Les bourgeois de Nuremberg, population gaie et savoureuse, éclairée et libérale, auraient accueilli le souverain et son poète comme Athènes saluait Périclès et Socrate. Nuremberg possédait toutes les qualités pour enfanter un nouvel âge d'or germanique. L'art de l'avenir y aurait trouvé un asile plus digne que les théâtres résidentiels et courtisans. La musique s'y serait offerte libérée de toute entrave. L'École royale de musique, sans laquelle Richard crée en vain, y aurait été transférée. Elle lui aurait enfanté les chanteurs dont Siegfried, Parsifal et Lohengrin ont besoin.

Richard aurait voulu que Louis s'installe dans la ville voisine de Bayreuth, avec son Ermitage rococo où le roi aurait pu fantasmer coquettes à panier et petits marquis. Ensemble, loin de la provinciale Munich et de ses intrigues de jésuites, ils auraient préparé calmement ce foyer auquel doit se rallumer un jour le soleil allemand. Car cette Confédération germanique, où les princes jouent leurs intérêts dynastiques au mépris des peuples, ne peut que glisser dans un long sommeil bercé par les sirènes prussiennes. *Les Maîtres chanteurs,* son hommage à l'Allemagne de Bach et de Luther, il ne l'a mené à bien que pour libérer la Vierge allemande. Cet opéra est le levier d'Archimède dont le roi et son poète doivent user pour soulever hors de son axe le génie germanique, embourbé et lent. Suprême hommage, Wagner avait destiné ses *Maîtres chanteurs* aux noces enfin annoncées de Louis avec sa cousine, la duchesse de Bavière Sophie Charlotte.

Mais l'amant du clair de lune a rompu sur un coup de tête. Il a préféré louer pour Wagner la villa Prestele, sur le lac de Starnberg, à côté de son château de Berg, où il convoque à nouveau son poète pour de fastidieuses nuits d'ivresse théorique. Munich ou l'éternel retour ! Hans, indéfectible prosélyte de l'art wagnérien, prépare les répétitions des *Maîtres* et de vieilles dettes réapparaissent comme des fantômes. Trois mille guldens, empruntés en 1847 à Wilhelmine Klepperbein, une amie dresdoise, ressurgissent. Pour couronner cette impression de déjà-vécu, Semper présente au Trésor royal une note de quarante-deux mille guldens pour ses travaux et presse Wagner afin d'être payé rapidement. Le baron Perfall, l'intendant du *Hoftheater*, déploie des trésors d'ingéniosité pour malmener *Les Maîtres*, multipliant les erreurs quant à la peinture des décors, aux dimensions des cadres de scène et aux costumes. Et Cosima continue tristement à jouer la comédie de l'épouse fidèle.

Pourtant, le samedi 21 juin 1868, la baignoire où Richard assista à *Tristan* en sa compagnie accueille leur couple sulfureux pour la première des *Meistersinger.* Ils sont assis l'un à côté de l'autre, à la vue de tous. Dans la fosse, Hans est en proie à de nombreux vertiges. L'ouverture tout juste terminée, Louis II fait appeler l'Ami dans la loge royale.

– Voyez l'empereur Auguste en compagnie du poète Horace !

C'est à peine si Richard entend cette flatteuse comparaison monter du parterre.

En dépit des menées du baron Perfall, *Les Maîtres chanteurs* triomphent. Mais ce qui devrait être un couronnement l'indiffère. Richard traverse la soirée comme un rêve, absent, insensible aux événements. Le lendemain, dès l'aube, il écrit au roi.

> *Dans les républiques antiques, on accordait aux citoyens qui avaient bien mérité de la patrie, pour un jour de fête aussi sacré, les honneurs royaux. Le manteau de pourpre flottait sur leurs épaules et ils se retiraient humblement le lendemain, dans le silence de la vie privée. Cette fois-ci, ce fut un Roi en personne qui éleva jusqu'à ses côtés le Poète et jeta sur lui la pourpre. Mon auguste Seigneur, il me faut accomplir à présent mon acte expiatoire. Grand Roi, je rentre aujourd'hui dans le silence de la solitude, tendrement protégé par l'Ami, enveloppé de son amour et abrité au plus profond de son cœur.*

> *Le solitaire vous adresse l'adieu serein de celui que vos bontés haussèrent au-delà de l'univers.*

Il s'en retourne à Tribschen, sa forteresse lacustre. Wagner mènera son œuvre future comme il l'entend, dans un théâtre construit selon ses désirs ; dût-il être fait de bois et de paille et ne durer qu'un été, lui seul sera son maître.

*

En dehors de Munich et de ses cancans, la nouvelle œuvre trouve l'écho qu'il espérait. L'opinion publique se rend compte qu'il ne s'agit pas d'un heureux jalon dans la carrière lyrique d'un compositeur parmi d'autres, mais d'un moment essentiel pour la genèse de l'art allemand. Dix théâtres lui écrivent pour demander les droits des *Maîtres*. Si Richard craint les coupes et les réorchestrations, il cède. Son œuvre doit exister, et tant pis pour les conditions de sa représentation. N'a-t-il pas choisi de vivre de sa création ? Il lui faut participer au système marchand qui régit la condition de l'artiste, et il n'y rechigne pas. *Tannhäuser*, *Lohengrin*, voire *Tristan*, sont devenus des œuvres du passé, dont seuls les tantièmes l'intéressent, *Lohengrin* étant le plus fécond.

L'or se met à tinter à la porte de Tribschen. L'impresario parisien Pasdeloup fait monter les enchères pour acquérir l'exclusivité française des *Maîtres* et veut absolument remonter *Rienzi*. Mme Giovanna Lucca, éditeur à Milan, offre cinquante mille francs pour l'édition de ses œuvres complètes. Les Italiens, qui connaissent l'existence de *L'Or du Rhin*, qui n'a encore jamais été donné, en réclament même la primeur, quel qu'en soit le prix.

Mais il manque l'essentiel à l'homme : la présence définitive de Cosi. Hans traîne à effectuer les démarches du divorce ; non pour se venger du couple, mais par affection pour ses enfants. Il se doit d'observer la plus grande réserve à l'égard de sa mère et de sa tante. Depuis Berlin, elles le torturent pour qu'il retire ses filles à Cosi. Les femmes von Bülow, prétextant l'intérêt d'une descendance qu'elles ignorent par ailleurs tout à fait, veulent causer le plus de mal possible à cette baronne qui salit leur nom.

Elle multiplie les allers et retours entre Munich et Lucerne. À chaque fois, la douleur augmente. Sans divorce, que va-t-elle devenir, dépouillée de ses enfants, cachée auprès d'un homme qu'elle aime éperdument sans pouvoir être liée à lui ? L'alternance des retrouvailles et des séparations devient intolérable. En septembre 1868, Richard, pour la distraire de ses déchirements intérieurs, imagine une course en Italie, le pays de sa naissance. Le couple, accompagné de Jakob, le mari de Vreneli, part pour Gênes.

– Si je m'étais établi ici après la mort de Minna, et non en Suisse, j'aurais donné à mes *Nibelungen* une tout autre lumière, grecque, eschyléenne. Et, qui sait, *Les Maîtres* auraient eu pour cadre la Florence des Médicis. Sais-tu que c'est précisément ici, à Gênes, que j'ai entendu résonner en moi l'accord de *mi* bémol majeur, cette berceuse primordiale qui ouvre *L'Or du Rhin* ? Tu es l'une des rares à savoir que mon Rhin commença de gronder face à la Corse et à l'île d'Elbe. Je porte en moi la géographie où s'ancrent les mythes consubstantiels aux peuples. Ce sont de tels lieux qui permettent à l'homme de se développer. Cette Méditerranée est première. Là où la nature lui refuse beaucoup, l'homme prend de l'importance et devient plus grand qu'elle. Les Athéniens habitaient l'inféconde Attique, et son sol ingrat porta au plus haut degré leurs forces spirituelles. Les Aryens, revenant des montagnes, retrouvèrent l'homme devenu un animal dans le florissant pays natal de l'humanité, la Mésopotamie, cependant qu'eux, déjà civilisés et ayant séjourné dans un pays riche, la vallée de l'Indus, y avaient créé le brahmanisme.

Septembre offre une riche moisson à ce musicien qui se gonfle philosophe. À Milan, Wagner signe un beau contrat avec Giovanna Lucca. Puis Cosima désire voir Bellagio et ce lac de Côme où elle est née. Le temps devient soudain très chaud et trop humide. Dans toute la péninsule, les corps sont accablés par une canicule moite ; le Vésuve menace d'entrer en éruption ; on signale des tremblements de terre dans les Dolomites, et les journaux ne parlent que d'accidents de chemin de fer.

Leur retour doit s'effectuer par le Tessin. Le lac de Côme surgit, mais il est angoissant. Des tentacules brunâtres gâchent son azur habituel. Sur les Alpes, les nuages sont amoncelés en troupeaux furieux ; ils ouvrent des gueules noirâtres au fond des vallées. Un épisode orageux d'une violence extrême sévit là-bas ; les torrents sont devenus des fleuves de boue ; des ponts et des routes ont été emportés. Hésitation : faut-il revenir en arrière ou poursuivre par le Saint-Gothard, le chemin le plus court pour descendre vers les Quatre-Cantons ? À Bellinzona, l'aubergiste assure que l'épisode climatique va cesser. On n'a jamais vu un orage durer des jours entiers ; demain il n'y paraîtra plus.

Le jour suivant est sage, quoique lourd. Ils reprennent la route, confiants. Mais l'aspect du ciel change. Lumière rousse, brume épaisse et premiers éclairs secs. Les chevaux sont effrayés. Le cocher refuse d'aller plus avant. L'orage qui s'annonce n'est pas ordinaire. Des grêlons énormes rebondissent soudain sur les prairies. Ils courent s'abriter dans une grange. À peine les bagages descendus, cocher et attelage prennent la fuite, les abandonnant désemparés et seuls. Durant une heure, le déluge s'abat sur la vallée de Lavorgo.

La tourmente passée, Jakob et Richard empoignent les bagages les plus légers, le reste étant laissé à la garde des anges. De la boue jusqu'aux genoux, ils atteignent l'hôtel de la Poste, à Faido. Il n'y a qu'une chambre de libre, et un lit étroit. Jakob dort à l'écurie. Le couple est habitué à des chambres séparées, où la nuitée se prépare avec un certain rituel de toilette, de déshabillage et d'apprêts. Il découvre le dénuement des classes laborieuses. Dehors le déluge redouble. La vallée est emplie du fracas des torrents en crue. La cloche de l'église ne cesse de tinter. Les rues sont hachurées par les lanternes d'hommes en cape qui observent, impuissants, les flots raviner les champs, attaquer les murets de pierre, emporter dans leur chute les décennies d'un travail patient afin d'arracher sa pitance à la montagne indifférente. L'obscurité est boursouflée de craquements sinistres. Richard et Cosi sont terrés dans leur chambre comme Noé l'était dans son arche. Les éclairs emplissent la pièce de lueurs livides. Des gouttières les chassent vers le milieu du lit.

– Dieu me punit, Richard ! Laisse-moi mourir et sauve-toi !

Ils s'étreignent et se réchauffent comme si leur dernière heure était arrivée.

– Il est plus facile de mourir que de vivre pour moi !

Ils sont l'un et l'autre pareils à une flamme fragile engloutie dans le chaos. Plus près, plus loin, plus profond ; demain, il n'y aura peut-être plus qu'eux dans cette vallée où le torrent, devenu marée, arrache tout. Ils s'épousent tels des amants originels, Adam et Ève, Siegmund et Sieglinde, chassés du paradis par le glaive aveuglant de l'archange et la fureur des tribus guerrières. Richard et Cosi, tressés comme des cordes par les doigts blêmes de la peur et de la finitude, jouissent au cœur de la destruction. Au rythme d'incessants éclairs, la vie dans sa terrible gravité leur apparaît. Cette nuit de terreur au sein des éléments rebelles reflète les livrets qu'écrit Richard ; les mythes ont rattrapé son couple entravé.

Le lendemain, ils luttent encore pour atteindre le Saint-Gothard, qui se dérobe sous la pluie et une brume glaciale. Ils ne peuvent rebrousser chemin, mais seulement monter encore et encore, surmonter l'effroi des gorges où rugit le glacier en fonte. Parfois, des roches se détachent des parois pour s'engloutir dans la crue. Ils retrouvent enfin Tribschen, se demandant comment ils ont survécu à ce cataclysme alpestre.

Le 14 octobre, Cosima affronte Munich et une ultime mise au point avec Hans. Richard écrit au roi et lui dévoile sa passion pour Cosi. L'aveu est suffisamment enrubanné pour ne pas choquer le royal innocent. Le 16 novembre 1868, tous les ponts sont rompus. Cosima franchit, une fois pour toutes, la porte de Tribschen avec Eva et Isolde, les enfants de Richard pas encore légitimées. Elle pose son unique valise dans la chambre verte, où la fille de Marie d'Agoult découvre des cahiers vierges destinés à devenir son journal intime. Avec une plume en argent.

*

Tous les fleuves mènent à Lucerne. Il suffit d'en remonter le cours pour se rendre à Tribschen, que ses hôtes, à l'écart du monde hostile, nomment « l'île des Bienheureux ». Un homme en canotier beige et costume de mi-saison se présente à la porte de la villa pour la Pentecôte 1869. Il a pris le Rhin à contre-courant depuis Bâle, suivi le cours de l'Aar et de la Reuss, ses affluents, jusqu'au lac des Quatre-Cantons ; il sait que sur ces rives réside le « fameux compositeur allemand Richard Wagner ».

Le pilote du vapeur desservant cette escale le présente en ces termes, comme s'il s'agissait d'un monument historique ou d'une curiosité naturelle. Aux non-mélomanes, il se fait un malin plaisir d'approfondir le thème sur un ton gourmand.

– Ce Wagner est l'auteur de *Tristan et Isolde*, un opéra dont le sujet continue de faire scandale. Il habite cette demeure avec son amie la baronne von Bülow, l'épouse du célèbre chef d'orchestre, et ses enfants.

Ces précisions suscitent un gloussement amusé.

Mais le jeune homme de vingt-quatre ans n'a pas pris le vapeur ; il n'est pas descendu au débarcadère ; il est venu par le sentier du lac, une promenade de trois kilomètres au travers des roselières où s'ébattent les aigrettes et les canards. Il a emprunté le raidillon qui se faufile parmi les agglomérats de sable et de galets antédiluviens. L'homme, curieux de tout, a distingué le fond de la vieille mer exhaussé par la poussée des Alpes granitiques. Puis il s'est enfoncé sous les arbres centenaires dont les racines épaisses bouleversent les fougères et les mousses. Par les trouées, il a aperçu le lac et son théâtre de montagnes où le sud et le nord se rejoignent ; le Saint-Gothard et le col de la Furka ; le Tessin et le massif du Rhône, les berceaux de l'esprit italien et du génie méridional. Le lac aux quatre fjords, ourlé de monts titanesques, est un carrefour où les cultures s'étreignent. Ici, tout est quiétude et l'on y respire le plein de l'univers.

« Sa plénitude, mais pas sa bonté, songe-t-il, car la nature n'est pas aimable pour nous autres homoncules.

Elle nous ignore. Et pourtant, chaque jour, ce monde nous fait le don d'une beauté sans laquelle je ne saurais vivre. »

Parvenu au sommet de Tribschen, le jeune professeur a deviné, derrière les hautes herbes, le toit massif, chapeauté de quatre faces très pentues pour se prémunir des neiges abondantes. Le voir accélère son pouls. La villa l'intimide, elle semble la tête d'un géant assoupi dans la verdure.

Il hésite devant le panneau mettant en garde le voyageur, car, de l'intérieur, lui parviennent les accords d'un piano furieux. Il gravit le perron et frappe. Vreneli ouvre la porte. L'homme au regard doux tend timidement sa carte de visite : Friedrich Nietzsche, puis s'en repart en direction du lac.

Vreneli avertit Wagner de cette visite. Le maître balaye l'annonce d'un revers de main et se remet au piano, agacé car l'interruption a suspendu sa concentration. Il en est à cet instant délicat où la difficulté ne tient pas à la nécessité d'avoir des idées, mais de canaliser leur afflux. L'énervement et l'inquiétude lui viennent du fait de devoir choisir et ordonner. Et surtout, il commence à avoir faim. Alors la curiosité l'emporte. De la fenêtre, il observe la silhouette qui a coupé à travers la prairie, les mains ouvertes pour caresser les herbes de mai. Ce geste fusionnel l'intrigue.

À cette heure, le lac est un puzzle de pastels bleus. Les premiers champignons des cumulus, annonciateurs d'un orage en fin de soirée, bourgeonnent vers Andermatt. Nietzsche s'assoit sur un banc et respire à pleins poumons. Ainsi donc, voici l'asile de Wagner. Il contemple ce paysage chaque jour, ce même air irrigue son esprit, ces sentiers accueillent ses pas.

Nietzsche vient allonger la liste de ceux que bouleverse sa musique nouvelle, et qui le font savoir. Friedrich a croisé le compositeur une première fois à Leipzig, chez le beau-frère de Wagner, Hermann Brockhaus, un spécialiste des doctrines hindoues et zoroastriennes. La personnalité du musicien l'a séduit. Il possède en lui une impétuosité, un appétit, une urgence qui, pour le plus grand nombre, surtout les superficiels, peuvent s'apparenter à de la mauvaise éducation, voire à de la grossièreté. Mais impossible de lui en tenir rigueur : sa conversation à l'érudition originale est un luxe qui fait pâlir les apparences et détruit la carapace du conventionnel. Wagner ne lui avait pas donné l'impression d'une baudruche pleine d'elle-même, ni d'être un nouveau riche de la pensée. Il est juste entier et ardent. En un temps aussi confit en bonnes manières que le leur, Richard semble une pierre curieuse taillée dans une matière fascinante : le génie.

Le jeune professeur, qui vient de s'y voir attribuer la chaire de philologie de l'université, s'ennuie à Bâle. Il sent gonfler en son être des aspirations grandioses qu'il cultive, avec son ami Jakob Burckhardt, en contemplant les flots tumultueux du Rhin depuis la terrasse de la cathédrale en grès rouge. Là, d'un coude puissant, le fleuve bifurque de l'ouest au nord pour se ruer en direction de la mer. Né dans les glaciers suisses, le flot possède cette vitalité dont on désire découvrir la source pour s'en abreuver. Ses eaux mêlent l'ardoise et le vert, elles sont l'image même du principe fondamental du monde, ce jeu éternel de la fin et du devenir, de la croissance et du passage, de la puissance et du terrassement.

Lorsque Nietzsche entendit le prélude de *Tristan*, ce même mouvement le bouleversa. Mais il fut aussi pris d'une grande colère. Musicien lui-même, Friedrich était jaloux qu'un autre incarnât avec une telle justesse sa propre quête. Il tenta de se déprendre de ce qu'il ressentait, mais toujours son oreille réclamait cette ivresse vénéneuse qui capturait ses sens. L'élémentaire et le cosmique, la puissance du génie et l'amour de la musique ont aimanté le philosophe vers ce toit de l'Europe, vers ces eaux, à présent étales, d'où surgit le courant matriciel dont Wagner lui paraît être l'éclusier.

« Homme, ouvre les yeux. Écoute ! Il est midi, l'heure d'être au monde », improvise intérieurement Nietzsche.

Tout en lui s'immobilise. Les merles et les pinsons, indifférents à ce nouvel animal qui se fait rocher, à cet être-plante, à ce monument de cellules silencieuses, picorent sans crainte. Un rat des champs lisse ses courtes moustaches à quelques centimètres de sa bottine. Deux oies cendrées s'approchent de la rive, se demandant si cela, assis, serait un pourvoyeur de nourriture.

Soudain une main se pose sur l'épaule du professeur. Vreneli est descendue l'inviter à souper, dès que le maître aura achevé son travail.

– Vers 19 heures, il vous ouvrira sa table. Herr Wagner se fait une joie de vous revoir. En attendant, promenez-vous. Je vous convie à emprunter la barque, ou à monter notre cheval, Grane.

Mais Nietzsche décline cette première invitation, retenu par une visite programmée à la chapelle de Guillaume Tell. Ce n'est que le lendemain qu'il partage la table avec Wagner, en compagnie d'un nouveau disciple musical, Hans Richter, et de la baronne, dont l'ample robe estompe un état avantageux.

La chère est copieuse, avec un imposant rôti de veau, rosé à point, une viande que Richard affectionne. Friedrich refuse les tranches qu'on lui sert.

– Merci, je ne prendrai que des légumes.

Cosima est intriguée.

– Cela ne vous convient pas, monsieur ? Seriez-vous souffrant ?

– Non, madame, mais depuis trois ans je ne mange plus de viande.

Wagner bougonne.

– Comme vos congénères professeurs, vous êtes de la race des lapins. Ils m'évoquent parfois cet animal, grignotant les livres comme des carottes, l'œil fixe et chassieux.

Derrière ses petites lunettes rondes, Nietzsche s'allume, facétieux.

– Chassieux, dites-vous ? Alors c'est qu'ils sont malades et que les lapins vont bientôt mourir.

Cosima, qui a souvent mal aux yeux, s'étouffe un brin.

– Si je ne mange plus de viande, c'est par choix. Cet aliment m'obscurcit la pensée. Végétarien, je me sens plus lucide. La chair cuite m'attire vers le bas, elle endort mon raisonnement. Peut-être est-ce la souffrance des animaux qui m'envahit et m'attriste, comme une sorte de vengeance post mortem de l'innocence assassinée.

Chez les Wagner, amoureux des bêtes, la remarque suscite un murmure approbateur.

– Je vous donne raison quant à la souffrance animale, terrible et injustifiée. Pourtant, Herr Nietzsche, c'est bien de viande que l'esprit créatif a besoin. De son énergie et de sa puissance. Refuser le sang, c'est nier la force. Et des esprits supérieurs comme les nôtres peuvent difficilement s'en priver.

– Siegfried n'aurait pu forger son épée s'il n'avait bu que du lait, s'amuse Cosima.

Suit un long silence. La tablée attend les arguments de Nietzsche, un hôte décidément bien intrigant.

– Après avoir entendu *Tristan* à Leipzig, je n'ai pu manger ni boire durant trois jours. Il n'y avait que le lait, justement, qui pouvait me sustenter.

– Vous voulez dire qu'après *Tristan* vous êtes revenu au monde tel un nouveau-né ? l'interroge Richter.

– Allons, Hans, l'interrompt Wagner. Je n'ai pas la prétention de posséder le pouvoir de vie et de mort. Je crée seulement de la musique.

– Votre musique... bégaye Nietzsche, votre musique est... superlative. Son énergie et sa beauté peuvent nourrir l'homme de demain, s'enthousiasme-t-il.

– Comme de la viande ? J'inventerais donc une sorte d'eucharistie sonore ? s'amuse Richard. Jeune homme, vous voulez me suborner ! Je ne cherche pas d'idolâtres, et d'ailleurs je n'en ai jamais voulu. En revanche, un public...

– Mais il vient à vous, ce public, cher Wagner. Regardez le succès des *Maîtres*, et votre renommée qui va croissant.

– Le public, voyez-vous, c'est le monde, on ne le critique pas, on le prend tel qu'il est. Et lorsqu'il est au rendez-vous, c'est merveilleux. Les artistes sont les seuls vrais responsables du succès. Ils peuvent s'emparer du public ; ils peuvent affiner son goût en flattant son attirance pour les amusements. Il faut que quelque chose vive sur un théâtre. Quand des gens font des culbutes sur la scène, les spectateurs rient. C'est bien plus sain que ce que proposent ces idiots de chefs et de metteurs en scène. Ceux-là ne savent pas que, lorsque la Reine de la Nuit apparaît, la nuit doit se faire sur la scène et les lumières être diminuées, et non le contraire, ou je ne sais quelle autre turpitude égocentrique. C'est comme dans une église, quand il se passe ce qui doit s'y passer, ce qui est fort rare. À cet instant, une âme échappe aux contraintes mesquines et s'élève au-dessus de ses propres misères pour reconnaître la douleur du monde. Eh bien, au théâtre, c'est le même phénomène qui doit se produire. Le public s'élève lui-même, porté par sa soif de jouissances et la qualité des artistes.

– Encore faut-il un répertoire intéressant et des chefs d'orchestre valables, déclare Cosima. Notre Hans Richter, que voici, est de la race des von Bülow, un chef exceptionnel.

L'intéressé rougit.

– Tout à fait, ma chère, renchérit Wagner. Là aussi, Herr Nietzsche, des réformes sont obligatoires. D'ailleurs, vous qui êtes souvent au concert, que pensez-vous de ce que vous entendez ?

La moue du professeur parle pour lui. Il ne ressent que dégoût et fatigue.

– Eh oui, vous le montrez fort bien ! De nos jours, la mesure, battue au métronome, gâche tout. Les représentations d'opéra sont plongées dans une sorte de somnolence mécanique. Résultat, les chanteurs restent en état de veille, et le public, abruti, s'endort. Mais j'ai l'ambition de bouleverser tout cela dans le théâtre que je veux bâtir.

Un brusque mouvement du fœtus dérange Cosi. Elle quitte la table. Les trois hommes se lèvent et vont se regrouper autour du Érard.

Richard, ravi de trouver en Nietzsche un auditeur exigeant, veut lui faire entendre le premier acte de son *Siegfried*. Richter se met au piano. Wagner interprète tous les rôles : le héros juvénile ; Mime, le nain fallacieux ; Wotan le Voyageur. Il sort à cette occasion son chapeau de brigand ; il grimpe sur un fauteuil pour incarner le dieu ; il se courbe et joue le nabot ; il tape avec un couteau sur la cheminée en faisant mine de forger l'épée.

Friedrich est époustouflé par sa faconde. Wagner est un histrion qui descend du piédestal de l'artiste et se transforme en un être intempestif, tour à tour amusant et émouvant, prolixe et inquiétant. En l'écoutant, en le regardant, Friedrich entrevoit le long vouloir de cet homme qui, depuis vingt ans, n'a eu d'autre souci que sa vocation et la maturation de son art. Il possède cet orgueil inouï de l'artiste isolé cherchant à se dresser au-dessus de l'humanité pour y laisser sa marque. L'artiste est un surhomme, et Wagner, l'incarnation de cette conscience.

Dans le salon de musique, Richard a accroché les portraits de Goethe, de Schiller et de Beethoven. Face au piano, il y a aussi une aquarelle de Bonaventura Genelli représentant *Dionysos entouré des Muses*. Nietzsche en est frappé. Wagner ne peut pas savoir que le professeur s'interroge en ce moment sur les racines de la tragédie grecque. Coïncidence ? Instinct ? Friedrich se promet d'en reparler lors d'une prochaine visite. Ce qui ne manque pas de se produire.

Revenu à Bâle, ému par la simplicité enthousiaste du foyer Wagner, le professeur y a été précédé par un mot de Cosima :

> *Vous êtes de la maison. Richard se joint à moi pour vous y convier quand vous le désirerez. Notre porte vous est ouverte ; l'écriteau, à l'entrée, ne dissuade que les âmes mortes.*

Wagner a contresigné d'un visage souriant formé de deux points et d'une parenthèse.

*

Vaste est la villa Tribschen, mais restreintes sont ses chambres et exigus ses couloirs. Même entre soi, en exil du monde, les convenances du siècle s'immiscent dans le couple, y jetant leur vinaigre. Au neuvième mois de grossesse, une querelle naît.

Le premier étage comprend une chambre pour les enfants, une pour Cosi et celle de Richard. Le maître, voulant satisfaire au confort de la bien-aimée, les a voulues contiguës. Mais cette proximité des fillettes gêne leur mère. Son intimité avec cet homme qui n'est, au regard du monde, qu'un ami très proche de « maman » s'avère dérangeante. La petite Isolde appelle toujours Hans « papa », et Eva, du haut de ses quatre ans, pose des questions désarmantes lorsque le chef d'orchestre pleure en l'embrassant.

En prévision du futur accouchement, Richard a fait aménager sa propre chambre pour la bonne d'enfant. Il s'est installé au rez-de-chaussée. Mais Cosima refuse d'accoucher près de ses filles. Ses cris pourraient les traumatiser. Où enfanter ? Richard ne sait plus comment la contenter et elle se désespère de peiner sa bonne volonté. Ils se boudent et s'excusent, se piquent et se plaignent. L'un et l'autre sont en errance de pièce en pièce lorsque le professeur Nietzsche est annoncé. Cosi l'accueille comme dans un brouillard.

Des contractions se déclarent durant l'acte II de *Siegfried*, dont Friedrich tourne avec émotion les pages manuscrites, conscient d'être l'un des premiers à entendre cette musique sous les doigts de Richard. Après dîner, Cosima se retire à l'étage. Les chairs rosées de Dionysos, couronné de cette vigne proliférante par laquelle le dieu orgiaque marque sa puissance ; les cuisses alanguies des Muses, plus vraisemblables en filles de bordel qu'en vierges de la connaissance ; l'œuvre de Genelli produit un drôle d'effet dans ce salon chamarré.

Richard, désireux d'un avis critique, laisse se dissoudre les murmures de la forêt enchantée. Visiblement, l'attention de Nietzsche est ailleurs.

– Vous aimez ce tableau, mon ami…

– Je n'apprécie pas sa facture, mais le sujet me passionne. Que l'artiste ait choisi de placer Dionysos près des Muses, plutôt qu'Apollon, me conforte dans l'intuition que ce dieu a été le premier pour les Grecs. Du moins en ce qui concerne la naissance de leur art théâtral.

– Dites-m'en plus. C'est vous, le spécialiste de la littérature grecque.

– Oh… Je vous le répète, c'est une intuition plus qu'une certitude, mais je m'efforcerai de rendre cela plus clair dans un ouvrage à venir. Je sens qu'avant le règne apollinien de la lumière et de la raison, il y en eut un autre, immense et sauvage, fascinant et ténébreux. Sa masse sombre entoure la lumière de la raison comme le vide sidéral englobe la solitude du soleil. La naissance de la tragédie est un accouchement extraordinaire de la civilisation. J'imagine que ce beau sentiment du sacré que possédaient les Grecs se révélait dans toute sa profondeur à ceux qui assistaient aux représentations de *L'Orestie* d'Eschyle. Elles devaient débuter dans la clarté du jour avec *Agamemnon* et les Érynies châtiant les erreurs humaines, les crimes et les désirs. L'après-midi était consacré à l'Électre des *Choéphores*, à la vengeance, à l'expiation et au châtiment. Et le soir descendait sur *Les Euménides*, l'heure du pardon et de la nouvelle alliance politique. Ce qui avait commencé à l'aube s'achevait dans la nuit. Richard, fermez les yeux et voyez, formés en cortèges aux flambeaux, les jeunes gens accompagnant les démons vengeurs, enfin apaisés, vers leur repos nocturne. Le sens sacré de la nuit engendrait l'allégresse joueuse. Voici, à la lueur des torches, les taquineries des satyres et des faunes, les jeux des illusions et de l'effroi. C'est ainsi que le monde se débarrassait du tragique qui pesait sur lui : en jonglant. La paix devenait alors possible. Les Grecs jouaient cela à l'approche du solstice d'été, en des journées pareilles à celles que nous connaissons, alors que le soleil de juin mange presque toutes les heures de la nuit.

– Ce que vous dites est frappant ! J'ai toujours lu *L'Orestie* en l'imaginant de la sorte. Cette œuvre dans sa totalité est au-delà du théâtre. Il s'agit de mythes donnés aux peuples grecs afin de célébrer leur identité commune. À Athènes, le théâtre de Dionysos n'est-il pas construit au pied du Parthénon ? Mais, professeur, dites-moi, où donc placez-vous la musique dans votre tableau, pour moi inouï et cependant familier ?

– À l'origine de tout. Elle existe avant la confusion babylonienne des langues et la tour de Babel. Elle me paraît le seul art capable de surmonter l'anarchie des langues. Elle était originelle, elle reste aujourd'hui universelle. La musique est le soubassement du mythe, elle est l'unité du vivant dans sa complexité et son incessante transformation. Elle contient la danse du monde et le souffle de l'esprit.

– Un flot, une mer, un lac...

– Pensez-vous, mon cher Richard, que le hasard seul vous ait indiqué le site de Tribschen ? N'y a-t-il pas, au cœur de votre art, une strate aquatique, un océan primordial ? Pour moi, le mystère ultime de l'homme réside dans la nature de la musique. C'est ce que je voudrais démontrer. Vous nous le faites déjà sentir dans votre mélodie infinie où il n'y a plus de césures, mais un enfantement perpétuel des sons.

La fusion de ces intellects leur ferait presque oublier Cosi, retirée près de ses filles, bon gré mal gré. Ses contractions se sont apaisées, elle s'est assoupie. Les craquements de l'escalier, les pas de Nietzsche montant vers sa chambre, au deuxième étage, et la voix de Richard la tirent du sommeil. Il passe une tête anxieuse, elle le rassure d'un sourire, elle en est à son cinquième enfant et commence à se connaître. Richard accompagne le professeur jusqu'à sa porte.

Cosi a mis sur ses épaules la robe de chambre du maître, jaune safran, la couleur des journées de création en *sol* majeur. Sans réclamer d'aide, elle prend matelas et couette et descend au salon de musique. La fille de Liszt a décidé d'enfanter là où veillent Dionysos et les grands

Allemands. Richard, redescendu, s'en émeut, mais rien ne saurait faire plier cette femme impérieuse dont le deuxième enfant naquit dans l'indifférence générale, sur un tapis. Cosima veut accoucher à proximité du piano. Elle désire imposer le travail de ses entrailles et les liquides de sa matrice à l'autel sacré. Dans le salon, elle se sait aussi éloignée des oreilles de ses filles et de son invité.

Vreneli est à son chevet, avec les bassines et le linge propre. La fidèle a installé le matelas sur un sommier de fortune. La délivrance vient brusquement. Cosima serre les dents pour ne pas crier, un bâton entre les mâchoires. Le souffle et la sueur de la parturiente emplissent la pièce, se mêlant aux odeurs de cigare, de liqueur et de papier. Cosi, haletante, demande que l'on ouvre les fenêtres.

Quatre heures du matin sonnent à la pendule. L'aube du 6 juin transpire sur le lac une brume rosée. Wagner, chassé de multiples fois par Vreneli, revient sans cesse à ses côtés. Sur son front humide, semblable au ventre de Cosi, les veines sont gonflées. Il lui tient la main quand l'enfant se présente, fermant les yeux sur ce suprême instant de vie ou de mort. Le noir descend en son esprit, il revoit cette nuit de terreur sur le Tessin, neuf mois plus tôt, lorsqu'ils s'étaient aimés dans l'auberge du chaos, tous deux si semblables à Siegmund et Sieglinde.

Le bébé hurle puissamment, sorte de ténor miniature.

– C'est un garçon ! s'exclame Vreneli.

Cosima s'évanouit. Un rayon de lumière frappe le mur où est accroché son petit portrait. Recouvert d'une plaque de verre, enchâssée dans un cadre d'or, il flambe tel un reliquaire les jours de fête. C'est l'effet du soleil qui se lève à cet instant au-dessus du mont Rigi. Des rafales de photons rugissent sur le lac, enflammant ses vagues. Au loin tintent les premières cloches de Lucerne ; Siegfried Wagner vient de voir le jour.

*

Richard baise les pieds de la parturiente, qui ouvre les yeux, heureuse, allégée. Il a posé sur son ventre une feuille où figure un arpège. La musique sera jouée par les harpes et les violons dans l'extrême aigu.

– Vois, ceci est le réveil de Brünnhilde, son retour au monde après le long sommeil imposé par son père Wotan. Siegfried vient d'éveiller la vierge. Je t'ai observée et tu m'as inspiré. Ces notes figurent très exactement la courbe de tes doigts quand tu rêves. Parfois, tu agites ta main en l'air, tel un oiseau silencieux. Notre Siegfried te doit tout. Tu seras à jamais dans l'opéra qui porte son nom. Je ne te remercierai jamais assez pour ce fils !

Siegfried est la deuxième journée de *L'Anneau du Nibelung*, troisième œuvre de ce cycle du *Ring* débutant par un prologue intitulé *L'Or du Rhin*. La gestation de l'ensemble dure depuis 1850, lorsque, chassé de Dresde, le révolutionnaire exilé mit en vers les légendes nordiques grappillées durant ses lectures. Entrelacs très personnel des *Eddas* islandaises et de la geste médiévale allemande, Richard en a d'abord conçu le poème. La musique a ensuite surgi à rythme discontinu, interrompue par l'épisode *Tristan* et le poème de *Parsifal* ; par la vision subite des *Vainqueurs*, un drame bouddhique, et l'écriture des *Maîtres chanteurs*, parenthèse comique dans un corpus tragique et sombre.

Juste avant cet arpège, Siegfried, le fils d'un couple incestueux, a ôté l'armure de Brünnhilde, la Walkyrie déchue de ses pouvoirs par Wotan pour avoir défendu Siegmund, le père de Siegfried, contre la volonté destructrice du dieu. Elle a ensuite caché Sieglinde, enceinte, dans une forêt impénétrable.

Richard a peu dormi, mais il fait bon visage à Friedrich lors du déjeuner. La discussion porte tout naturellement sur Siegfried, héros du jour à plus d'un titre.

– Mon cher Wagner, je ne comprends pas. Votre Brünnhilde pourrait être la tante de Siegfried. En effet, si la Walkyrie est la fille de Wotan et que Siegfried est le petit-fils du Dieu, cette union de la vierge guerrière et du héros me paraît des plus perverses. Vous ne lésinez guère sur l'inceste.

– J'ai conscience que mes créatures sont hors de toute morale. Et cependant j'en fais le couple rédempteur qui sauvera l'humanité du joug des dieux. Je ne m'embarrasse pas de préjugés à ce propos. Nous sommes dans le mythe. Je ne vous apprendrai pas vos légendes grecques. L'amour intrafamilial règne au plus haut des cieux. Zeus épouse Héra, sa sœur...

– Romanisé en Jupiter et Junon, cet exemple céleste a permis aux empereurs de pratiquer l'inceste en toute liberté, je ne l'ignore pas. Mais quelle est votre ambition en élaborant tout ceci ?

– Composer *L'Orestie* dont l'Allemagne a besoin, tout simplement.

Nietzsche reste sans voix. Ce fou au regard pénétrant, aux robes de chambre si originales, est le représentant d'une génération intrépide qui a tourné le dos à toutes les doctrines débilitantes de l'optimisme béat. Il a choisi de vivre résolument une existence pleine et entière, hors du bien et du mal. Il a connu la peur et le désenchantement et rien ne l'a dévié de sa voie. Il écrit son œuvre et l'incarne dans son existence.

– Ce à quoi je viens d'assister, songe Nietzsche, ce qui est arrivé entre ces murs, ce matin à l'aube, est un moment sacré. Le spirituel a ici rejoint l'existant. La Volonté s'est littéralement incarnée.

Richard interrompt ses pensées.

– À vous, le philologue, je tiens à poser une question. Je viens d'employer successivement les termes de « légende », puis de « mythe », en prenant l'un pour l'autre, à dessein. Quelle définition donnez-vous au terme « mythe » ? Cela me taraude depuis longtemps...

– La légende est un récit magique alors que le mythe est une tentative religieuse pour entrer en conversation avec l'univers. Pour les Anciens, les processus naturels ont une signification. *La Théogonie* d'Hésiode fut l'un de ces premiers essais.

– Avec quelle puissance !

– Ces forces expriment la volonté élémentaire du cosmos.

– Schopenhauer ne pensait pas autrement.

– Elles sont au-delà de l'éthique. C'est un pur vouloir qui n'est pas troublé par l'intellect ou la raison.

– Et nous avons le devoir, nous autres artistes, d'enchanter notre monde asséché par la technique et l'économie ; par l'asservissement des hommes à l'industrie et au profit... Le capitalisme déshonore l'art. Cet esclavage le rabaisse à n'être qu'un divertissement pour les masses et une réjouissance de luxe pour les riches. L'originalité superficielle prime. De nos jours, elle seule attire la considération. La corruption de la société a anémié l'œuvre. Venez, suivez-moi.

Richard le conduit dans une galerie tendue de velours violet où sont exposées des statuettes de marbre. Nietzsche reconnaît les héros wagnériens ; Tannhäuser et sa lyre glorifiant Vénus ; Lohengrin et son cygne venant défendre l'innocence bafouée par le mensonge ; Tristan ; Walther des *Maîtres chanteurs*, le chantre du nouvel art allemand ; enfin Siegfried tenant entre ses doigts l'anneau fatidique. Il a devant lui toute la progression mythologique de l'œuvre wagnérienne, statufiée à l'antique et avec mauvais goût.

– Moches, j'en conviens ! Mais ce ne sont là que de stupides artefacts. Voyez-vous, je ne désire pas créer de la beauté qui soit un ornement. L'art est au sommet de la vie. Il est plus puissant et plus important que la religion. Par mon art, l'humain sera, demain, régénéré, voire rédimé. Ces héros, *mes* héros, sont les premières étapes sur cette voie nouvelle.

– Rédimé ? Vous employez là un terme messianique ! Je ne suis pas sûr de goûter ce religieux que vous exprimez en ce moment...

– Ne vous méprenez pas. Il s'agit plutôt, dans ma bouche, d'un terme révolutionnaire. Jésus fut un révolté. Je crois que, sans révolution sociale, l'art ne pourra pas retrouver sa véritable fonction, celle des Anciens. Cependant, l'artiste contemporain n'a pas à attendre que la révolution se déclenche. Il a déjà commencé à libérer l'homme par son travail. Le but suprême de l'humanité, c'est le beau. L'artiste est déjà un être libre. Il est, par essence, révolutionnaire. Mais le lieu adéquat manque pour accomplir ce mouvement nouveau.

– Vous êtes déjà joué dans de nombreux théâtres, vous trouvez un écho parmi les jeunes générations. Moi-même...

– C'est insuffisant ! s'emporte le vieux lion. Le drame musical dont je rêve ne saurait être produit dans les théâtres actuels. Il faut un nouvel espace qui concentre l'attention du spectateur et le plonge dans la solennité de l'œuvre. Comme les représentations d'Athènes ou d'Épidaure que nous évoquions, je pense que les spectateurs doivent être rassemblés pour quelques jours sur un site choisi. Un temps commun doit être créé afin d'inventer une vie dévouée à l'art, libre et belle. De plus, l'entrée de ces spectacles doit être gratuite. Il est du devoir de l'État et des mécènes d'honorer la puissance artistique par des dons et des subventions. Un tel lieu, au bord du Rhin, ce serait magnifique...

– Puisse-t-il voir le jour le plus rapidement possible !

– Hélas, mon ami, le verrai-je de mon vivant ? Aujourd'hui, il n'existe pas d'État allemand ayant ce pouvoir. Quant aux princes qui se partagent notre territoire germanique, je les méprise et ils me le rendent plutôt bien.

– Mais le roi de Bavière...

– Certes, certes... S'il prenait parti, ne serait-ce qu'un peu, il soutiendrait mon entreprise, mais en ce moment je suis terriblement inquiet sur son sort. Savez-vous qu'il a commandé un carrosse pour vingt mille florins, orné de six tableaux empruntés à la Bible ? Ses paysans sont en colère, car il fait dorer et meubler chacun de ses relais de chasse en faux Louis XIV. Je crains que nous ne recevions bientôt de Munich la nouvelle soudaine de sa mort, ou d'une crise de folie. C'est très angoissant. Siegfried serait alors sans toit ni pain. Ah, dépendre de ce roi est parfois bien avilissant...

*

Les artistes connaissent des fulgurations, des anticipations d'événements. Peut-être est-ce dû à une sensibilité exacerbée, au travail incessant d'un esprit qui aiguise ses capteurs comme l'insecte caresse ses antennes, les lubrifie et les électrise.

La tribu wagnérienne, Richard, Cosi et ses quatre filles, les deux aînées ayant rejoint leur mère pour l'été, se lance à l'assaut du Pilate en juillet 1870. Richard leur a transmis sa passion pour les hauts sommets. Malgré la rouille de la sédentarité, le corps s'allège et l'esprit se détend dès que l'altitude augmente et que l'air se purifie. Cette excursion renvoie Richard des années en arrière, quand il partit tout un été dans les Alpes. Cette fois-ci, l'ascension est de proximité. En s'élevant au-dessus du lac, jamais il ne quitte des yeux la presqu'île de Tribschen et les maisons de poupée de Lucerne. Mais, indubitablement, c'est le domaine des dieux qui s'ouvre sur ces pentes où la végétation arbustive disparaît.

Au-delà des sentiers étroits, les myrtilles, les chardons d'altitude et les fleurs, serrées en dômes pour garder la chaleur, composent un environnement qui ignore l'humain et ne s'offre à l'animal que durant les brefs mois d'estive. Parfois, le regard surprend un tétras ou un lièvre avec son brun pelage d'été. Mais, l'hiver venu, la blancheur régnera partout et nul n'habitera ici, sauf ces dieux anciens dont Richard est en train d'imaginer la fin dans la troisième journée du *Ring* : *Le Tribunal des dieux*. Il hésite encore quant au titre : sera-ce *Le Jugement*, *Le Tribunal* ou bien *Le Crépuscule* ?

Pour Cosi, tout empreinte de l'œuvre, les dents du Pilate, la mystérieuse alchimie de l'air, ici, à 2 132 mètres d'altitude, si proche de la mécanique des nuages, le calme ponctué par le taffetas du vent, les cris des choucas ou le grondement lointain d'une cascade invisible : tout la renvoie à la deuxième scène de *L'Or du Rhin*. Par un effet encore inconnu à l'opéra, Richard fait succéder, au vol de l'or par le nain Alberich, des hauteurs éthérées où Wotan et Fricka observent, dans l'assemblée des nuages, l'achèvement des tours du céleste palais, le Walhalla que bâtissent les géants.

Quelle magie Richard n'accomplit-il pas en deux minutes vingt-trois ? Elle l'a chronométré. Quelle science extraordinaire que la musique, le seul art à ramasser le temps, à l'allonger ou à le resserrer dans une poignée de secondes selon ce que commande la mesure ! Mais ces interludes, où Wagner feuillette si hardiment les paysages, quel metteur en scène saura visualiser leur pouvoir d'évocation ?

Cosima, en queue des promeneuses, réfléchit au début de l'œuvre ; Richard, à leur tête, anticipe la fin. Le mythe du *Ring* dont il a dévoilé la quintessence à Nietzsche le jour de la naissance de Siegfried ; la fondation cellulaire, dans le corps de la femme, de cette vision du surhomme que le philosophe, ébloui, s'est empressé de noter dans ses carnets ; cette histoire de vingt ans trouve son achèvement sur les cimes de la Suisse.

Les dieux doivent mourir. Les dominants ont péché contre l'homme et la nature. Les divinités que Wagner a inventées : Wotan, le père ; Fricka, son épouse, garante de l'ordre matrimonial et de l'enfantement ; Donner, le dieu du tonnerre et des nuées ; Froh, la divinité de l'arc-en-ciel et de la pluie ; la bienfaisante Freia, déesse du printemps, tous sont coupables. L'avidité du pouvoir absolu, les traités passés avec le vivant, reniés les uns après les autres, cette somme néfaste doit être portée au débit des puissants.

Ils ont bafoué la création comme les industriels et les banquiers salissent, là en bas, la terre. Boues toxiques dans le Rhin sacré, campagne excoriée par les mines, hommes opprimés par l'industrie féroce, enfants mis en esclavage dès leur dixième année, femmes harassées de couches, prolétariat lobotomisé par le gin, la gnôle ou le schnaps : ces conséquences de la révolution industrielle qu'il a vue en œuvre à Londres, Paris, Cologne, partout où il s'est fait le messager de Beethoven et de Schumann, ces éleveurs d'âmes, pour amuser les bourgeois indifférents ; chacune des plaies que l'homme inflige à l'homme par sa volonté négative, tout cela doit être cautérisé.

Un seul dieu, dans sa genèse, est capable d'opérer la guérison. C'est Loge, l'esprit du feu, le Lokki pervers des théologies nordiques. Il est la maligne et l'industrieuse flamme, la connaissance et la destruction, il est primordial comme l'eau, le vent, et cette terre que Wagner foule en compagnie des fillettes, veillées par la longiligne silhouette de Cosima, en velours mauve et coton blanc. Loge, il le sait, n'est que la métaphore de Bakounine, son ami anarchiste perdu de vue depuis les journées révolutionnaires de 1849. *L'Anneau du Nibelung* sera le procès de leur siècle, la mise en musique de leur époque, cette forme nouvelle élèvera le public bien mieux que d'édifiants discours. *Le Tribunal des dieux* où les maîtres du monde passeront en jugement sera son œuvre majeure, la somme de tout, *L'Orestie* et *La Théogonie* de l'Allemagne à venir.

> *L'art revient à ses racines grecques. Les forces chtoniennes du monde se sont assemblées à Lucerne. Le vouloir du monde originel est en mouvement. Le dieu ancien, avec ses cistres et ses ménades, accourt ensemencer le monde de beauté et de ferveur. Mes amis, la musique de Wagner est le murmure refondateur de notre siècle.*

Voilà ce qu'écrit l'enthousiaste. Friedrich est persuadé d'avoir trouvé le Dionysos de son temps, et Wagner n'est pas peu flatté de se voir considéré de la sorte. À Bâle, le professeur extrait de la bibliothèque universitaire les études les plus récentes concernant les religions de la Grèce archaïque.

*

Il faut redescendre dans la vallée des hommes. Les Wagner doivent retrouver des hôtes français pour le souper. Il s'agit d'un groupe d'idolâtres parisiens constitué du graphomane Villiers de L'Isle-Adam, des musiciens Camille Saint-Saëns et Henri Duparc, de Catulle Mendès et de son épouse Judith Gautier, la fille du célèbre poète Théophile Gautier. Ils ont choisi l'été 1870 pour effectuer un pèlerinage esthétique en Allemagne. Ils ont voulu assister, à Munich, aux représentations des opéras du maître. En France, on ne les joue que par bribes, aux concerts Pasdeloup, où l'on se déchire pour ou contre la musique de l'avenir.

Judith, la plus hardie parmi cette troupe de fervents qui paient leur séjour en télégraphiant des articles aux revues parisiennes, avait envoyé une lettre enflammée à Richard. Il lui avait répondu en les conviant tous à Lucerne, leur louant des chambres à l'hôtel du Lac. Il les avait attendus sur le quai de la gare, son chapeau de Wotan sur la tête. Wagner était vraiment cet excentrique dont bien des touristes anglais voulaient visiter le domaine.

Richard avait eu des égards immédiats pour la brune flamboyante.

– C'est un bien noble sentiment qui nous lie, madame..., lui avait-il glissé en prenant son bras.

Elle avait fait mine de comprendre qu'il s'agissait de musique.

Les Français trouvèrent Richard rageur quand ils évoquèrent *L'Or du Rhin* et *La Walkyrie* applaudis au *Hoftheater*. Car, à sa grande colère, c'est sans son consentement, et dans des circonstances artistiques proches du grand guignol, s'il faut en croire les comptes rendus railleurs des journaux, que Perfall a monté les deux premières journées du *Ring*. Le directeur de l'opéra a transformé son épopée en une ridicule chronique mythico-médiévale afin de discréditer encore le favori. Mais il s'insurge en vain. N'a-t-il pas vendu ses œuvres au roi son mécène ? Et, sans lui, comment continuer de payer Tribschen, son asile, et cette quiétude où il achève le *Ring* ?

– C'était hideux, une vraie quincaillerie, asséna Villiers.

– Musique sublime, n'étaient ces rochers de carton pâte et ces perruques en algues pour les Filles du Rhin.

J'en pouffe encore, s'amusait Judith en partant d'un rire sonore.

– Ah, Wotan, quand serai-je le maître de ma création et le seul ordonnateur de mon théâtre ? Quelle révolution faut-il pour cela ? s'énervait Richard en écoutant leurs pépiements mondains.

– Nous qui espérions apercevoir le si romanesque jeune roi du Tyrol. Mais il était malade. Fort heureusement, nous vous rencontrons, mon bien cher maître !

Saint-Saëns le courtisait indûment.

L'annonce, par le Français, de cette information qu'il ignorait avait tempéré son désarroi. Par égard pour Wagner, Nietzsche a boudé Munich. Il n'avait donc rien pu communiquer de précis à ce sujet. Louis II, enfermé dans une pièce éclairée de soixante bougies, dormant le jour, vivant la nuit et soutenu par des médicaments appropriés, s'était rendu incapable d'assister aux représentations. Sa colère de créateur frustré avait donc été entendue par des instances supérieures.

*

Depuis une semaine, Richard les convie à sa table pour de folles soirées de charades, de musique, de théâtre improvisé. La journée, les dames se baignent au lac tandis que les messieurs fument le cigare en buvant de la bière sous la tonnelle. Loin de tout, liés par la musique et l'amour de l'art, ils en ont fini par oublier le reste de l'Europe. La déclaration de guerre entre la Prusse et la France les rattrape soudain au cœur de l'été.

– Toujours pour des raisons stupides, s'insurge Richard. La guerre pour des problèmes dynastiques avec l'Espagne, comme du temps de Louis XIV ! Ah, n'évoluerons-nous jamais ? Quand donc est-ce que les peuples, fascinés par la pompe monarchique et les caprices de ces cancrelats qui s'imaginent indispensables à l'unité d'une nation, alors qu'ils n'en sont que les parasites malfaisants, cesseront-ils de leur obéir ? Quand donc les nations prendront-elles leur destin en main ? Une nouvelle fois, nous revenons en arrière. Votre France, oublieuse de ses idéaux révolutionnaires, va saigner par la faute de son empereur et de son entourage de Juifs affairistes !

Les Français apprécient diversement cette tirade. Catulle et Judith ont le rire jaune. Saint-Saëns, chantre de la musique de l'avenir, plonge le nez dans son verre. Henri Duparc, né lorsque Wagner montait sur les barricades de Dresde, se sent plus neurasthénique qu'à son habitude. Richard continue :

– Ce qu'il y a de caractéristique avec vous autres Français, manipulés par Napoléon le Petit, c'est que vous ne tenez jamais parole. Lorsqu'on doit vous le rappeler, il faut que nous entrions en guerre !

Le champagne, envoyé de Paris par caisses entières, un cadeau de Chandon, admirateur de Wagner, a un goût soudainement équivoque. Cosima est déchirée. Émile Ollivier, son ancien beau-frère et l'actuel chef du gouvernement français, a voté la guerre d'un cœur léger. Où sont les torts, où est la raison ?

Richard, pris de boisson, continue de railler cette France avec laquelle il a de vieux contentieux. Il rappelle qu'une majeure partie de l'Europe, y compris l'Internationale socialiste, espère la chute de ce parvenu de Napoléon III. Les Français rétorquent en gaussant Bismarck et l'esprit va-t-en-guerre de l'Allemand. On se déchire sur l'Alsace et la Lorraine, pour se rendre vite compte que ces provinces, laminées par trop de conflits passés, sont plutôt des creusets où les civilisations se sont toujours bonifiées l'une l'autre.

Chacun sent tout à coup, et contre sa volonté, à quel camp il appartient. Personne ne peut s'abstraire d'un ensemble dont il fait partie. L'annonce du conflit voit remonter tout ce qui est mauvais : le militarisme, le nationalisme, le patriotisme et les vieilles rancœurs ; ces opinions tenaces et passéistes que, entre êtres ultra-civilisés, on pensait avoir surmontées.

– La guerre nous renvoie à ce qu'il y a de plus laid en nous, soupire Saint-Saëns.

– On en revient à l'âge de pierre, à la savane, aux temps obscurs de l'homme, dit Catulle.

– Mais la gloire et les batailles ? demande Judith.

– Il n'y a rien de beau là-dedans. La guerre n'est esthétique qu'en temps de paix, assure Richard. Mes amis, pardonnez-moi mes saillies politiques. Ouvrons plutôt une nouvelle bouteille. Trouvons-lui la saveur d'hier, celle de la fraternité des peuples.

– La guerre est un poison qui se respire. Pour le contrer, faisons de la musique, glapit Duparc.

Richard et Hans Richter se mettent au piano pour interpréter la transcription à quatre mains, par Franz Liszt, de la *Pastorale* et de l'*Héroïque* de Beethoven. Judith et Cosi se retirent au boudoir. La baronne traduit de l'allemand en français *Damayanti* et *Nala*, deux chants des *Mahabharata* que Judith prend en note.

*

Mais le culte des beaux-arts n'apaise qu'un temps ces cœurs agités par quelque chose qui ne saurait s'exprimer, et où chacun dépose ses désirs et ses espoirs enfouis. Les Français repartent plus tôt que prévu, les hommes voulant s'engager. Toute une culture, râpée jusqu'à la corde, se précipite dans les bras du démon militaire. Friedrich, que son professorat de Bâle a fait suisse, rejoint la terre germanique pour combattre. Si la guerre est la ruine de la civilisation, ne serait-elle pas aussi le commencement de sa rédemption ?

Il est nommé infirmier. Cosima, effrayée, le supplie d'envoyer au front des cigares plutôt que sa propre personne. Rien n'y fait. Attaché au service sanitaire bavarois de la IIIe armée, il voyage dans les fourgons de marchandises. L'odeur des cadavres, sur le champ de bataille de Woerth, lui provoque des nausées épouvantables. La riante Alsace n'est que ruines et cendres. À Goersdorf, Langensoultzbach, Soultz-sous-Forêt,

Nietzsche est assailli par le vouloir aveugle de l'homme contre l'homme. Après une première dysenterie, il attrape la diphtérie. La Haine, la Vengeance et l'Implacable, les déités vengeresses de la tragédie ne sont plus des mots, elles s'incarnent dans le sang, la chair en bouillie, les viscères répandus. Strasbourg bombardé illumine ses nuits de fièvre. La culture rhénane part en loques.

À Tribschen, Cosima fait de la charpie dans ce même boudoir où elle lisait les épopées hindoues avec Judith. Elles échangent à présent des lettres où l'incompréhension grandit à chaque bataille. Quarante mille Allemands sont expulsés de Paris, triomphe la Française. Cosi lui répond que les Alsaciens, fanatisés par le clergé, tirent sur les Allemands blessés. Les femmes de Mulhouse versent de l'eau bouillante sur la tête des Prussiens, et les gamins de quatorze ans leur crèvent les yeux.

Richard exulte :

– J'espère que Paris, cette femme entretenue du monde, sera brûlée. Ce serait, pour tous, le symbole de la délivrance du mal. Les prières des citoyens de Lutèce bombardé doivent ressembler à un air de *Norma* joué sur un vieil orgue de Barbarie. Les Allemands sont portés par leur destin, alors que les Français ne sont qu'entraînés par lui.

Et il écrit à Bismarck pour le prier de détruire la ville à coups de canon.

Dans cette atmosphère empuantie, le divorce des von Bülow est enfin prononcé. Siegfried, dans la forteresse de son landau, applaudit de ses petites mains.

*

Cosima épouse enfin Richard en l'église réformée Saint-Matthieu, juste derrière l'hôtel *Schweizerhof*. La date a été volontairement choisie : le 25 août 1870, jour de la Saint-Louis et anniversaire du roi des Bavarois. L'union réprouvée, enfouie, se noue au grand jour.

Il n'y a guère plus française que Cosima, dont l'ancêtre, un Flavigny, servit Henri IV durant les guerres de religion. Sur les visages de ses filles Blandine et Daniela, qui l'accompagnent à l'autel, Cosima peut lire son histoire tragique, répétée de prénom en prénom. Des enfants de Marie d'Agoult, il ne reste aujourd'hui plus qu'elle. Daniel est mort de la tuberculose et Blandine n'a pas survécu à de premières couches. Ses veines portent une neurasthénie qui a plus d'une fois envoyé sa mère en maison de repos ; chez Wagner coule un sang brûlant qui inonde les âmes d'une énergie redoutable, celle des sorciers et des devins, de Merlin et de Tirésias. Son mari est un voyant, elle est sa coupe et son jardin. Son doigt reçoit l'anneau de ses mains.

Long a été le voyage jusqu'à l'autel, depuis l'audition de *Tristan*, sa culbute dans les pivoines et leur serment à Berlin. Se rencontrer, se reconnaître, s'aimer, s'allier et toujours défier le monde. La victoire ne leur est pas amère, elle leur est merveilleuse. En sortant du temple, la lumière, sur le lac, les aveugle. La douleur qu'elle occasionne aux yeux fragiles de Cosima est curieusement salvatrice. Le temps de ses tortures silencieuses s'achève. Elle peut ranger dans les armoires du passé sa tentative de suicide sur le Léman où elle voulut se noyer, tant son mariage avec Hans la rendait malheureuse. Le remords et la tristesse, ces brumes livides accrochées à sa race, le soleil Wagner les a dissipés. Son fer rougi a cautérisé ses plaies, Siegfried a reforgé Nothung, l'épée de Siegmund trouvée dans la détresse. Richard l'a plongée en elle, l'ensemençant de son amour. Devant le Créateur, ils sont désormais mari et femme.

Cosi songe à la manière dont elle est arrivée à Tribschen, tremblante et glacée, avec ses deux enfants, à peine capable de dire un mot. En se séparant de Hans, elle fermait derrière elle, pour toujours, la porte du monde. Mais voici que Hans a offert de supporter les frais du divorce. Il se chargera de toutes les démarches juridiques, c'est son cadeau de noces. Désormais, il n'appelle plus la baronne sa femme, il lui écrit *Sœur*. Devant l'autel, elle a prié pour lui et réclamé le pardon.

Demain, Richard écrira le plus solaire des duos d'amour, celui de Siegfried et Brünnhilde au premier acte du *Crépuscule des dieux*. Le titre est enfin choisi. Les héros s'aiment sur le rocher de la Walkyrie, toujours protégé par le feu de Loge, le dieu malin et révolutionnaire. Puis Siegfried descendra le Rhin. La Reuss, qui s'échappe du lac des Quatre-Cantons pour rejoindre le fleuve germain, possède cette écume triomphante qui résonne dans le triangle, les harpes, les piccolos de l'orchestre ; la force de ses vagues bleues et la pureté de son eau salvatrice seront chantées par l'armée des violoncelles et la marée des contrebasses. Par vannes et abées, engrenages et roue, la force hydraulique engendrera l'énergie.

Mais elle est sans conscience. À nouveau, elle apportera l'or aux hommes grâce à l'ingéniosité de leur industrie. Le fer des mines deviendra acier, les usines fondront les canons et les fusils. Sur les bords du Rhin, la firme Krupp nourrit déjà l'armée, elle fabrique la guerre, elle remplit les banques, elle enrichit les puissants et légitime les souverains. Sa puissance ne cesse pas d'engendrer les dieux de cette terre. Des blessés, des invalides et des amputés sont visibles jusque sur les rives du lac, où certains charitables les envoient se remettre. Dans les bras de sa nourrice, Siegfried a le regard fixe et droit. Son baptême, quelques jours plus tard, est accompagné d'un orage qui rend inaudible le sermon pacificateur du pasteur Tschudi.

*

La neige se met à tomber légère, poudreuse. Elle a cette texture qui engraisse les glaciers, préserve les bourgeons de crocus et de narcisses, enchante les promenades, emmitoufle les rires. Une épaisse meringue recouvre la villa. La Suisse prépare Noël avec des ferveurs d'enfant gâté. À sa frontière ouest, la neige n'est pas amicale aux soldats transis de froid et mourant de faim, entassés dans les granges ruinées ou errant sur des routes dont la boue a durci comme un mortier.

Cosi dresse le grand sapin et prépare les bougies qu'on allumera le 24 décembre, veille de son anniversaire. Nietzsche est venu récupérer à Tribschen de ses mois de front. Il dore méticuleusement les pommes et les noix que les enfants suspendent. Il a rempli sa hotte de cadeaux : un service de verres à vin en cristal, un théâtre de marionnettes. Il a même dégoté, chez un antiquaire de l'Augustinerstrasse, un exemplaire de la *Melancholia* de Dürer et un Jésus en bois polychrome du XVIe siècle.

– Nous sommes comme les personnages du *Décaméron* de Boccace, dit Richard en retournant cette pièce sculptée par un maître de Bâle. Enfermés dans un lieu sublime tandis que le monde s'écroule. Et nous nous racontons de belles histoires.

Nietzsche soupire. Ses yeux sont sans cesse embués depuis son retour de la guerre. Il a, au fond de sa malle, un cadeau très spécial pour la belle Cosi : le manuscrit de son *Entstehung des tragischen Gedankens,* « La Naissance de la pensée tragique ». D'une voix sourde, il dit craindre pour les temps à venir.

– Je redoute que, désormais, le militarisme et le piétisme n'étouffent la civilisation.

– Je crains surtout l'obscurantisme, pontifie Wagner. La seule chose dont l'homme puisse être fier, c'est la liberté de l'esprit, sa seule différence avec l'animal. Lui réduire ou lui ôter cela, c'est encore pire que de le châtrer.

– Mais les œuvres d'art ? Ah, Richard, Strasbourg bombardé. Et Colmar... Qu'avons-nous fait ?

– L'art...

Une bûche roule dans la cheminée.

– ... cela ressemble à ces flammes bleues qui parfois crépitent au-dessus du feu. Mais tout le reste est destruction et anéantissement. Que l'art doive briller et avoir un rôle éducatif pendant les périodes sombres, voilà notre seul rêve. Désormais deux principes s'affrontent en Europe : les peuples romains, fils de la Révolution française, qui ont réveillé les souvenirs des temps anciens et attendent de la république la félicité sur terre. Et tout le mal pourrait, justement, disparaître avec cette république pour laquelle il faut travailler et faire des sacrifices. Le peuple allemand, en revanche, ne se construit pas de mirage. Il sait qu'aucun signe prophétique n'instaurera le salut du monde. Dans le mot que se dit l'officier prussien, *Mon roi ordonne et j'obéis*, ce qui doit apparaître aux Français comme effroyablement sot, il y a pourtant une intelligence profonde.

– Richard, vous n'étiez pas au front et vous n'avez rien vu de ces horreurs militaires. Que savez-vous au juste du malheur des peuples ? s'énerve Friedrich.

– Pas grand-chose, il est vrai, mais j'ai parcouru toutes ces illusions et j'en suis maintenant arrivé à comprendre la signification du sens borné du devoir. Oh, cette souffrance du monde, ce chant puéril et grinçant des vieillards enfants qui veulent nous gouverner !

Nietzsche saisit une pomme et la peint en tremblant.

– Le génie n'est rien d'autre qu'une monstrueuse imagination incapable de voir autre chose que ce qui l'intéresse. Peut-être sommes-nous devenus inaptes à la vie...

Mais nul n'entend ses réflexions, grommelées.

Le matin de Noël, un petit orchestre, furtivement rassemblé dans l'escalier, éveille Mme Wagner aux sons d'une idylle composée pour l'occasion.

Son époux a reçu la commande d'une *Marche impériale* pour fêter une victoire dont on ne doute pas ; les Français sont désorganisés et démoralisés ; la Prusse se sent pousser des ailes. Et pourtant Wagner recule devant cette commande, qui le force à prendre ouvertement position. Le lion de Lucerne, comme on le nomme désormais, atermoie. Il a un *Crépuscule* à achever et surtout sa famille à honorer.

– La guerre m'a déjà fait écrire mille stupidités. Comme je me mords les doigts de ma missive à Bismarck au sujet de Paris ! Je n'en pensais pas un mot, dit-il à Cosima.

Durant la journée, on redonne *Siegfried Idyll.* Puis le soir descend, gris et bleu, avec cette lumière de neige qui suspend les tristesses du bonhomme Hiver. Le punch est tiède dans le saladier de cristal ; bébé Siegfried a droit à un spéculoos trempé dans le porto ; tous les musiciens sont repartis, sauf Kahl, Richter, Ruhoft et Rauchenecker. Deux violons, un alto et un violoncelle s'accordent pour le concert que ces personnages de *Décaméron* helvétique attendent. Richard a achevé son essai sur Beethoven. Pour fêter l'événement, coïncidant avec le centième anniversaire du sourd glorieux, on joue à Tribschen ses derniers quatuors, un par jour jusqu'à la Saint-Sylvestre.

L'adagio du quatorzième, en *ut dièse* mineur, opus 131, s'élève. Les poêles de faïence ronflent, il n'y a comme lumière que les bougies du sapin et une chandelle sur chacun des pupitres. Le thème est énoncé au violon, soutenu par le pizzicato des autres instruments. Il est pareil au patineur sur la glace. Varié à six reprises, il sonne apaisant, effrayant, tendu, fugué. Son développement emplit le salon d'une exaltation méditative. Chacun sent son esprit s'exiler. Cosi, les mains nouées, prie pour Hans et Richard. Elle songe à tout le mal qu'elle a commis et à tout le bien qu'elle a omis de faire.

– Qu'il me soit accordé d'élever mes enfants dans l'amour, de sorte qu'un jour leur affection soit mon aimable porte-parole ! Mon Dieu, accordez-moi le bonheur de les voir grandir dans la paix et dans la joie. Et pardonnez nos offenses.

La neige s'intensifie, Beethoven multiplie les trilles, explose le thème en un indescriptible chatoiement. Toute la musique semble répondre aux millions de flocons de neige grésillant contre les carreaux. L'ultime note, à l'unisson des quatre instruments, dissout l'année 1870.

*

Les événements, même lointains, ont sur le créateur des effets singuliers. Début janvier, Wagner écrit *Une capitulation*, une farce sur le mode antique où Gambetta, Victor Hugo, Jules Ferry et Dollfuss, soutenus par un chœur de rats parisiens, ridiculisent les directeurs de théâtre allemands qui se sont précipités en France afin d'emporter les dernières nouveautés en matière de pièces et de ballets. La musique de cette « aristophânerie » est signée du fameux ministre Jak d'Offenbak.

Le 28, Richard allume le cigare de la paix : la nation gauloise a effectivement capitulé. Mais bien vite les journaux répandent une nouvelle terrifiante. Paris brûle, le Louvre serait en flammes. Consternation générale, sauf pour Richard qui parle avec passion de l'incendie et de sa signification.

– Pauvre musée ! Si les hommes ne sont pas capables de recommencer à peindre des tableaux, c'est qu'ils sont infichus de les posséder ! Je me demande si l'ami Bakounine ne serait pas pour quelque chose dans cette supposée catastrophe. Que les anarchistes veuillent mettre le feu au monde, je trouve cela grandiose. Qu'ils aient de la culture des élites une aversion telle qu'ils veuillent tout détruire ne manque pas de panache. Le monde ancien vacille, et ce n'est pas une mauvaise chose. Dans mon parcours politique, j'ai défendu la dissolution de l'État, mais je ne vois toujours aucun changement en Allemagne. Quand j'ai commencé le *Ring*, je sentais déjà vaciller le sol d'où vient tout le mal qui nous submerge. Je voulais imaginer un monde nouveau. À présent, il est à portée de main.

Fausse nouvelle : seules les Tuileries ont disparu dans l'incendie. Tout ce qui a une valeur artistique a été sauvé.

– Le démon de l'humanité est aussi son génie. Il a soif de connaissance, et bien qu'il semble régner en aveugle, il épargne les choses en fonction de cette connaissance. Finalement tout est action en l'homme, qu'il conserve ou qu'il détruise.

Richard se passe la main sur le front, signe que ses pensées le démangent.

La Commune de Paris vit de brefs jours de gloire. De Tribschen, on suit les événements avec nervosité. Le révolutionnaire d'hier espère enfin voir les couches inférieures du peuple provoquer la purification et la transfiguration du monde.

– Je voudrais dire à ces gens désireux d'améliorer le monde qu'il est réellement miraculeux de ne pas s'être encore tous entredévorés !

Il s'enferme une journée entière dans son cabinet de musique, interdisant l'entrée à quiconque. Il n'en sort que pour le dîner, exténué.

– J'entrevois la fin du *Crépuscule* ! J'ai composé un vrai chœur grec, chanté par le seul orchestre à la mort de Siegfried. Pendant le changement de scène, on entendra, durant cette marche funèbre, le thème du héros, comme si l'orchestre pleurait son père ; puis le motif de l'épée. Alors le rideau se lèvera sur la dernière aube, celle de la mort des dieux.

La Semaine sanglante engloutit ses espoirs. Dans une fièvre étrange, le cœur serré, il entend la musique et son finale, lorsque les eaux du Rhin débordent pour éteindre le bûcher où se consument le cadavre de Siegfried et le corps de Brünnhilde qui s'y est précipitée. Au loin brûle le Walhalla. Le thème de la rédemption par l'amour submerge le monde ancien d'un océan de violons incandescents. Les dieux sont morts, l'époque des hommes libérés de toute oppression viendra-t-elle ?

La marche funèbre et cette scène ultime tiennent sur quelques feuilles manuscrites, en attendant, car Richard doit à présent incarner toute son épopée dans *son* théâtre, lieu d'un festival unique, dédié au *Ring* et aux artistes nouveaux dont il n'est que le précurseur. Les conférences et les concerts, destinés à baptiser les Cercles Wagner où se lèveront les fonds de son utopie, empêchent, durant près d'un an, le compositeur de mettre l'esquisse au propre. Enfin, le 10 avril 1872, le poème et la musique, encrés par Cosi sont achevés. *Accompli sept ans jour pour jour après la naissance d'Isolde*, note-t-il après l'ultime note.

– Aube du crépuscule, naissance d'Isolde, date de notre rencontre : une nouvelle fois le 10 ! s'exclame Cosima. Dieu, Trinité, Création, Perfection ! Richard, le grand œuvre est accompli !

La première édition de *La Naissance de la tragédie* arrive par la poste. Sans le nommer, Friedrich Nietzsche y consacre Wagner comme le Dionysos des temps modernes. Autour du Érard sur lequel Richard interprète à tue-tête la fin du monde, les enfants dansent comme des fous. Dans la nuit, il fait un cauchemar. Liszt veut l'éviscérer avec un instrument de torture tandis que Cosi garde, sans mot dire, la porte de la pièce contiguë.

*

Je suis juif. En vous disant cela, je vous dis tout. Cher Richard Wagner, je vous écris afin que vous me sortiez de ma condition...

La lettre, en provenance de Kharkov, Ukraine, stupéfie Richard. *Je m'appelle Joseph Rubinstein et je suis pianiste,* continue-t-elle.

L'homme décrit son existence. Malgré des parents fortunés, il connaît l'épouvantable condition de cette population traquée, rendue haineuse par les extorsions et persécutée pour une immémoriale faute : la mise à mort du Christ. Dans son ghetto pullulent les lévites graisseuses, les barbes filandreuses, les femmes en peignoirs répugnants et les garçons blêmes croulant sous le poids des livres. La religion et l'étude sont les seuls dérivatifs à sa vie resserrée, où règne la consanguinité.

Joseph, fils d'Isaac Rubinstein, a été transfiguré par la musique de Wagner, entendue en concert. Depuis, il n'a qu'un but : mettre son énergie au service des *Nibelungen. Père est riche, ainsi je ne vous coûterai rien. J'attends de vous une réponse, la plus prompte possible...*

Wagner a ses bons et ses mauvais Juifs. Les bons aiment sa musique, les autres l'ont pillée, comme Mendelssohn. Richard assure retrouver sa symphonie de jeunesse en *mi* majeur plagiée dans *L'Italienne* de Felix. Meyerbeer l'a floué. Hiller et Joachim, qui débordaient d'enthousiasme à son égard, se sont institués ses plus féroces adversaires. Édouard Hanslick, l'influent critique viennois, l'ami de Brahms, appartient à cette même race. Richard s'en est vengé en le caricaturant dans ses *Maîtres chanteurs.*

Il y a vingt-cinq ans, à l'époque où sa rancune le lui avait dicté, personne n'avait lu son malheureux essai *Le judaïsme dans la musique*, tiré à quelques exemplaires.

Cosima, élevée dans un catholicisme rigide et intolérant, a ravivé son antisémitisme. Elle, qu'ulcère la moindre attaque contre Richard, l'a incité à republier son essai. Depuis, les Juifs se sont organisés pour siffler ses opéras. Richard reçoit quotidiennement des lettres anonymes et des courriers d'insultes. Il les confond complaisamment avec ses créanciers.

– Tous des usuriers cosmopolites ! L'État est organisé pour protéger les possédants, donc les Juifs. C'est pour cela qu'il faut s'en méfier comme de la peste.

Souvent, Cosima rêve que son mari est assassiné par un Juif.

Mais les Wagner ont aussi leurs admirateurs sémites : Heinrich Porges, le thuriféraire de son œuvre, ou le pianiste Karl Tausig, un adepte indéfectible. À Berlin, le fondateur du premier Cercle Wagner s'appelle Bernhard Löser. Richard l'a baptisé son « Juif émouvant ».

Le courrier de Joseph Rubinstein l'étonne et l'apitoie. Ce pianiste de ghetto semble relever de la catégorie des artistes qui, *abandonnant leurs racines juives, pourront enfin s'exprimer librement*, selon ses termes de 1850. Joseph n'attend pas la réponse écrite. Il se présente à Tribschen la veille du jour où les Wagner déménagent pour Bayreuth. Ils quittent Lucerne pour cette petite ville que Richard a élue le berceau de son utopie.

Rubinstein lui joue des préludes de Bach sur le piano errant qui attend d'être emballé. Il se révèle extrêmement doué, mais il est aussi horriblement mélancolique, à l'unisson des Wagner qui abandonnent, le cœur gros et l'esprit inquiet, ce havre fabuleux. Les chiens ne mangent plus depuis trois jours, les serviteurs ont les yeux rougis.

Nietzsche est là. En compagnie de Cosi, Friedrich accomplit un tour d'adieu tandis qu'une brigade de manutentionnaires extrait de la maison les meubles, les caisses de livres et de manuscrits. Le cœur du jeune philosophe, après vingt-trois séjours à Tribschen, est infiniment lourd. Si les cambriolages sont des viols intimes, les déménagements sont des arrachements profonds.

La tristesse du pianiste slave permet à Wagner de soulager la sienne. Son *Ring* est achevé, *Le Crépuscule* existe dans son entier. À présent, il faut l'habiller. Orchestrer un opéra réclame un minutieux travail d'atelier afin de répartir les sonorités pour lesquelles Wagner ne cesse d'augmenter le nombre d'instruments. La moindre erreur rendrait l'œuvre illisible. Toute une chaîne humaine, où le crayon gris de Richard et l'encrier de Cosi ne représentent que les premiers maillons, élabore les parties d'orchestre. Il faudra aussi former les chanteurs et les choristes ; faire répéter séparément les cordes, les bois, les cuivres. Des musiciens de haut niveau seront nécessaires. Sans oublier la transcription pour piano du *Ring*. Il circulera dans le monde sous cette forme. On le jouera dans les salons, on le chantera, on s'en imprégnera en l'interprétant chez soi. Karl Klingworth, rencontré à Londres en 1855, est déjà attelé à cette tâche.

– Un collectif, la chancellerie des Nibelungen, se constitue.

Wagner pose ses mains sur les épaules de Joseph.

– Je vous veux à Bayreuth pour incorporer nos rangs. Vous rencontrerez Hermann Zumpe, un Saxon comme moi ; Anton Seidl, un Hongrois, et Demetrios Lalas, de Grèce. Bienvenue parmi nous, monsieur Rubinstein. Êtes-vous heureux ?

*

En 1835, Wagner découvrit, lors d'une tournée, une petite ville paisible. Bayreuth, bourgade de Franconie, avait eu l'heur d'abriter les margraves de Brandebourg, qui la dotèrent d'un délicieux château rococo, l'Ermitage, et d'un miracle acoustique : l'opéra de Wilhelmine de Prusse. L'exigeant jeune chef connaissait déjà le plan novateur du théâtre de Bad Lauschstädt dessiné par Goethe. L'architecte Giuseppe Galli-Bibienna avait doté celui de Bayreuth d'une acoustique exceptionnelle, dont le secret résidait dans sa structure en bois, sorte de violoncelle géant. Il était malheureusement trop exigu pour les ambitions du *Ring*.

Les particularités techniques de l'un et de l'autre n'ont cependant cessé d'intéresser le compositeur révolutionnaire, qui, depuis 1849, ambitionne une salle destinée aux intellectuels et étudiants pauvres. Il méprise les théâtres courtisans du reste de l'Europe. Il ne doit plus songer aux rêveries titanesques de Semper. Et aucune ville rhénane n'a eu la témérité d'épouser ses vues utopiques.

Fonder son festival à Bayreuth, proche de Nuremberg, la capitale d'un art allemand mythifié par ses soins, est un pari insensé. On donnera d'abord l'intégralité de son

Orestie germanique, les quatre journées de *L'Anneau du Nibelung.* Puis, la saison suivante, ce sera le *Faust* de Goethe, symbole de la culture allemande. Pour cette œuvre-fleuve, Richard voit très grand. Il veut un décor tournant pour montrer les divers paysages et la progression de Faust et de Méphisto. Des rideaux s'ouvriront derrière les spectateurs. Alors le public animera le déroulement de l'action à laquelle il participera. Ensuite on montera les mises en scène qu'*Obéron*, *La Flûte enchantée* et son cher *Fidelio* méritent. Cosima, Hans Richter et Richard s'instituent en triumvirat. Ils s'attribuent les pleins pouvoirs et ne veulent même pas de régisseur, juste un caissier comptable.

Obliger le public à venir écouter son art au milieu de nulle part tient de la gageure, mais la municipalité de Bayreuth est enthousiaste. D'abord il faut édifier le théâtre, confié à l'architecte Otto Brückwald, qui choisit le sommet d'une colline. Cosi conseille d'en faire surgir hardiment le bâtiment contenant les décors et les machineries, mais de construire aussi bas que possible la salle réservée aux spectateurs, tel un humble vestibule conduisant à la scène.

– N'est-ce pas là l'essentiel d'un théâtre ?

Elle est entendue.

*

– On m'a suggéré de nommer ce futur lieu le Théâtre national allemand, mais je n'ai pas le droit d'employer cet adjectif. En effet, où est donc la nation qui érigerait pour elle-même ce théâtre ? Mes amis, elle n'est pas encore née, tonne Wagner.

Le 22 mai 1872, jour de son cinquante-neuvième anniversaire, les écluses du ciel s'ouvrent au-dessus de la colline de Bayreuth et déversent un déluge. La foule, piteuse sous une forêt de parapluies, peine à distinguer les vingt et un mâts délimitant l'espace du futur bâtiment.

– Je n'ai que vous, les amis de mon art, vers qui me tourner pour trouver appui et confiance. Dans cette relation intime, je vois à présent sur quel sol il nous faut poser la pierre qui supportera l'édifice des espoirs allemands. Mais cette vision audacieuse est encore à construire. Le temple de nos rêves s'élève comme un mirage d'avenir, car il est dans la nature de l'esprit allemand d'être ainsi : provisoire. Nos ancêtres étaient des errants dans la forêt de leurs songes. L'essence du génie allemand vivait en nous avant même que nous ne bâtissions des sanctuaires en son honneur.

Richard, blême et fatigué, brandit un marteau d'argent et frappe la première pierre. Ce geste solennel consacre la naissance du *Festpielhaus*. La petite foule se rassemble ensuite dans le théâtre de la Margrave, où des musiciens venus de tous les théâtres d'Allemagne interprètent, sous sa direction, la *Neuvième*. Franz Schott, son éditeur de Mayence, lui a apporté le manuscrit autographe de Beethoven. L'écrit du maître transmet le flambeau de l'art à son admirateur le plus zélé. Mille bougies brûlent dans la salle rococo lorsque le chœur entonne l'hymne de Schiller.

Qu'ils s'enlacent, tous les êtres !
Un baiser au monde entier !
Frères, au-dessus de la tente céleste,
Un tendre père doit régner.
Vous prosternez-vous, ô millions d'êtres ?

Mais un frère et un fils manquent à l'appel : Liszt et Louis. L'abbé a été retenu par la princesse Wittgenstein, laquelle déclare à qui veut bien l'entendre que Wagner et Cosima ont renoncé à tous leurs devoirs. Cosi ne vient-elle pas de se convertir au protestantisme ? Le roi de Bavière, dépité de voir son protégé choisir une lointaine province plutôt que Munich, réclame son *Siegfried.* Le cabinet Düfflipp est chargé de rappeler au compositeur ses devoirs contractuels de 1864 ; cette œuvre appartient au roi et doit être donnée dans une salle de sa capitale. Pour ce qui est du théâtre de Bayreuth, Louis se dit prêt à donner vingt-cinq mille guldens, mais il ne veut rien avoir d'autre à y faire. Ses conseillers exagèrent volontairement la somme que va coûter l'entreprise, neuf cent mille guldens. On met aussi en garde le bourgmestre de la ville : le festival ruinera ses finances. Pourtant, ce qui peut paraître une fortune n'est qu'une broutille comparé aux cinq cent mille guldens que va coûter la seule chambre royale de Neuschwanstein, le château d'opérette copié sur Pierrefonds.

*

– Neuf cent mille ? Non, plutôt six cent mille, mais alors il faudrait que je donne six cents concerts pour réunir cette somme ! s'emporte Richard devant le comité du festival. Une soudaine crampe du côté gauche lui étreint la poitrine, une douleur à laquelle il est de plus en plus souvent sujet.

L'idée d'être à nouveau réduit à une misère quémandeuse le taraude. Et s'il abandonnait tout ? S'il vendait chèrement les *Nibelungen* à Schott et partait s'établir définitivement en Italie ? L'idée lui sort de la tête aussi vite qu'elle y est apparue.

– Néanmoins, messieurs, nous parviendrons à édifier notre théâtre, quitte à repousser la date de l'inauguration. Ce ne sera plus en 1874, mais à l'été 1876. D'ici là, je sais ce qu'il me reste à faire. Nos comités Wagner nous aideront.

Pour mutualiser ce rêve artistique, chaque fervent de la musique du futur est vivement incité à acheter des billets de souscription. Le prix est élevé : cinq cent vingt guldens, mais il garantit l'accès au festival et aux concerts que dirige le maître. De leur côté, même en raclant les fonds de tiroir, la somme dont les Wagner disposent est ridicule : dix mille guldens, dont la plus grosse part relève de la rente que Cosima destine à ses filles. Avec cela, il leur faut aussi payer l'hôtel à Bayreuth, avant même de songer à bâtir une demeure. Hans, qui n'oublie ni sa *sœur* ni ses enfants, se propose de leur constituer de l'épargne sur ses propres concerts afin de pouvoir dégager celle de Cosi.

Richard reprend sa baguette de chef d'orchestre. Il abandonne l'élaboration du *Ring* à la chancellerie des

Nibelungen où Rubinstein travaille avec la ferveur d'un hassidim sur la Kabbale. Francfort, Darmstadt, Mannheim, Stuttgart, Karlsruhe, Wiesbaden, Mayence, Cologne, Brême, Magdebourg, Dessau, Leipzig sont visités. Richard se vend comme l'auteur et l'éditeur pérégrinent dans les librairies pour se faire adouber. Il s'épuise à frapper aux portes. Ses crampes cardiaques ne cessent pas, surtout au réveil. Cosi et Nietzsche s'inquiètent : les forces de Richard se ruinent à trouver les moyens matériels de réaliser ses œuvres alors qu'il devrait être plongé dans leur réalisation artistique. En chemin, il auditionne un nombre considérable de chanteurs afin d'interpréter le *Ring*. Il trouve peu d'élus pour constituer une équipe valable. Une nuit, il rêve qu'il s'arrache une dent en or pour la montrer à Cosi. La dent devient aussitôt une épée flamboyante.

Après deux mois de tournée, où il est allé jusqu'à donner lecture, devant la haute noblesse prussienne, du poème du *Crépuscule* pour n'y gagner que la vague promesse de voir son théâtre devenir *national,* le retour à Bayreuth est déprimant. Il a récolté à peine cinquante mille guldens, tout juste de quoi payer leurs arriérés aux ouvriers. Soudain Louis II fait savoir que le grand œuvre sera achevé. Il avancera trois cent mille guldens. Richard en doute : le roi n'entre plus en relation avec ses ministres que par l'intermédiaire d'un valet d'écurie.

Effectivement, le chantier attend l'argent promis de longs mois. De fait, Louis boude. Le roi, qui hait la Prusse et l'Empire allemand depuis la raclée de Sadowa, n'a pas apprécié que Wagner ait achevé la *Marche impériale* pour le Kaiser Guillaume. En vérité, éloigné des affaires du monde, il se laisse manipuler. Le poète Felix Dahn, qui pressait Wagner de mettre ses notes sous les mots d'une ode courtisane destinée au royal anniversaire, s'est vu refuser cette collaboration de marque.

– Vos vers sont affreux. Je préférerais composer l'ode d'un chou ! lui a répondu Richard.

Le poète a travesti cet affront personnel en crime de lèse-majesté.

Un échange de courrier, de plus en plus rare entre le compositeur et son mécène, dissipe le malentendu. Mais l'argent ne vient toujours pas.

Heureusement le projet du *Festspielhaus* fédère de plus en plus d'adorateurs. Les membres d'un petit orchestre à cordes parcourent la Suisse avec un pot-pourri d'œuvres de Wagner qu'ils font résonner dans les villages les plus reculés. On s'y cotise pour acquérir des billets de souscription ; le maître n'a-t-il pas choisi la Suisse comme asile et composé ses plus récents chefs-d'œuvre sur le sol de la Confédération helvétique ? Depuis Berlin, un homme écrit avoir acheté un billet à sa femme mourante. Après l'avoir eu entre les mains, elle a guéri. Dommage que l'argent du comité berlinois soit détourné par un certain Cohen, dont le patronyme flatte l'antisémitisme de Cosi. Partout ailleurs, les souscriptions pour Bayreuth se multiplient à Bruxelles, Paris, Cologne, Chicago, Londres, Darmstadt, Budapest et Barcelone. Le bey de Tunis achète un billet, tout comme le khédive du Caire.

Le sultan Abdulaziz d'Istanbul, ne voulant pas être en reste, prend dix billets de souscription :

– Maintenant, il va falloir créer un harem à Bayreuth ! s'amuse Richard.

New York aussi a son comité, un temps contrarié par la venue d'un homonyme de Joseph, le pianiste Anton Rubinstein, qui déclenche une féroce campagne de presse contre Wagner l'antisémite. En vain, puisque les États-Unis lui commandent une marche pour célébrer leur indépendance. Quinze mille dollars rentrent aussitôt en caisse. Le cabinet Düfflipp envoie enfin le dû, mais en le soumettant à de sévères restrictions. Il ne s'agit pas d'un don, mais d'un prêt. Chaque billet de souscription devra être reversé au Trésor bavarois. Le premier versement est effectué, le second n'aura lieu que lorsque huit cents coupons auront été vendus. Cosima calcule que mille trois cents seront nécessaires pour couvrir tous les frais, car il faudra payer les artistes et les petites mains du spectacle, et encore les nourrir, les loger et les défrayer. Wagner aux abois arrache au roi la promesse de n'avoir à reverser que trois cent quinze guldens sur les cinq cent vingt que coûte le billet de souscription. En réponse, il reçoit un don privé de vingt-cinq mille guldens pour la construction de sa maison : la villa Wahnfried, ce qui signifie « là où mon errance a trouvé refuge ».

En dépit de ces tractations de boutiquiers, le théâtre sort de terre. On ferme le toit en août 1873, solennellement inauguré en présence d'un Liszt contrit de ses absences précédentes. La scène est disponible en 1874.

Elle terrifie les visiteurs. L'idée du violoncelle géant, chère à Bibiena, s'est transformée en un abîme de bois où l'orchestre sera invisible aux spectateurs ; un vélum cachera le chef ; la discrète lumière nécessaire aux pupitres ne distraira pas les regards ; dans la salle, le noir sera absolu. Un double plafond accentuera encore la résonance, de sorte que le public sera comme suspendu dans le son.

L'ouverture de la scène est presque aussi large que l'amphithéâtre. Elle ressemble à une caverne mystérieuse que l'on apprête pour un culte inouï. Les piliers ont l'allure de pattes de sphinx et les murs latéraux se perdent dans la pénombre, évoquant le narthex d'un temple assyrien. Ici, le public participera à une célébration rituelle, et non sociale. Il y aura quelques loges pour les familiers et le roi ; un salon de réception ; en sous-sol un vaste restaurant. Les représentations sont fixées aux premières semaines d'août, de 16 heures à 23 heures.

Il faut rééduquer chaque chanteur puisque les opéras du *Ring* sont inouïs. Richard, non content de composer et d'écrire, se mue en directeur d'acteurs. Il leur interdit de chanter frontalement, puis de sortir de scène, indifférents à leur rôle, comme ils le font habituellement, qu'ils soient *Orphée* ou *Le Barbier de Séville*. Chacun doit apprendre à jouer avec naturel et à déclamer sa musique. Toute la direction d'orchestre est à réinventer. Pour ce faire, Wagner forme des répétiteurs dont il attend qu'ils en forment d'autres. Ce n'est pas un festival qui naît, mais bien une école artistique destinée à cette musique de l'avenir dont se gaussent les journaux, de plus en plus acides à l'approche d'août 1876.

Le travail étant titanesque, et la tension, extrême, les crises deviennent nombreuses. Le peintre Alfred Böcklin, un temps pressenti par Cosima pour les décors, est remplacé par Josef Hoffman. Ses toiles médiévales sont à la dernière minute repensées par Richard, qui veut de grands espaces et non du néo-médiéval. Louis propose les décors de la piteuse *Walkyrie* de Munich. Refus de Wagner, nouvelle bouderie royale. L'orchestre, sélectionné dans toute l'Allemagne, transcendé par Hans Richter, laisse parfois les chanteurs trop émus. Wagner s'emporte :

– Au diable le sentimentalisme ! Mes enfants, tous les artistes savent qu'ils font semblant. C'est cela, jouer. Le public doit être dupe, mais pas vous. Aucun de nous n'en a le droit... Cependant, merci pour vos larmes !

L'argent continue d'arriver en discontinu. Le cabinet Düfflipp veut encore se garantir de ses avances en instituant le Trésor bavarois propriétaire des décors, des machines, de l'éclairage... et des poignées de porte. Pour payer les solistes, qui ont tous accepté de recevoir exceptionnellement un même cachet, Wagner monte en catastrophe une nouvelle tournée de concerts. À Vienne et Budapest, il remplit les salles en jouant des extraits du *Crépuscule* et le concerto *L'Empereur* de Beethoven. Grâce à Liszt qui interprète la partie soliste, chaque soirée s'avère un énorme succès. La *Marche funèbre* de *Siegfried* doit être bissée. L'attente du *Ring* devient palpable dans toute l'Europe artistique. Les altesses et les grandes fortunes qui ont souscrit un billet font préparer leurs malles en prévision d'août 1876.

– Quel temps fait-il à Bayreuth ? D'ailleurs, où est-ce ?

Même le Kaiser annonce sa venue et promet quelques dizaines de milliers de reichsmarks. En toute hâte, les édiles locaux font prolonger la ligne de chemin de fer et édifier une gare. Jusqu'aux derniers jours, Cosima discute pour savoir si le rideau de scène doit tomber des cintres, à l'allemande, ou s'ouvrir latéralement, à l'italienne.

*

Le train de Louis II, bleu et argent, dédaigne la gare des officiels. Il s'arrête en rase campagne, la nuit du 6 août 1876. Des éphèbes couturés d'or ouvrent les portières au roi vêtu de noir. Louis trouve à Richard l'air d'un gnome ; Wagner s'alarme du visage bouffi et des yeux hagards de son Parsifal d'antan. Huit ans que les deux hommes ne se sont vus. Plus d'accolade ni de doigts embrassés, mais une furtive poignée de main. Ils s'engouffrent dans une calèche que des cavaliers porteurs de torches escortent jusqu'au palais rococo de l'Ermitage. Louis refuse les honneurs qu'on lui a préparés. Le lendemain, il se rend par des chemins détournés jusqu'au fier *Festspielhaus* de briques rouges planté sur la colline. Il ne vient pas assister à la première, mais à la répétition générale. Sa loge est prête, ombreuse et solitaire. Il reçoit en silence l'hommage de Cosima et les fleurs offertes par le petit Siegfried et ses quatre sœurs. Une heure après la fin du *Crépuscule*, Louis remonte dans son train, esquivant la réception qu'on lui a préparée à Wahnfried.

Dans la salle, un autre homme, recroquevillé sous la douleur, a assisté, les yeux fermés, à la représentation. Nietzsche, atteint depuis un mois par des migraines d'une violence inouïe, s'interdit de regarder pour ne pas souffrir davantage. Ses oreilles réclament une musique moins intense, ses nerfs, enflammés par l'encéphalopathie syphilitique, transforment chaque minute en siècle. Forcé de sortir à plusieurs reprises de la salle, c'est sans un mot pour Wagner que le philosophe solitaire quitte le festival. Il retrouve son propre amphithéâtre bâlois vide d'étudiants. *La Naissance de la tragédie* lui vaut l'opprobre de ses pairs et on le fuit comme un pestiféré de l'intellect.

À Bayreuth, il n'y a plus une chambre libre. Les aliments sont rationnés pour nourrir l'afflux de champions de la cause, d'exaltés, de fervents et de journalistes. Parmi ces derniers, un certain Tchaïkovsky, écrasé par la canicule, la foule et la puissance de l'orchestre, aiguise sa plume contre les horreurs qu'il voit et entend.

L'arrivée du Kaiser est un pandémonium de dix mille personnes. En route pour des grandes manœuvres en Silésie, Guillaume Ier effectue une entrée d'empereur romain dans la gare pavoisée aux couleurs du Reich, noir, blanc et rouge. Wagner, sarcastique, accueille celui qui fut en 1849 le « Prince la mitraille ». Le boucher de Dresde, aux favoris épais comme des côtes de bœuf, assiste à *La*

Walkyrie et ignore *Le Crépuscule des dieux*. En repartant, il décerne au *Ring* et à Bayreuth le titre ronflant d'« œuvre d'art nationale ». Les grandes duchesses et les margraves, les généraux bardés de médailles, Wagner les tient enfin sous sa botte. *L'Or du Rhin* ouvre leur procès, *Siegfried* est un petit soldat naïf ; le nain Alberich exploite les masses pour l'enrichissement de tous : l'affrontement entre l'ordre ancien et celui de l'argent conduit à la destruction des deux. Le printemps des peuples de 1848, sans lequel cette œuvre-fleuve n'aurait jamais vu le jour, résonne dans ce théâtre inouï où les puissances du sang et de la banque sont tenues d'applaudir un *Ring* qui les juge en les ensorcelant. S'ils étaient moins stupides et vains, les princes fuiraient, scandalisés, ce *Festspielhaus* et ses insultes idéologiques.

Assises au premier rang, Mathilde Wesendonck, Jessie Laussot et Judith Gautier entourent Cosima qui les guette d'un œil perplexe et d'un cœur inévitablement jaloux. Après l'immolation de Brünnhilde, le public, debout, acclame Wagner. Ému, il remercie ses artistes. En esprit, Richard dédie *L'Anneau* à Bakounine. L'incendiaire des mondes, laminé par des années de luttes et de bagne, vient de décéder à Berne.

*

Février 1883. Richard a retrouvé Venise. Ses presque soixante-dix ans sont exténués par la deuxième édition du festival de Bayreuth, où vient d'être créé *Parsifal*.

Les Wagner ont loué un étage du palais Vendramin, sur le Grand Canal, où Franz Liszt les a rejoints. Une comète traverse les nuits vénitiennes. En 1858, lorsqu'il écrivit ici *Tristan,* une autre de ces filles célestes était visible, se confondant avec les oriflammes en zinc du palais des Doges. Les constellations et les astres sont les points-virgules de son destin.

Il a accompagné Cosima dans les boutiques humides des Procuratie. L'épouse vient de s'engouffrer avec avidité chez son gantier, Venise possédant un extraordinaire artisanat de soie et de peaux. Richard est envers elle d'une générosité débordante. Il passe commande de ses robes chez Worth, à Paris ; son bottier est à Rome, et ses chapeaux sont faits sur mesure à Vienne. Mais il n'entre pas dans ces échoppes où il étouffe ; il a d'autres intentions en tête. Le carnaval vit ses dernières heures. Richard a croisé Carrie Pringle sous les arcades et il espère la revoir encore. Elle est l'incarnation de son plus intime secret, ce verger qu'aucune de ses femmes n'a visité. Minna l'a subodoré, Cosima ne s'en est jamais doutée.

Quand il en goûta le premier fruit, il était encore marié à la première et soupçonnait de la passion chez la seconde. À l'époque, il s'était installé à Biebrich, en face de la ville de Mayence, où il espérait que le duc de Hesse favoriserait la création de *Tristan*. Sur les bords du Rhin résidait aussi Schott. Franz croyait en lui et ne lésinait pas sur les à-valoir, fermant les yeux sur les multiples contrats que Richard établissait pour subvenir à ses besoins.

À combien d'éditeurs avait-il vendu son *Ring*, à l'un le poème, à l'autre la musique, à un troisième des extraits des deux ?

Un matin, une toute jeune fée s'était présentée pour le servir. Elle s'appelait Mariette et elle l'avait suivi à Mariafeld, où, bientôt chassé de Biebrich pour dettes, il avait à nouveau posé l'errance d'une vie qui semblait n'être qu'échecs. Il relevait tout juste de sa fièvre créatrice pour Mathilde Wesendonck. Il avait connu des actrices de passage, comme Friederike Meyer, et quelques autres feux de paille. Certains avaient mérité sa correspondance, sa nostalgie et sa souffrance. Mariette, la soubrette attentionnée, n'avait rien suscité de tout cela. Elle lui avait juste donné du plaisir, cet essentiel dont on ne parle pas ; cette jouissance que l'on tait, car elle est immédiate, concrète, et ne s'embarrasse pas de prolégomènes. Elle explose en catimini et à n'importe quelle heure, en plein jour ou de nuit, entre deux portes ou dans une chambre de bonne. Elle est rire et naïveté, délassement et complicité. Elle n'est pas littéraire, mais naturelle. Elle ne porte pas à écrire, juste à jouir. Elle offre au créateur ce plaisir de la chair où se nourrit son propre enfantement.

Mariette savait le faire jouir comme aucune n'y réussissait. Elle pratiquait cet art délicatement honteux de la fellation que les femmes de condition ne connaissaient pas, ou refusaient. Minna l'avait en horreur, Jessie la Bordelaise y rechignait et Cosi ne savait même pas de quoi il s'agissait. Avec Judith Gautier, il en eut le désir à Lucerne, mais jamais l'opportunité. D'autres, fugaces, lui avaient découvert une bouche qui n'était qu'un horrible hôpital. Quant à Mathilde Wesendonck, c'eût été déchoir : jamais il n'aurait pu transcender une Isolde buccale. Toutes ses amours avaient été des Astarté, des Seraphina, des Vénus, des Isis ; Mariette avait été sa Fellatrix.

La petiote prenait grand soin de l'intérieur du célibataire, qui ne recevait que rarement la visite de la revêche Minna, si encline aux scènes de ménage. Après son passage, Mariette ramassait la vaisselle brisée en levant les yeux vers Richard. Son visage, vu ainsi, était un appel à la turgescence, tout comme ses dents de perle, sa petite bouche, sa langue habile et sa gorge goulue qui aimait plus que tout qu'il y déversât jusqu'à sa dernière goutte de sang blanc. Elle aimait sa substance autant que les pâtisseries et les fraises qui la rendaient gironde comme une Flamande peinte par Franz Hals. Sa peau laiteuse tirait sur le rose, ses pommettes étaient nacrées, et ses cheveux, doux sous ses doigts. Ils possédaient la couleur du lin et prenaient une teinte bleutée à la lueur de la lampe à pétrole. La chevelure de Mariette lui évoquait ces immenses champs fleurissant sous le ciel de Saxe.

Tous deux avaient un code. Quelques jours avant de revenir de ses tournées ou de ses visites, il lui télégraphiait :

Ma petite Mariette, sois en rose.

Elle comprenait. Elle l'attendait en pantalons de soie. Elle avait ouvert un flacon de santal dans la pièce tapissée orange clair. Il enfilait sa robe de chambre parme, il s'asseyait sur le sofa rose, ce meuble qui l'avait accompagné à Tribschen et à la villa Wahnfried et dont il venait de faire livrer une réplique au palais Vendramin. Tout était question de derme et de soie, de couleur et de salive, d'orifices et de délices. Dans cette pièce suave qu'il nommait son *Venusberg*, les couleurs de la chair s'offraient à eux. Ils s'y adonnaient jusqu'à ce que l'odeur du santal s'évanouisse et que règne celle, plus sauvage, du sexe quand le râle monte de la bouche remplie et de l'homme avalé. Kundry au milieu des filles-fleurs, lorsqu'elle appelle le héros d'une note longue et profonde, à l'acte II de *Parsifal*, chante cet acte condamné par le pasteur comme par le curé, et qui ne s'épanouit qu'au bordel.

Dans Venise parcourue de masques comme aux temps jadis du libertinage, Carrie repasse devant Richard. Leurs mains se frôlent pour s'échanger le carré de papier qu'il a griffonné à la hâte.

> *Je mérite d'avoir de nouveau un peu de plaisir de ta bouche.*
> *Mille baisers, mon trésor.*

Elle lit, se retourne et lui envoie un signe d'acquiescement. Trois doigts ouverts signifient trois heures, le temps de la sieste, après le café et les cigarettes. Cosima sort peu après de la boutique, sans se douter de rien. Que dirait-elle en revoyant cette petite Pringle tournicoter autour du maître ? Elle a été le fruit de disputes sauvages à Bayreuth, l'été dernier, après que Richard l'eut engagée dans le harem de ses filles-fleurs pour *Parsifal*.

Carrie Pringle est anglaise. Lors de son audition, elle avait chanté l'air d'Agathe tiré du *Freischütz* de Weber. Son timbre de velours avait nimbé les oreilles du maître. Cette toute jeune cantatrice lui montra une foi naïve et ardente. Pleine d'âme et fort accommodante, elle n'avait, de toute sa vie, absolument rien appris de bon en musique. Richard s'institua son répétiteur et fut profondément ému de pouvoir gagner par son art quelque chose d'aussi pur et intact que cette jeunesse qui ressemblait tant à sa petite Mariette, depuis longtemps mariée à un épicier de Stuttgart. Les yeux de la chère enfant brillaient de sensualité et sa bouche fut ineffablement douce pour le dard du créateur. Elle aussi aimait la crème et les fraises.

*

Parsifal avait été une longue assomption. Il lui avait fallu six ans pour composer la musique de ce poème entrevu à Zurich en même temps que *Tristan*, puis écrit au chalet du Hochkopf. La durée que lui demande la gésine d'une partition, la connaissent-ils seulement, ces prosélytes qui s'étaient précités en masse au *Festspielhaus*, jamais rouvert depuis le désastre financier de 1876 ? Cent cinquante mille guldens de déficit ! La ruine à nouveau, des concerts, à fonds perdus, au Royal Albert Hall de Londres, pour se renflouer ; d'âpres disputes avec les conseillers de Munich qui l'avaient contraint, pour être remboursés, de céder les *Niebelungen* à toute maison d'opéra désirant les produire.

Dresde, Leipzig et Munich s'étaient précipités sur *L'Anneau*. Les quatre journées avaient été présentées à Berlin en présence du Kaiser et du gouvernement impérial. Wagner, invité, s'était vu gratifié d'un hommage verbeux et impromptu lorsqu'il était monté sur la scène. Il n'avait pas remercié les princes et les ministres. Il s'en était allé, sans un mot, en leur tournant le dos. Ces dieux-là resteraient de dangereux bouffons sur la scène du monde. D'ailleurs, son *Ring* ne l'intéressait plus.

– Inventer du nouveau, voilà ce qui seul importe, disait-il à ses enfants.

Durant six ans, l'amphithéâtre empoussiéré de Bayreuth avait été laissé à la garde de Marke et de Brangäne, deux énormes terre-neuve nés du pauvre Russ. La tombe du chien était à côté des caveaux de Richard et de Cosi. Ils les avaient fait édifier dans le jardin de Wahnfried, en même temps que se construisait la villa.

À l'exception de Cosima, seule Judith Gautier connaît les affres et les longueurs de sa conception artistique. Il les lui avait racontées par lettres, caressant en pensée sa peau dorée. Son *Parsifal*, messe en musique, ou drame sacré pour un culte nouveau, on commençait déjà à s'en emparer, y mêlant aryanisme, chrétienté ou paganisme. Chacun en faisait son miel. Richard n'y a jamais rien vu d'autre que l'évangile de sa compassion. Cet opéra serait son testament apaisé, il le pressentait en l'écrivant, saisi de crampes cardiaques et de douleurs abdominales à grand-peine contenues par des bandages serrés. Alors quand ses nerfs étaient à vif, que son moi saignait, que la vie ne lui laissait aucun répit, il éprouvait un irrépressible besoin de caresses sur sa peau. Il avait besoin de redevenir un petit garçon dont on s'occupait. Un bébé, non pas dans ses langes, celles de l'époque étaient trop fermement serrées pour que l'enfant s'y mût à l'aise, mais un enfançon entouré d'ouate et de satin. Sa chambre était un sanctuaire dont il interdisait l'entrée. Il y possédait un cabinet très privé où il collectionnait les chemises de nuit, les combinaisons de soie, les pantoufles brodées. Il aimait les chausser et porter des dessous féminins. Lorsqu'il résidait à Vienne, la discrète capitale des folies érotiques, il demandait à certaines admiratrices de l'habiller en femme, de le caresser et de lui donner la fessée tandis qu'il s'enivrait du meilleur champagne, vêtu de dentelles et de négligés. Pour accueillir Carrie, il mettra une culotte de satin rose.

*

Friedrich, l'ami de Tribschen, l'avait violemment renié. *Parsifal* démontrait ce qu'il craignait chez Wagner : l'émergence d'un faux Dieu. Richard était un séducteur habile, susceptible d'être divinisé par la foule des ses adorateurs. Wagner s'avérait dangereux, plus mortifère encore pour le genre humain que ce Christ dont l'innocence jetée en pâture aux hommes était devenue un philtre mortel pour leur liberté. Les religions ligaturent, mais aucune ne relie. Nietzsche l'avait insulté dans un livre-brûlot où transparaissaient surtout ses propres névroses de philosophe égocentrique miné par la vérole des bordels.

Gobineau lui avait succédé. Richard goûtait la prose élégante et les idées raciales de cet aristocrate voyageur. Le comte haïssait les Juifs, et Cosima l'adorait. Mais sur ce sujet aussi, Richard avait changé. Il savait que sa détestation n'avait été qu'un dépit de jeunesse. Quelle stupidité ! Il aimait les hommes talentueux et sincères. Joseph Rubinstein, *notre Juif de salon* comme l'écrivait Cosi, préparait la réduction pour piano de *Parsifal*, que Hermann Levi avait dirigé depuis l'abîme mystique. Lui, du moins, n'avait pas renié son patronyme en le transformant en Löwe ou en Lever, comme tant d'autres financiers et industriels.

L'antisémitisme qui gangrénait Wahnfried ne lui plaisait guère. Il appartenait à Cosima, voire à son père Franz. Richard refusait de signer les pétitions haineuses qu'on lui présentait. Il avait fait la sourde oreille quand l'abbé avait insisté pour diriger la création de *Parsifal*. Un ancien libertin catholique ne toucherait jamais son opus mystique, il préférait un Sémite à ces superstitieux adorateurs de reliques, ces suppôts des jésuites hypocrites. Le Juif, dans sa foi, lui paraissait plus proche du protestant ; il n'avait pas besoin de médiation ; Dieu était dans son cœur, immanent et intime. Ce vide rempli d'invisible lui suffisait. Il avait pardonné aux Juifs comme il s'était pardonné sa haine d'antan. Il rêvait souvent qu'il produisait un opéra à quatre mains avec Meyerbeer. Et quand il donnait un concert, il dirigeait avec joie la *Symphonie italienne* de Mendelssohn. En cet Eschyle germain, les démons du matin se pacifiaient au soir de la vie.

*

Le Christ avait quitté ce siècle où il n'avait plus sa place. Le fils du charpentier ne pouvait côtoyer le profit effréné, l'exploitation des enfants, le mépris des pauvres. Comment avait-on pu commettre les erreurs morales du colonialisme et du capitalisme ? Hélas, personne ne souhaitait sortir de ce cercle infernal dès lors qu'il en avait accepté les règles. Richard n'avait pas été le dernier, il ne l'ignorait pas.

Tous avaient raillé le Crucifié, comme Kundry la pécheresse. Le Christ révolutionnaire avait, un temps, ressuscité sous la forme de l'Esprit chez Hegel. Mais les révolutions avaient échoué, de 1830 à la Commune. Seule régnait la puissance de l'Empire soutenue par l'Usine et l'Argent, terrible Trinité que Richard continuait à renier, même devenu un grand bourgeois allemand. C'est à lui que revenait, après tant d'orages révolutionnaires, de refonder le message évangélique en un nouveau mythe. Wagner ne croyait plus en Dieu, mais en une sainteté possible de l'homme, qui s'était révélée dans Jésus, l'homme sans péchés, l'homme pur. Son *Parsifal* ne portait pas d'autre message.

Désormais, Wagner est tout entier tourné vers ses *Vainqueurs* bouddhistes, cette somme de l'esprit oriental où le religieux est une éthique, pas un guignol d'hypocrite.

Il a abandonné toute viande et se préoccupe du sort des moustiques et des mouches. Les poètes ont-ils jamais chanté leur mort ? Ils ne versifient d'ordinaire que les fleurs qui se fanent. Richard s'était jeté dans le combat contre la vivisection. Nietzsche sur ce point, comme sur tant d'autres, avait des intuitions sublimes. Et à lui aussi, il pardonnait. Leur querelle n'avait été qu'une stupide question d'ego. *Parsifal*, où le héros est sévèrement réprimandé pour avoir tué un cygne, amorçait cette philosophie nouvelle qu'il sentait pousser en lui. Peut-être une sagesse pré-mortuaire, car la dame à la faux l'avait touché à plusieurs reprises du côté du cœur, comme Minna.

*

Tout lui pèse, ses souvenirs, ses familiers et son héritage. Cosima est devenue l'envahissante prêtresse de son culte et de sa personne. Leurs filles sont abîmées par l'hérédité von Bülow. On les traumatise sans cesse avec des questions malignes :

– Lequel de vos pères préférez-vous, le chef d'orchestre ou le compositeur, *Vati* Hans ou *Herr* Wagner ?

Mais les filles-fleurs, les corolles ouvertes de leurs bouches, là, sur le sofa rose... Carrie arrive à 15 heures. Elle est venue par l'un de ces escaliers dérobés qui mitent les palais vénitiens. Elle l'attend gentiment dans le cabinet de musique dont seuls lui et Cosi ont la clé. Les Wagner sont toujours à table. Il s'est retiré, prétextant la fatigue, riant de la farce qu'il va donner là, juste à côté des voix qui appartiennent au jour, à l'ordre, à la famille, aux bienséances. Il s'assoit, se débraguette et dévoile une culotte de soie d'un rose pâle. L'homme mûr présente son intimité à la cantatrice. S'offrir dans toute sa fragilité d'homme, voilà ce qu'il affectionne dans cet acte célébré par Catulle et l'Arétin. Il y a dans la fellation de l'androgyne et du régressif ; du maternel, un retour au sein, au biberon, à la tétine. Il y a aussi le risque et le plaisir, car la castration menace au loin comme une catastrophe en gésine. Mais s'engloutir dans la matrice buccale, c'est aussi se dissoudre ; perdre son sexe pour en retrouver un autre. À cet instant l'identité du masculin et du féminin s'efface.

– À soixante-dix ans, n'es-tu pas ridicule, vieux satyre ? se dit-il.

– Bien sûr, et alors ? répond le Richard de Biebrich.

La bouche de Carrie a une virtuosité de prima donna. Ses yeux parlent en brillant. Elle aussi a envie d'offrir son fruit, mais il le refuse. Les artères de Richard frappent puissamment. Combien d'épées et d'épieux son sang a-t-il forgées entre le marteau de son cœur et l'enclume de son cerveau ? Le glaive de Lohengrin, le bâton de Wotan, la Sainte Lance brandie par Parsifal ; l'arme brisée de Siegmund refondue par Siegfried ; la lame mortelle enfoncée au flanc de Tristan... Il entend gronder en lui les ateliers ferrugineux de Dresde, les discours-fleuves de Bakounine, les éclairs et le tonnerre pavoisant le Pilate ; Starnberg, la nuit, le roi, les notes veloutées du Érard ; tous les tuyaux dressés de la Thomaskirche et chaque instrument d'où jaillit la musique, ce flot où tout s'immerge et d'où tout renaît.

– Il est minuit, homme, lève-toi ! prophétisait Nietzsche drogué de *Tristan*.

Un sourire féminin s'affiche sur le visage de Wagner, cette face d'enfant vieillard, rose et blanc, qu'Auguste Renoir peignit à Palerme où il achevait *Parsifal*. Cosi déteste ce tableau, elle lui préfère la photographie en noir et blanc de leur mariage, où elle figure aux genoux de Richard. Son regard se lève vers le maître et le sien s'abaisse vers elle. La femme, si grande, et lui, si petit.

Hier soir encore, elle lui réclamait de la bénir pour qu'elle devienne meilleure.

– Que dois-je dire ? demanda-t-il.

Elle lui a répondu :

– Ce qui est bon n'a pas besoin d'être bon.

Richard glisse plus au sud, il abandonne ce Grand Canal qui n'est qu'une rivière morte. Il a appareillé, il franchit la lagune et le Lido ; sa nef pointe vers la Grèce et l'Orient, il va bientôt atteindre l'arrière de l'horizon, le terme des mers, le fond des lacs. L'ultime rideau se lève derrière son grand front. Explosion d'azur sur la *Conca d'Oro*, la rade de Marseille, la gironde Bordeaux et l'immense Léman. Flamboiements de mosaïques, coulées d'or byzantin, dernières gouttes de sang blanc.

Souffle ultime.
Mort sublime.
Arrêt cardiaque.

Horrifiée, Carrie Pringle fuit la pièce au sofa rose, laissant Richard en l'état, sa culotte couleur chair débordant du pantalon crème. Cosi frappe. En vain. Elle a sa clé, elle voit, elle referme aussitôt derrière elle. Que personne ne l'aperçoive ainsi, nul ne doit savoir. La pivoine en damas noir rhabille Richard encore chaud. Elle fouille dans ses papiers, y trouve la page où le Maître a jeté les ultimes mots de son essai *Du féminin dans l'homme.*

Amour – Tragédie.

Cosi pose la feuille sur le pupitre du piano grand ouvert ; elle se dirige vers la porte et l'ouvre grand sur le monde. Un suaire lumineux enveloppe la Venise de *Tristan* où les couleurs sont éteintes. Liszt a déjà composé *La Gondole funèbre.* Le mythe officiel de Richard Wagner, mort le 13 février 1883 à 15 h 30 dans les bras de son épouse, peut s'écrire.

Winifred

Elle se dressera, la vierge que l'Allemagne espère. Elle sera vêtue de lin crème. Elle entrera dans l'amphithéâtre obscur au bras d'un vieillard à la barbe blanche et bien des regards se braqueront sur ses dix-sept ans submergés par l'émotion. Elle cherchera en vain l'orchestre des yeux, mais elle ne le verra pas. Autour d'elle, d'austères piliers blancs dessineront des lignes de fuite vers l'hémicycle sacré. En s'asseyant, elle trouvera le siège inconfortable et dur, mais papa Klindworth aura apporté un coussin pour ses fesses tendres. Les globes de lumière s'éteindront doucement ; les portes se fermeront sur son esprit nubile ; l'orchestre rugira sous ses cuisses ; elle l'entendra enfin, cette ouverture du *Hollandais volant* que, jusqu'alors, elle n'a connue qu'au piano. À Bayreuth, la vierge connaîtra sa première tempête d'opéra. Dans la nuit du théâtre, un rideau s'ouvrira. Les embruns de Wagner porteront la jeune Anglaise vers le rivage des hommes allemands. Les violons hurleurs combleront le vide de son âme, où les timbales auront instillé une attente angoissée. Jadis, les Grecs avaient voué Iphigénie aux dieux pour se rendre propice la victoire sur

Troie. À Bayreuth, en 1914, une nouvelle vierge, Winifred Williams Klindworth, sera offerte aux divinités prussiennes.

*

On l'y a préparée depuis ses neuf ans, depuis que les Klindworth, Berlinois luthériens amis du défunt Wagner, changèrent son prénom originel en Senta, l'héroïne du *Hollandais volant*. Senta aura été sa salvation, rayant de sa vie les neuf années passées dans l'horrible orphelinat catholique de East Grinstead, Angleterre.

Sa prime enfance s'était résumée à brimades et coups. La sévérité des sœurs qui l'avaient recueillie s'apprêtait à en faire, au pire, une esclave prolétaire, au mieux, une bonne qui aurait eu à subir toute sa vie la hiérarchie ancillaire des demeures aristocratiques. Sans l'intervention miraculeuse de ces vieux Allemands, Henriette et Karl, son destin était tout tracé entre le gouffre de l'alcoolisme et l'enfer des filles-mères.

Senta Winifred, telle une vivante héroïne wagnérienne, n'a connu ni son père ni sa mère, morts avant son deuxième anniversaire. D'abord transbahutée de tante ingrate en grand-mère sénile, elle a traversé le malheur, l'ignorance et la honte, comme Parsifal et Siegmund, comme Sieglinde et Siegfried. Mais en 1907, lorsque le bateau de ligne la déposa à Hambourg, l'Allemagne lui adressa le franc sourire d'un soleil radieux. Winifred laissait derrière elle la cruelle Angleterre, ses nonnes odieuses, et cette inutilité d'être au monde qu'on lui faisait sentir jour après jour.

Henriette et Karl étaient des personnes âgées : elle, soixante-dix ans ; lui, soixante-dix-sept. Ils lui apprirent la gentillesse, ils lui offrirent leur affection et la sécurité. Senta devint leur petite princesse. Ils l'installèrent dans le royaume enchanté d'Oranienburg, dans la banlieue de Berlin. Elle apprit l'allemand en lisant les frères Grimm et les contes d'Hoffmann. La maison jaune à la cheminée de brique rouge appartenait à un hameau communautaire où l'on cultivait son potager et l'on s'échangeait des recettes végétariennes. On y célébrait plus que tout le culte de la patrie allemande, si grande et si forte depuis qu'elle avait vaincu les fanfarons gaulois.

Tout lui aura été magie en ce royaume de fleurs et de fruits. À l'automne, Winifred caressait les courges en rêvant de les voir grandir carrosses. Elle plongeait ses petites mains dans cette terre mère que Karl appelait Erda, comme la déesse primitive du *Ring*. Senta courait après les coccinelles pour les déposer avec soin sur les tomates afin qu'elles dévorent les pucerons. Les odieux parasites étaient aux ordres de sorciers malfaisants qui menaçaient son royaume d'elfes et de trolls. Elle les imaginait grimpant aux pampres des pois gourmands au vert si doux. Elle parlait aux vers de terre, elle dialoguait avec les pies. Son petit râteau était une épée de héros. Elle apprit à confectionner des salades avec des soucis et des capucines, elle se perdait dans les fleurs de courgette, à croupetons dans la jungle des rhubarbes. Son esprit, nourri au merveilleux du romantisme germain, s'inventait cent histoires dans le jardin de Karl et Henriette, besogneux, tendres et aimants.

Senta grandit, belle et blonde, avec des yeux bleu-gris certifiant une génétique aryenne des plus correctes. Après les contes, ils lui apprirent les philosophes et lui choisirent les bons auteurs. Goethe et Schiller, Novalis et Kant, Schopenhauer et Gobineau, cet intime de Wagner. Au centre de leur monde littéraire trônaient les œuvres de Richard, ses essais et ses opéras. La dizaine de gros volumes luxueusement reliés tenait lieu de Parnasse et d'Olympe. On évitait Heinrich Heine, suspecté d'être juif, et aussi ce vilain Nietzsche qui avait osé maudire le Maître. Car, ainsi que Friedrich l'avait prophétisé, Wagner, l'humain trop humain, était devenu un dieu dont chaque habitant d'Oranienburg célébrait le culte avec un fanatisme de zélote. Karl Klindworth, son transcripteur depuis leur rencontre à Londres en 1855, était son prêtre attitré. N'avait-il pas reçu l'onction du maître lui-même ?

Il a aussi l'insigne honneur d'être en correspondance avec la grande prêtresse de l'arche wagnérienne, cette Cosima qui garde le Sanctuaire de Bayreuth depuis la mort de Dieu.

Karl et Henriette ont su préserver Winifred de toute tentation d'opéra. Ils ont attendu le moment propice pour lui faire entendre Wagner à Bayreuth ; et à Bayreuth seulement, tout autre théâtre d'Allemagne étant interdit à Senta. Un jour que les journaux annonçaient *Lohengrin* au *Deutsches Opernhaus* de Berlin, elle avait demandé à Karl de pouvoir y assister. Il refusa.

– Les salles allemandes dénaturent l'œuvre du maître. Elles sont toutes la proie des Juifs qui la souillent de leurs mains impures. Ils prétendent l'aimer, mais ils ne veulent que le détruire. Il y a bien longtemps de cela, Richard écrivit un pamphlet contre eux. Ils ne le lui ont jamais pardonné et, depuis, ils n'ont de cesse de vouloir nuire au Maître. Mais Wagner a raison. Les Juifs ne sont pas une race de créateurs, ce sont des parasites. Comme les pucerons, ils sucent le sang des cultures saines. Ils s'en repaissent et remplacent la sève bienfaisante par leur salive fétide. Ils gâtent tout.

Aucun compositeur récent n'était toléré chez les Klindworth, Bruckner excepté. Même les opéras de Richard Strauss, l'homme à la mode en ce début de XXe siècle, étaient vilipendés. Son père avait pourtant joué du cor dans l'orchestre à la création de *Tristan*, mais le fils vendait son âme germanique à la juiverie internationale. Et il ne fallait même pas songer à prononcer le nom de l'Autrichien Gustav Mahler. C'est vierge de toute aliénation que l'oreille de Senta est arrivée à Bayreuth.

*

En ce soir d'été 1914, la jeune fille emportée dans la tempête du *Hollandais volant* ne sait rien des coulisses de sa présentation au temple. Voilà si longtemps que Bayreuth resplendit en son esprit tel un autre royaume magique, le jardin enchanté de Klingsor ou le Nibelheim tout rutilant d'or du *Ring*. Pourquoi donc aurait-elle demandé à papa Karl la raison de son accès soudain au divin lieu ? Winifred ne lit pas les lettres de Cosima, elle ne sait pas que la vieille dame vient d'envoyer à Klindworth un appel au secours. Elle ignore que son papa a même devancé les désirs de la gardienne de Bayreuth, leurs courriers s'étant croisés. Car Winifred ne parcourt pas les journaux. Elle n'a pas eu connaissance de l'article paru dans le quotidien *Zukunft,* intitulé « *Siegfried und Isolde* », signé du Juif Maximilian Harden, ce pisse-copie qui a déjà révélé les amours scandaleuses du prince Philipp von Eulenburg avec cinquante valets et pécheurs. Cette fois, Harden a révélé l'homosexualité du fils Wagner. Après l'atteinte à la dignité impériale, la presse porte ses coups contre ce qu'il y a de plus élevé dans la culture allemande. Que cherchent donc les Juifs ? À détruire l'État, comme l'avait prédit Richard.

Cosima, la noire pivoine de Venise, aurait pourtant dû se préoccuper de son petit Siegfried qui mouillait son lit d'enfançon en compagnie des soldats de plomb qu'on lui offrait. L'héritier n'aime rien tant que se faire pisser nuitamment dessus dans le Hofgarten, par des paysans à la vessie gonflée par la bière d'Einbeck.

– Calomnies ! Infâmes borborygmes de caniveau ! avait tempêté la dame de Bayreuth.

Suite à cet article, Karl écrivit à Cosima :

> *Vous traversez de terribles épreuves. Une fois encore, la meute affamée de la presse et de la race juives aboie après les*

dieux. À présent, elle peut se réjouir, assurée de l'extermination de sa proie : le Maître de nos cœurs.

Mais Cosima ne peut couvrir Siegfried. Trop nombreux sont les machinistes et les musiciens à être poursuivis par les assiduités du chef, metteur en scène et directeur du festival, qui a instauré un dérangeant droit de cuissage sur les impétrants mâles du temple. Et tant pis si Frédéric le Grand lui-même *en a été*. Autres temps, autres mœurs, l'Allemagne du Kaiser Guillaume n'est plus celle de la Prusse en perruques. Tant d'hommes ont parlé à Maximilian Harden ; le journaliste possède des feuillets entiers de confidences croustillantes.

Alors la Dame de Bayreuth a pressé le très dévoué Klindworth, et sa fille adoptive dont il lui écrit tant de bien, de venir assister à la première du *Hollandais volant* pour la saison 1914. Ce sera sans doute la dernière, car il n'y a plus d'argent à Bayreuth, conséquence d'un deuxième désastre, inéluctable celui-là. Depuis 1913, l'année du centième anniversaire du compositeur, ses œuvres sont tombées dans le domaine public, y compris *Parsifal*, dont Cosima a jalousement réservé la primauté à Bayreuth, en vertu du testament spirituel de Wagner. Les salles du monde entier peuvent maintenant le monter. La « rente servie par le génie », comme l'écrit Maximilian Harden, se tarit. Les réserves financières préservées en Suisse, estimées à deux millions de marks en 1901, vont s'amenuisant. Siegfried est dépensier, la famille mène grand train, sa notoriété étant égale à celle des grands industriels du Reich. Mais la lignée Wagner n'a ni usines, ni bateaux, ni mines, rien que l'œuvre du Maître et les opéras de Siegfried, fort populaire en Allemagne mais bien peu ailleurs, où on le considère comme un pâle décalque de son père. Les compositeurs étrangers qui ont effectué le pèlerinage sur la Colline sacrée entreprennent de se libérer de l'alcool esthétique du maître, bien trop corsé. Stravinsky, Puccini, Debussy, Berg, Mahler, chacun veut s'affranchir de Wagner. Le temps du sevrage a sonné.

Mais il y a pire encore : les Wagner n'ont pas de descendance. Des filles et du fils de Richard, rien ou presque n'est issu, à l'exception d'un petit Franz, né à Isolde de son mariage avec le chef d'orchestre Beidler. Et Isolde, depuis 1913, a choisi le camp des hérétiques. Cosima voulant réduire, par souci d'économie, les huit mille marks que Richard Wagner lui avait alloués comme rente annuelle, la fille vient d'attaquer sa mère en justice, poussée par un époux que jalouse le chef d'orchestre Siegfried.

« *Siegfried und Isolde* », titrait *Zukunft*. Isolde est l'autre face du scandale. Pour l'étouffer, Cosima vient de commettre l'irréparable. Devant le tribunal, elle a déclaré qu'Isolde n'est pas la fille de Richard, mais de Hans von Bülow. Elle a juré sur les Écritures qu'à l'époque elle partageait sa couche avec les deux hommes. La baronne en a la certitude : Hans est le vrai père d'Isolde. Qui pourrait contredire l'instinct de ses entrailles ? Le procès Isolde contre Cosima a fait, au passage, ressurgir la vie agitée de Richard W. et ses diverses liaisons. Cosima la gardienne du temple n'a donc été qu'une Marie-Madeleine ? Le Munich du cabinet von Pf. avait bien eu raison de s'en débarrasser.

La justice a cependant tranché en faveur de la mère. Elle a statué qu'Isolde, la fille préférée de Richard, n'est pas sienne. Elle naquit alors que Cosima était encore l'épouse légitime de Hans. Isolde a contre-attaqué en niant, conséquemment, toute filiation directe à son frère et à sa sœur. Eux aussi ont vu le jour quand Cosima n'était pas encore divorcée. Il n'y a donc pas d'enfants Wagner et la tribu de Bayreuth est un mensonge.

*

À la fin du troisième acte, Senta se jette dans l'océan pour racheter l'âme du Hollandais maudit. Winifred entend encore résonner dans sa tête le terrible affrontement entre les marins restés à terre et l'équipage de morts-vivants lorsque Karl, d'un pas tranquille, la guide vers le Saint des Saints, la villa Wahnfried. C'est là, entre les pianos silencieux du défunt Maître, que la vierge éblouie est présentée à l'épouse et au fils.

Depuis longtemps, Cosima lui cherche un parti. Avant que le scandale n'éclate, l'aristocrate éduquée aux politiques matrimoniales a jugé bien des possibles, consciente qu'elle ne pouvait trop exiger, elle, l'illégitime, mais qu'elle ne devait pas non plus déchoir. Du vivant de Richard, elle avait déjà voulu hausser la condition de son époux. Elle alla jusqu'à chercher du sang bleu dans l'ascendance des Wagner. Un tel génie ne pouvait être né de rien. Sa mère n'avait-elle pas grandi dans un établissement de Leipzig destiné aux aristocrates ? C'était une évidence : si Mme Wagner, soi-disant fille de boulangers, avait été placée là, c'est parce que la grand-mère avait fauté avec un homme de haut rang. Johanna, la mère de Wagner, s'était si souvent dite l'obligée de la famille des princes de Weimar que Cosima la soupçonnait d'être une fille naturelle du prince Friedrich Ferdinand Constantin, jeune frère du patron de Goethe, le grand-duc Karl August Constantin. Elle avait pressé Richard de s'en assurer. Il préférait en rire : Cosi voulait l'amadouer en évoquant son cher Goethe ! Mais quand la baronne poussait trop loin ses envies nobiliaires, il s'énervait.

– Cosi, j'ai fait la guerre aux aristocrates étant jeune ! Je les ai subis à l'âge mûr, je m'en suis servi pour arriver là où nous en sommes. Et toi, je t'aime. Mais jamais, tu m'entends, jamais je n'irai me chercher des racines de ce côté-là ! Laisse là tes chimères. De quoi aurais-je l'air si je me mettais aujourd'hui à chasser la particule ? Je me renierais, en affirmant être ce que je ne suis pas. Cesse avec tes envies de cour et de princes. Du nouveau, ma chère ! Une société nouvelle et des êtres rajeunis. Le sang neuf sera la rédemption du monde. Il ne se construira pas avec du sang vicié !

La baronne, aussitôt, se taisait. La remarque la renvoyait à ses angoisses, à la neurasthénie de sa mère ; à ses propres démons et à ses cauchemars ; à cette culpabilité envers le monde qui la prenait au dépourvu comme ses violentes migraines. La folie rôdait à ses basques, elle partageait avec von Bülow la malédiction des races exténuées.

Hans, à la mort de Wagner, lui avait dit :

– *Sœur,* à présent il faut vivre.

Après ce procès désastreux, il lui fallait plutôt songer à survivre.

Karl baise la main de Cosima, dont les doigts noueux, sertis d'or et d'améthystes, restent froids. Sa taille, malgré ses soixante-dix-sept ans, impressionne Winnie. Le temps n'a pas voûté la fille de Liszt, dont la dépouille repose, elle aussi, à Bayreuth, avec celle de Joseph Rubinstein, suicidé en 1884. Seul le visage est devenu plus osseux. Le nez, encore plus immense, domine les larges lèvres très fines. Les yeux enfoncés sont blanchis par la cataracte, mais ils n'en brillent pas moins d'une autorité glaçante. Dans sa crinoline, vestige d'un siècle aujourd'hui poussière, Cosima semble un fantôme de fleur.

– Voici l'enfant, dit Karl en s'inclinant.

Cosima, sans un mot, prend le temps de toucher Winifred, jaugeant ses hanches, ses yeux, ses mains, sa peau, si claire et douce ; anciens réflexes de marieuse, appris dans les salons de sa jeunesse.

– Une fille saine, pense-t-elle.

Le premier à s'exprimer est un doux géant blond de quarante-cinq ans. Il arbore une chemise jaune, une lavallière de soie violette à la taille extravagante et des bottines de prix couleur caramel. Siegfried incline sa tête de garçon de ferme devant Winifred.

– Quel honneur pour nous, ma chère ! minaude-t-il. J'ose espérer que la vision de ma si grande mère et de son fils un tantinet excentrique n'est pas trop pour vous ! La famille est... originale. Mon père recevait en robe de chambre jaune safran, ou en tenue Renaissance. Nous ne sommes que ses héritiers.

En souriant, Siegfried prend la main de Winifred pour y poser un baiser. Son mouvement dégage un parfum d'eau de Cologne et de cigarettes Senoussi, effluves que les rôdeurs nocturnes des taillis du Hofgarten, voisin de la villa, reconnaissent entre mille. Cosima et Karl échangent un coup d'œil chassieux. La vierge convient. Ils se marieront dans l'année. Senta ignorera longtemps ses goûts singuliers, et lui, par un hasard extraordinaire, sera séduit par l'orpheline conditionnée.

*

Le 1er août 1914, l'Europe s'embrase. Leur mariage est reporté à 1915. Senta reprend pour l'occasion son premier prénom, Winifred. Wagner, le nom du Maître, reste au natif de Tribschen, fils légal, ou pas, de Hans von Bülow. Le *Festspielhaus*, avec son public restreint et ses bénéfices réduits, connaît une dernière saison en 1917. Cette même année, Winifred donne son premier mâle à la tribu, Wieland ; puis Friedelind, Wolfgang et Verena suivront.

Mais dans les tranchées de la guerre, dans la nuit de l'ypérite et le brouillard de la cordite, un loup est en train de naître. Il a un regard bleu acier, il est maigre comme un animal affamé, il suinte la peur et l'envie, la frustration et l'ambition. Il ne parle pas, il hurle, et, quand sa gueule s'ouvre, les Allemands fascinés entendent et applaudissent. Cet animal anxieux a longtemps rongé ses ongles, il a les dents abîmées par les sucreries qui tempèrent à peine des hypoglycémies provoquant de folles colères. À Bayreuth, Mme Bechstein, l'épouse du fameux fabricant de pianos, apprivoise cependant la bête. Elle lui trouve un bon dentiste pour réparer sa bouche ; une manucure soigne ses mains et un tailleur adroit transforme cet homme qui montre tant de pouvoir sur les meutes en uniforme, les femmes à tresses et ces bourgeois rondouillards qu'effraient les ouvriers rouge et noir ; rouge comme l'URSS ; noir comme la fumée des usines et la terre des labours.

Chez les Wagner, rassemblés autour d'Eva mariée à Houston Stewart Chamberlain, un impotent qui, du fond de son lit, appelle au culte de l'Aryen, ce loup élégant est accueilli en ami. Les Wagner aiment les animaux ; cette passion est, chez eux, génétique. Dans la rotonde où se dressent les marbres des héros de l'œuvre et les écussons du Saint-Empire romain germanique, personne ne donne son vrai prénom à Hitler l'Autrichien. Les enfants de Siegfried l'appellent l'oncle Wolf, l'oncle Loup, et Winifred, Wolfie. En 1924, conséquence du putsch avorté de Munich, Hitler est incarcéré. Winifred lui fait parvenir, en prison, de l'encre et du papier pour écrire *Mein Kampf*. Wolfie y conte comment, adolescent, il a été conquis par *Lohengrin*, le sauveur d'un peuple qui ne pouvait être qu'allemand.

Dès sa sortie de détention, Hitler séjourne à Wahnfried. Recueilli dans le Walhalla familial, oncle Wolf rejoint à son tour le mythe. Il devient le mâle dominant de cette meute d'où sont issus Siegmund et Sieglinde, enfantés par Wotan le père tonnant. Mais, dans l'Allemagne des années 1920, où un milliard de marks n'achètent guère plus qu'une boîte d'allumettes, les dieux rêvés par Richard W. ne sont plus convoqués au tribunal pour y subir leur châtiment. Les trusts capitalistes ont vaincu les idéaux révolutionnaires. Les Krupp, les BASF, les IG Farben sont les divinités agissantes du tonnerre et de l'éclair, de la guerre et du gaz, du glaive et de la mitraille.

Siegfried tombe en premier. Il est foudroyé par une crise cardiaque, un après-midi de canicule, en dirigeant la marche funèbre du *Crépuscule des dieux*, lors de l'édition 1930 d'un festival restauré par le parti national-socialiste. Il suit de quelques mois dans la tombe Cosima, morte à quatre-vingt-douze ans. Cette prêtresse presque aveugle dirigeait, depuis une guérite construite sur la scène du *Festspielhaus*, les répétitions et ne communiquait avec les interprètes que par des consignes écrites, adoubant l'un et excommuniant l'autre.

Entre la mort de Siegfried et celle de sa mère, sa sœur Eva prend le temps de brûler la correspondance de la jeune Cosima et de l'ensorceleur en culottes de soie. Quant à son volumineux journal tenu de 1869 à 1883, il est mis sous clé et dérobé pour longtemps à la curiosité du monde.

Siegfried, conçu dans la tempête du Saint-Gothard et accouché dans la lumière de Lucerne, laisse la place libre à Wolf. Winifred accueille les orgasmes comiques de l'Autrichien qui pète en jouissant. Adolf le foireux était la risée des bordels de Vienne, il était méprisé par les filles-fleurs de Munich. Désormais, toutes les femelles lèchent ses bottes de Führer.

Wolfie devient cet empereur du Reich que Louis et Richard appelaient de leurs vœux. Comme Louis II, Hitler prend un train privé pour rejoindre Bayreuth ; à la gare, un pandémonium de foules hystériques l'accueille, à l'instar de Guillaume Ier en 1876. Ses troupes défilent à la prussienne, un soldat derrière l'autre, devant la tombe de Richard. La chair à canon espère trouver la rédemption en marchant sur les os de l'érotomane révolutionnaire, dont, depuis le 14 février 1883, le cabinet des dessous féminins n'existe plus.

Et puis, en 1945, un bombardier du 18e régiment aéroporté de l'US Air Force vise la bourgade provinciale et son Théâtre national allemand. Dans le camp de concentration voisin de Flossenbürg, Wieland Wagner, qui le dirige sous l'uniforme SS, voit les explosions. *Le Crépuscule des dieux* trouve enfin une mise en scène à sa démesure. Tel le rocher de Brünnhilde, Wahnfried est ceint de flammes. Une bombe, tombée à côté de la villa, enfonce le toit et souffle le salon-rotonde où l'oncle Wolf contait Grimm et Hoffmann aux enfants Wagner. Le parc de

Siegfried le dragueur n'est plus que tranchées de cendres. Il est enfin advenu, le *Ragnarök* des Eddas islandaises, la Fin des temps, le Dévoreur des mondes. Il atomise Dresde et Nuremberg, la Florence de l'Elbe et l'Athènes de Hans Sachs. La vierge allemande que rêvait d'éveiller le Parsifal lunaire de 1865 ne pleure plus que sang et larmes. Loge, le feu malin, a triomphé.

Seul le *Festspielhaus* restera intact. Mais ce théâtre, où Wagner voulait que le mythe consacrât gratuitement les peuples, les unisse dans l'art et les sauve d'eux-mêmes, vomira un carnaval tragique. Des centaines de réfugiés, Tchèques, Autrichiens, Allemands, investiront ses entrepôts de costumes. Les hommes en cottes de mailles, les Brünnhilde pieds nus et les Lohengrin unijambistes envahiront les ruines de la Bavière. Et la villa Wahnfried, éborgnée par l'Oncle Sam, ressemblera durant de longues années à ce chapeau de Wotan que Richard, lors de marches inspirantes sur les hauteurs du mont Pilate, arborait de travers sur un front où tournoyaient ses idées confuses, Érinyes à l'aube, Euménides à midi, Walkyries au crépuscule.

Ma discographie

Les opéras de Wagner ne se livrent véritablement que dans la durée et l'intensité d'une représentation. Les innombrables « live » captés depuis la fin des années 1930 ont préservé des interprètes fabuleux. Malgré les difficultés d'écoute que notre oreille, rendue exigeante par l'ère numérique, peut rencontrer, ces incarnations restent d'une force confondante. C'est pourquoi mon choix inclut, à côté de versions studio « absolues », les captations « live » renfermant l'essence du chant wagnérien. Elles permettent d'en perpétuer la fascination. Les œuvres figurent selon leur ordre d'apparition dans le roman.

Tristan und Isolde

Lauritz Melchior, Helen Traubel. Chœur et orchestre du Metropolitan Opera de New York. Erich Leinsdorf. 6 février 1943. Naxos, Historical Series.

Un enregistrement antique, certes, mais Melchior reste le plus extraordinaire des ténors, profondément humain, jamais beuglant. Il interprêta le rôle deux cent vingt-trois fois. Et Wagner aurait pu entendre chez lui la réincarnation de Ludwig Schnorr von Carolsfeld.

Martha Mödl, Ramón Vinay. Chœur et orchestre du festival de Bayreuth. Herbert von Karajan. 23 juillet 1952. Orfeo.
Dénazifié, comme Wieland Wagner, Herbert von Karajan fut le premier chef à diriger, dès les années 1950, le *Neues Bayreuth*, un festival plus ou moins débarrassé de ses miasmes hitlériens. *Tristan* selon Karajan coule tel un flot de basalte en fusion. Les deux interprètes, abîmes de douleur et d'extase, sont incroyables de puissance et de vérité dans cet enregistrement qu'assombrit à ravir la texture de l'enregistrement en mono.

Birgit Nilsson, Wolfgang Windgassen. Chœur et orchestre du festival de Bayreuth. Karl Böhm. 1966. Deutsche Grammophon.
Une prise de son plus moderne que les deux précédentes, avec un couple de légende et un chef né dans Mozart, élevé dans Richard Strauss et qui savait rendre Wagner nerveux et incandescent. Un sommet de chant et de direction.

*

TANNHÄUSER

Version Paris 1861. René Kollo, Helga Dernesch, Christa Ludwig, Werner Hollweg. Chœur de l'opéra de Vienne, Wiener Philharmoniker. Sir Georg Solti. Decca, 1970.
La volupté du chant à l'état pur et l'art de l'enregistrement en studio à son meilleur. La firme britannique livre LA version majuscule de l'œuvre à scandale.

Version Dresde 1845. Ramón Vinay, George London, Astrid Varnay. Chœur et orchestre du Metropolitan Opera de New York. George Szell. 9 janvier 1954. Myto.
Quand un chef d'orchestre d'origine hongroise met le feu à l'Opéra de New York, avec une Vénus ensorcelante et un poète halluciné. Vinay était de ces chanteurs qui laissaient un peu de leur âme à chaque interprétation, quitte à y brûler leur vie.

*

Rienzi, der letzte der Tribunen
(Rienzi, le dernier des Tribuns)

René Kollo, Janis Martin, Theo Adam, Peter Schreier. Chœur et orchestre de la Staatskapelle de Dresde. Heinrich Hollreiser. EMI, 1976.
La première version intégrale (ballets compris) jamais enregistrée en disque. Héroïque de bout en bout.

*

Lohengrin

Jess Thomas, Elisabeth Grümmer, Dietrich Fischer-Dieskau, Christa Ludwig, Gottlob Frick. Chœur de l'Opéra de Vienne. Wiener Philharmoniker. Rudolf Kempe. EMI, 1962.
Un plateau réunissant les voix légendaires des années 1960, sublimées par la balance sonore impeccable entre les masses chorales et le Philharmonique de Vienne. Le *Lohengrin* absolu où chaque ego s'efface derrière l'œuvre à servir.

Lauritz Melchior, Astrid Varnay, Kerstin Thorborg, Alexander Sved. Chœur et orchestre du Metropolitan Opera de New York. Erich Leinsdorf. 2 janvier 1943. Naxos, Historical Series.
Chassées d'Allemagne par le IIIe Reich, bien des grandes voix wagnériennes trouvèrent dans le New York des années 1940 une sorte d'anti-Bayreuth où chaque représentation était d'une qualité sidérante. La performance est ici palpable jusque dans la tension d'un public au bord de la crise de nerfs. Lauritz Melchior chante un récit du Graal d'anthologie et Thorborg s'avère maléfique comme jamais une Ortrud ne l'a été.

*

Wesendonck Lieder

Régine Crespin, Orchestre national de la radiodiffusion française. George Prêtre.
1 CD dans le coffret intitulé « Régine Crespin, un portrait ». EMI.
Jessye Norman, Felicity Lott, Astrid Varnay, Martha Mödl : toutes ont magnifiquement chanté l'album d'esquisses de *Tristan*. Mon élue reste Régine Crespin, dont le timbre d'or moiré donne une couleur unique à cette musique du désir inspirée par la Suisse et l'Italie.

*

Das Liebesmahl der Apostel (Le repas des apôtres)

Vocapella und Staatsphilharmonie Rheinland-Pfalz. Marcus Bosch. Coviello Classics, 2003.
De superbes polyphonies masculines empreintes de

ferveur luthérienne. Les wagnériens y reconnaîtront une prémonition des chœurs de *Parsifal*. L'album offre, dans un genre différent, l'impayable *Descente de la Courtille*, un chœur carnavalesque qui est du Offenbach avant la lettre.

*

Das Liebesverbot (Défense d'aimer)

Anton Dermota, Kurt Equiluz, Hilde Zadek, Christiane Sorell. Chœur et orchestre de la Radio autrichienne. Robert Heger. Melodram 1962.

On découvre dans cette comédie, exclue par Cosima du catalogue des œuvres jugées dignes d'être représentées à Bayreuth, un Wagner mêlant avec génie Shakespeare et Mozart. Une friandise à réhabiliter urgemment.

*

Die Feen (Les Fées)

John Alexander, June Anderson, Cheryl Studer, Kurt Moll. Chœur et orchestre de l'Opéra de Munich. Wolfgang Sawallisch. Orfeo, 1983.

Le laboratoire méconnu du jeune Wagner où résonnent déjà ses leitmotivs (notamment *Lohengrin*) et sa passion des mythes. Cet opéra fleuve, sur un sujet de Goldoni, a lui aussi été malheureusement exclu du catalogue des « bons » Wagner. Bien à tort.

*

Der fliegende Holländer (Le Hollandais volant)

Theo Adam, Anja Silja, Martti Talvela. BBC Chorus. New Philharmonia Orchestra. Otto Klemperer. EMI*, 1968.*
La tempête en musique existe bel et bien sous la baguette de Klemperer qui met à l'épreuve un Hollandais tourmenté et une Senta partagée entre folie et incendie vocal : Anja Silja. Dans la vraie vie, elle était la maîtresse de Wieland Wagner, petit-fils de Richard W.

*

Die Meistersinger von Nürnberg (Les Maîtres chanteurs de Nürnberg)

Paul Schöffler, Hilde Güden, Günther Treptow, Anton Dermota. Chœur de l'Opéra de Vienne, Wiener Philharmoniker. Hans Knappertsbusch. Decca, 1950-1951.
Ma première intégrale wagnérienne, acquise en 1973. Parmi toutes les versions studio, elle reste ma favorite. Sans doute un effet « madeleine de Proust ». Mais avec de tels chanteurs, notamment Güden et Dermota, le quintette du troisième acte est une pure magie.

Elisabeth Grümmer, Gustav Neidlinger, Walter Geisler. Chœurs et orchestre du festival de Bayreuth. André Cluytens. 1957. Walhall, Eternity Series.
Comédie autant latine qu'allemande, ces *Maîtres* « live » affichent le plus radieux des sourires sous la baguette du chef belge, dansante et colorée. Avec toute l'énergie, palpable à l'écoute, d'une mise en scène survoltée.

*

Marches et Ouvertures

Hong Kong Philharmonic Orchestra. Varujan Kojian. Naxos, 2001.
Quand Richard W. se fait commercial, il banalise son inspiration et invente une pompe de circonstance. Pour la curiosité, on écoutera la *Marche impériale*, composée pour commémorer la victoire de 1871, l'ouverture commandée pour le centenaire des États-Unis, elle-même précédée d'odes à la Pologne libre et à l'Angleterre.

*

Der Ring des Nibelungen (L'Anneau du Nibelung)

Birgit Nilsson, Régine Crespin, James King, George London, Hans Hotter, Wolfgang Windgassen... Wiener Philharmoniker. Sir Georg Solti. Decca, 1965.
La première grande intégrale studio de l'après-guerre. Decca y a réuni la crème des chanteurs, et Solti tire de la phalange viennoise, tellurique, des couleurs infinies.

Birgit Nilsson, Leonie Rysanek, Theo Adam, Martha Mödl, Wolfgang Windgassen, Gustav Neidlinger, James King... Chœur et orchestre du festival de Bayreuth, 1967. Karl Böhm. Philips, 1966-1967.
La référence des références quant à la prise de son, aux chanteurs et surtout à l'orchestre, survolté par un chef né pour la scène et qui allège le pathos wagnérien avec un

panache sidérant. L'adjectif « mythique » attribué à cette somme n'est pas ici galvaudé.

*

Parsifal

Peter Hofmann, José van Dam, Dunja Vejzovic, Kurt Moll. Chœur de l'Opéra de Berlin, Berliner Philharmoniker. Herbert von Karajan. Deutsche Grammophon, 1981.
Pionnier des nouvelles technologies, Karajan se mit au numérique avant tout le monde pour enregistrer le testament sonore de Wagner, qui sera aussi le sien. Son *Parsifal*, pensé comme une messe musicale, convoque la Rolls des orchestres mondiaux. Chanteurs et instrumentistes répandent l'ivresse wagnérienne à pleine puissance.

Ramón Vinay, Martha Mödl, George London, Hermann Uhde. Chœur et orchestre du festival de Bayreuth. Clemens Krauss. 2 août 1953. Rodolphe Productions, 1982.
Oubliez la messe et le luxe, cette version est simplement humaine, portée par des chanteurs investis comme rarement. On retrouve le timbre velouté de Mödl, les tonalités étranges de Vinay, ce ténor argentin qui fut d'abord un baryton, et l'immense George London dans le rôle d'Amfortas, le Roi pêcheur. La direction de Krauss est dans l'esprit de celle de Karl Böhm : écrémée, fiévreuse et rapide.

Table des matières

ACHEVÉ D'IMPRIMER
EN NOVEMBRE 2012
SUR LES PRESSES
DE
L'IMPRIMERIE F. PAILLART
À ABBEVILLE
POUR LE COMPTE
DE SABINE WESPIESER ÉDITEUR

IMPRIMÉ EN FRANCE

NUMÉRO D'ÉDITEUR : 115
ISBN : 978-2-84805-133-8
DÉPÔT LÉGAL : JANVIER 2013